U0641427

远方
是生命的航程

费孝通域外随笔

费孝通

著

北京联合出版公司
Beijing United Publishing Co.,Ltd.

图书在版编目（CIP）数据

远方，是生命的航程：费孝通域外随笔 / 费孝通著
-- 北京：北京联合出版公司，2018.10
ISBN 978-7-5596-2540-3

Ⅰ．①远… Ⅱ．①费… Ⅲ．①随笔－作品集－中国－
当代 Ⅳ．①I267.1

中国版本图书馆CIP数据核字(2018)第212042号

远方，是生命的航程：费孝通域外随笔

作　　者：费孝通
出版统筹：新华先锋
责任编辑：楼淑敏
特约监制：木易雨田
特约编辑：王亚松
装帧设计：易珂琳
版式设计：徐　倩

北京联合出版公司出版
（北京市西城区德外大街83号楼9层　100088）
大厂回族自治县德诚印务有限公司印刷　新华书店经销
字数180千字　620毫米×889毫米　1/16　17印张
2018年11月第1版　2018年11月第1次印刷
ISBN 978-7-5596-2540-3
定价：59.00元

未经许可，不得以任何方式复制或抄袭本书部分或全部内容
版权所有，侵权必究
本书若有质量问题，请与本社图书销售中心联系调换
电话：010-88876681　010-88876682

目 录

第一辑　不负壮年游

我们没有分别 / 002

西行杂写 / 006

旅美寄言 / 008

雾里英伦 / 036

自由应无垠 / 040

重访英伦 / 044

传统在英国 / 113

第二辑　白首志不移

留英记 / 118

赴美访学观感点滴 / 147

访加巡回讲学纪要 / 159

访澳杂记 / 167

英伦杂感 / 193

脚　勤 / 200

访日杂咏 / 205

能登三日记 / 214

港行漫笔 / 227

英伦曲 / 243

访日记吃 / 246

清水人形 / 253

《外访杂写》前言 / 257

席间谈絮所引起的 / 261

红场小记 / 265

不负壮年游

第一辑

我们没有分别

——给编者及读者的信

编者:

承你们约我在这次远游中常常寄些通讯,报告一些关于盟国各地战时生活的实况。假定邮件可以畅通,我一定很高兴地接受你们的特约。我愿意尽力地帮助你们。使我们的导报办得内容充实,并不是为了我们私人间的交情。讲起交情来,我们相识还不到一年,说不上太深的友谊。过去几个月,你们的报道常在我心头占一个位置的原因,我记得我曾屡次和你们说过,是别有所在。

我在昆明住上了 5 年,看见荒凉的南门,一幢幢巨大的高楼平地盖了起来,俨然成了伦敦"片刻蝶恋"式的繁荣中心;我也看见石皮的小巷,变成了车马驰骋的大道。这短短的时日中,我看着一个都市的兴起。我又有不少机会,和在工厂里、在农村里做调查的朋友接触,听到各色各样的故事,从这些故事中我知道有成千成万抛弃了家乡进入这新都市来生活的人。于是我心里有一点慌张。

都市的外形已经具备,可是在这一切物质条件已赶到了 20 世纪的场合下,住着的是哪一种人? 人挤紧了,若是不明白怎样挤来挤去,各得其所,一定会闹乱子的。都市不只是一套建筑和街道,而是一套生活的习惯和做人的态度,有了都市的习惯和态度,这套建筑和街道才能利用来增进我们生活的幸福,不然,就会变成一个可怕的陷阱,成为人间罪恶的渊薮。

我们内地的都市，在战时非常的局面下，实在发展得太快了一点。要很多满带着乡土、家庭等传统观念的人；要很多不明白公民义务，不尊重别人权利的人；要很多只想不劳而获，因循苟且，没有创造兴趣和能力的人，合作起来建设一个现代化的生活集团，其困难是早就可以预料得到的。从社会方面说，我们必然会见到，中古封主在最时髦的西式沙发上发挥他违反人权的威力；我们必然会见到，鱼贯似的摩托车在血汗所筑成的大道上为一二私人累积财富；我们必然会见到，巴黎的舞鞋套上骨节弯曲的小脚；我们也必然会见到，嘴上挂满了新名词的青年在火车上直脚躺着享受他少爷式的体会。这一切，不过是时代的错杂，在中世纪的躯体上穿上现代的时装。

在这种时代错杂中过日子的人，无论他是华屋的主人，或是街头的乞丐，心头永远被各种各样的矛盾占据着。有了威力失去了爱戴，有了财富失去了名誉，有了肉体失去了灵魂。他们一旦在传统的桎梏中解脱出来，并没养成自己管束自己的能力，觉得可以任性所为，以致无法无天，社会制裁失去了效力。一时固然觉得痛快，但是人和人一同生活，终不能永远容忍少数人的作威作福，何况在一个人和人联系得如此密切的都市中。在历史上有无数的暴民从都市中发生。时代错杂，人心惶惑，行动失当，个人的不安造成了社会的骚扰，我们可能是在火山口上讨生活！

现代化其实就是都市化，培养都市习惯和态度是现代化的初步工作。现代知识给了我们伟大的动力，微妙的机器，人的确得到了空前的能力，这能力可以生人，亦可以杀人。我们需要对于这种能力加以指导，觅取适当的用途。

为都市中人民做一些生活指导的工作，是目前极迫切的课题。有些人觉得现在社会上所以有种种不满意的事发生是单纯的政治问题，政治改革是万应丹。我不否认政治的重要性，但是因为我是个念文化人类学的人，总觉得现代政治决不能单独得来，因为它只是现代生活习惯中的一部分。现代生活是多方面的，而且是要逐渐养成的。我们短短几十年中政治上的变动并不能说少，而实际上，变来变去，有多少改革，谁也不敢估计得太高。我们是不是应当反躬自问，这是什么原因？若是我们把现中国的基本问题看成一个文化的转变问题，而把文化看成人民的生活习惯和生活态度，也许就可以扩大一些我们应当努力的对象。我们得多注意一些生活的各方面，多养成一些现代生活中做人处世所必需的观念和态度。这样或比整天高呼政治改革更基本些和更切实些，至少也是互相为辅的。

因为我看到这一层，所以对于你们的导报抱着很大的希望，而且愿意尽我的一点微弱的能力帮助你们。我记得在你们的导报发行不久，曾引起一种攻击，说这是表示后方"文化下流"的趋势，更其指责在大学里执教的人不该在小报上发表文章。我当然感激他们把我们的身份看得过高，但是把"下流"二字来形容这种趋势，我觉得是不正确的。"文化"常被许多人看作文人们的专利，是一个民族的装饰品。但在文化人类学中却刚刚相反，文化是指人民的生活习惯。一种行为方式或是一种生活态度，没有被社会上一般人所接受时决不能看成这民族的文化。文化中的"化"字就包含普遍性的意思。倘若"下流"是指一种行为方式或一种生活态度之从一部分人传到另一部分人，而并不包含坏的意思，则文化本身不下流是不成的。何况大学里执教的人所负的责任，就在把一种从少数人所得到的知识传给多数人，至于被传的人是否只应限于有资格领贷金坐在教室里的，那是另一问题。在我，至少认为这个限制在任何方面都讲不过去的。

我本来可以不必再把旧事重提，因为经你们的努力，我几个月内确已获得社会上读者的爱护。你们发行额的增加，已证明在新兴都市中生活的大众，需要这种报道。至于这种报道是不是普通所谓"下流"，报纸的内容已够向任何人做证，不必在这里多说。

我在临别写这封信，一方面是临行与你们共勉，努力为都市的人民服务。他们需要你们的报道。我亦相信，这种报道在使我们的文化走上现代化的道路上一定有它的贡献。另一方面，我亦想借此向不少爱护我的朋友解释，为什么我愿意让我的名字在街头上叫卖。若是我靠我这支笔能在建设我们现代都市的工作中尽一分力量，我自己觉得是很光荣的。

若是环境允许我，我还是愿意借你们导报的篇幅，常常有和读者们通讯的机会，我没有和你们分别。

1943 年 6 月 13 日

西行杂写

我们离开加尔各答后，一路在美国军营里住。万里长征，连写信也没有机会。这次旅行太运气，坐着世界上最大、最舒服的军用客机，机内可容四十多人，飞行平稳得比汽车还舒适，在里面可以安睡，可以随意走动。飞机的牌号是C54。从加城出发，只费一天一晚就到东非，休息一天，又飞一天一晚到南美，再休息一天，在一天一晚的续航后到达了美国南部的迈阿密。世界缩得太小了，使人不能相信。

我们因为是美国政府的客人，所以一路都受驻军招待。司令官带我们参观营房及各种设备，又领我们去看各式的飞机。我们已明白轰炸机是怎么投弹的，空中堡垒里面有些什么设备。最使我高兴的是，一路上常看见往昆明去的大队飞机，昆明的安全是毫无问题的。以一路所见来说，现在美国对东方的战争还只是开头，营房在修筑，飞机在集中，过去是纸上谈兵，半年后就可见真颜色，一年后就够瞧了。我不能多写关于军事方面的事，但有一句可以说的，而且是检查人员也愿意放过的："美国的援华快要成为不是虚言了。"

美国从军的人真多，政府对士兵待遇也非常周到，有糖有电影，就是没有女人。学校里的学生所剩无几，很多教授都参加战时工作。大学毕业生在开汽车，大工厂大公司的经理在管理士兵们的伙食。他们的动员真是彻底。我总觉得东方和西方相差太远，一离开印度才闻到战争的真味。

中国的国际地位是提高了。这次我们到美国做客，更特别受到尊重，弄得我们不好意思。我们从国家到个人，都是机会太多，实力不足。我希望国家和个人都不要辜负这个机会才好。

我抵美前，文化联络处接到太平洋学会，芝加哥与哥伦比亚两大学邀我去工作的函件，我想先在太平洋学会的图书馆，花两三个月写好 *Earthbound China* 一书，交由该会出版。在生活没有安定以前，我还不易有文章寄回去。我不能再写《鸡足朝山记》那样的东西了，所以请你告诉《生活导报》的编者，请他们安心等一下，因为我想另换一种格调，来写我的地球背面的通讯。

我的生活自然很好，吃和住都恢复了 9 年前的情形。从美国到印度没有鸡蛋，很少牛油和糖。美国人的生活情形，知道得还不很详细，物价可说没有涨多少。书和杂志既便宜又好，到处都是新书，报纸一大叠只卖 3 分钱。

我由重庆到迈阿密，一个月中感想太多，多到一时写不出来。我想一年后定要变成另一个人。这几年我似乎消极了不少，但是一走动之后，又发现了自己，不再想到常熟去耕田了。我们得向世界的最高峰爬——不能退，也不容许我们退。

1943 年 6 月 22 日

旅美寄言

这是在战时

撩开座右的窗幕，计时我们的飞机该到了世界屋脊的檐下，四周却只是白茫茫的一片，云雾遮隔了"万水之源"的高峰。刚一转身，一阵头晕，又把我按倒在座上。

东方的云雾这样浓！不只是云雾，还夹杂着烽烟！

昏昏迷迷地，我就这样被载出了国境，那是 6 月 5 日。

今天是七七，进入美国国境已经足足两个星期。微雨的黄昏，平居独室，很像是昆明的仲夏天气。遥望万里外的家，这时已该是深夜，孩子在梦里大概还在呼唤我的名字。

我确乎时常记着导报的读者，并没有遗忘许下的通讯。匆匆虽只一月，万里江山一日行，好像已隔得很久。从半个地球上拾来的感想一时都向笔底挤来，反而不知怎样下笔。若是我所有的印象只许用一句话来表达，我愿意写五个字："这是在战时。"

一出国门，下机不久，永远不会受旅客欢迎的检查员，就会带着抱歉的笑容，用这句话来说明他不能不给我们一点麻烦。旅馆的账房也很顺口地用这句话来解释他不能立刻安置我们的苦衷。战争改变了正常的生活。"这是在战时"一句话是到处会碰着的答案。

出境不过 8 小时，相隔不过一座高山，然而"这是在战时"五个字的用法却完全不同。这是在战时，所以物价升了翅膀；这是在战时，所以晓东街的灯光可以终宵不熄；这是在战时，所以……爬过喜马拉雅山，同样是这五个字，却被用来谢绝普通的旅客，因为士兵已经包下或征用了"东方伦敦"最华贵的旅馆，同样是这五个字，却被用来压倒金钱的魔力，有钱，没有用，战争第一——我有一点糊涂，也许是一天的航程，加上我还没有全复原的病体，使我糊涂得想不出这五个字一飞过山就会有这样不同的含义。

离开印度，我们一路都由军站招待，我的疑案在这里得到了一些线索。他们的物资在这里，他们的力量在这里。我们虽然没有看见"力量集中，军事第一"等标语，可是假如你有机会去看一看他们的军营，不必有人用话来说明，你自然会领略到所谓集中、所谓第一是怎么一回事。以吃的东西来说，普通人有钱不准买或不准多买的东西，在军营里有的是。美国的城市里闹肉荒，并非屠宰场关了门，而是猪肉大批地运到前线去了。一个士兵早晨起来，可以吃一盆"热猫"，热猫是两片麦片加上蜜，一杯茶，一杯牛奶，用糖也没有限制。中午是一块肉或一块鱼、蔬菜、洋芋、甜食，还有一杯果汁，晚餐大致相同。除了这些由军营供给的伙食外，士兵们可以花普通人低一半的代价，在 canteen 里买到冰淇淋、苏打水、可可糖和啤酒。香烟每人每日限购 20 支，此外还有从国内送来的慰劳品，可以按份领取，仕则两二人一个房间，虽则有地方用帐篷，但大多是临时造的营房，和清华园学生宿舍的布置差不多，只是没有楼。

在某一个军营里，有一位上校带我们去参观各种设备。他们有可以供给两万人用的洗衣房，全套最新式的洗衣机器，十多间冷藏房，里面挂满着宰好了的牛肉、羊肉，满房的鸡蛋。那位上校还是很抱歉地说这星期没有咖啡，很对不住士兵。

一个入伍的士兵，每月薪水是 100 美金[1]。家里若有需要给养的人，另外有安家费，吃住及医疗食品供给。美国是富，然而并非摆阔。他们的人民平均要付 35% 的所得税，其他的捐和公债在外。有钱的人死了，80% 的遗产全给政府拿去。举国集中了力量来维持士兵的生活，士兵的生活怎么不会好？军事第一必须得从士兵的待遇做起，我想这是最简单的逻辑。

不但在吃和住上，士兵的待遇已超过了普通平民的标准，而且在士兵生活的其他方面一样不惜工本。每个军营里有电影院、有读书室、有娱乐场、有礼拜堂和公墓。公墓是简单而庄严，我和朋友们说笑话，我不但愿意在军营里生，也愿意在军营里死——这样才使人乐于从军。人到处是一样的，我们不应当专门以精神力量来维持我们的战争。吃得来苦固然是我们的长处，然而吃苦并不是一个目的。我们没有物资固然无话可说，但是，倘若有物资而被囤积起来或是被行尸走肉者去挥霍，而不送到前方去，那么除了"罪恶"二字之外，还有什么可说呢？

这是在战时！世界上没有人可以再维持原来的生活程度，除了从事于战争的人之外，也没有人有权利要求恢复原来的生活程度。倘若有人在战时还是恣意享受，甚至提高了原来的生活程度，那我们就不必多去追究他致富的路径，他一定是国家的罪人。

写到这里，我想起了前几个月在村子里见到的我们的士兵。他们在攀折我们住所附近的树枝，我想去干涉他们，可是一见他们缺乏营养的面孔，我缩了回来。后来他们对我说："谁愿惊动老百姓？我们不也是自乡下出来的？可是我们没有法子吃生米，又没有钱买柴，怎么能不出来砍树呢？"——我还有什么话可说？同样是在战时！

1943 年 9 月 12 日

---

[1] 美元的旧称。

在东非的昆明

我们的飞机降落在东非的一个高原上，距离赤道不应很远，但是高爽凉快，除了那些米老鼠卡通上常见的仙人掌树外，不像是热带。据说这是非洲的屋脊。我们在屋脊上跳过了两洲，不到10天，真不容易使自己相信。为了保守军事秘密起见，我们到一个地方就提一个中国名字：过了印度的青岛，就到东非的昆明。我没有到过青岛。不知道所谓印度的青岛提得切不切，可是东非的昆明我敢相信决不致有人反对。骤然的阵雨，连天的山峦，除了没有个湖，什么都使我们触景生情，使人反而更觉异乡的寂寞。我记起了小时候写在宫窗上的一首诗来："长拟求闲未得闲，又劳行役出秦关，逢人渐觉乡音异，却恨莺声似故山！"这地方相似故山之处，何止莺声一项！

主持这军站的上校在我们到达之前已经知道我们要经过这地方。等我们住定了就开一辆小车来邀我们去便饭。我在上次通讯中已说过美国军队里的伙食，不管味道好不好，东西总是不差的。我们和很多弟兄们一起吃，有很道地的欧仆殷勤侍候。我们觉得很奇怪，在这个战地，哪里来这么多的人工。一问原来都是投降的意大利士兵，意大利人矮矮胖胖，本是最适合做这种工作，最难得的是他们高高兴兴地当差。上校对我们说，这些人真不差，又自由，又有事做。他们不但有工钱，而且还可以有在国内梦想不到的牛肉和牛奶吃。这种优待俘虏也使我们觉得相当惊异。意大利士兵本来对这次战争不起劲，在这些欧仆脸上已露出了法西斯蒂快要崩溃的预兆。

饭后我们先到上校自己的宿舍里去。他一样一样地指点给我们看，什么是美国运来的，什么是他自出心裁在当地制造的。一个巨大的冰箱真不知他们怎样运上这高原，可是后来参观了他们的飞机修理厂，才觉得这件小东西实在算不得什么。我们团团坐在沙发里，抽着他送给我们的雪茄，随意地谈起天来。

"我真想离开这地方。"他说，很正经地。

"是想家？"老金回头指着我向他说，"他没有出来就想回家，真是你的同志。"

"家当然想，但想离开的原因倒不是这个。"

"这个地方太冷了，不是？而且太高，也有不舒服的地方。"

"也不是。"

"是为了？"

"这地方都弄好了，没有意思了。我来的时候，这是个意大利的破军营。这一年，我一样一样地安置妥当了，现在就没有意思了。我想再去找个破军营，荒山也好，再弄一个军站去。"

我们不知道怎样接口。我想说的是："这家伙真是。"可是我没有说，因为我觉得有一点异乡的怪味儿。这是美国几百年传下"向西去"的拓荒精神显然是深入了他们的血液。新鲜、冒险、硬干、向前，加上了他们特具的组织力，在这短短的几百年中，开辟了一个新大陆。现在这精神又使他们在世界各个角落里得到表现的机会了。

"上校，你是西点军校出来的吗？"

他笑了，"我本是个公司的经理。我在此地不是一样，在经理这几千个孩子的生活？"

这又使我们大家没有话了。在中国总好像从军就得是军校出身。做买卖的赚钱，平时赚钱，战时赚得更凶。念书的念书，开了战，头也埋得更低。我们似乎从没有想到过军事中同样是要有组织力的经理，有昆虫知识的专家。军事若成一门学问，这门学问一定比人类学更是包罗万状，无所不需的。

他说得高兴，"我们一起看看去，我们的洗衣房是世界最大的！"

于是我们大家冒着突然下降的暴雨，从冷藏库一直看到修鞋厂。他满面笑容地告诉我们："两万人在此不成问题。你瞧，这件军服洗得多么干净，烫得多平挺！"可惜的是那位洗衣房的管事却对我们说，他在美国经办那个厂比这个还要大十几倍。我们都同声否认说："这是世界上最大的！"上校哈哈大笑。美国人一切形容词都要加一个 est 才觉得痛快。他们有最高的摩天楼，他们出最多的麦子，他们也有最凶的流氓和最漂亮的女人，只有一个他们却加不上"最"字，那就是他们的历史。最长既不是，最短也不是。

关于飞机修理厂，我还是不多说的好，多说了怕这封信又寄不到。若检查员让我说一句，这句话是："望尘莫及。"只要这厂的1/10搬到中国去，就大得空前了。

参观了这一周，虽则有车坐，也已经够累了。你想：从猪圈看起看到他们怎样把旧的啤酒瓶改造成玻璃杯，怎能叫我们不筋疲力竭呢？我们回到宿舍，刚想休息，那位好客的上校又打电话来说，晚上有电影，他会派车来接我们。他们的娱乐是天天有的，那天晚上是电影，而且说主角是加莱柯柏。美国人精神真好，我们怎能扫人家的兴致呢？于是答应了。到晚，我们全体出席。

这回电影的片名我已记不起来，可是真巧，好像是特地为我们选的。故事是这样：有五六个教授合作编一部百科全书，他们自以为无所不知，每个字都能引经据典，原原本本地加以注释。可是有一天有个汽车夫不知怎的冲进了这间书房里去，一口土白，博学多才的大教授一字不懂。于是其中有一位就决心要去搜集活的文字。结果碰着一个女流氓，她因为要躲避帮里老头子的什么事，逃到了教授的家里。这两套文化碰了头，混闹了一场。这本是个喜剧，可是却正讽刺着了我们这五个东方文人。

一回到房里，我们的夜话也就开始了。大家都忘记了要早些休息的话。

张先生摇着头说："晚上这套文化，我们怎能要得！白天的那一套非把它弄来不成。"

"这是一套呀！要白天的也就非要晚上的不成。"这是老金的哲学。

"可是这怎么成呢？简直是胡闹，我们看着就不顺眼。"

"问题就在这里。你要他们的大工厂，就会有大都市。有了大都市，女人的腿就会架在教授的头上。你怎么可以截长补短。这本是一个东西，一套。要就要，不要就关起门来。门关不住了还是要开，你怎么办？"

我们人虽少，意见却很多。白天文化和晚上文化，机械生产和都市罪恶，有人说不但应当分，而且可以分。有人说非但可以分，而且非分不可。夜话不会有结果，也只能使教授们兴奋得不能入睡而已。我怕的不是得不到结论，而是白天文化没有生根，晚上文化却已深入。至少，我想，要有西方这样的大工业，四五十年还不一定有希望，可是要把上海造成一个罪恶中心，一两个月就得了。

夜深了，下一天半夜还要起程，一跳要跳过非洲，连着再一跳要跳过大西洋，还是早一些睡罢。年纪轻的人想睡时，怎么也睁不开眼皮。何况，西洋的文化还为我们预备下席梦思的垫褥、洁白的被单，等着我们疲乏的四肢和腰骨。第二天早上并没有刺耳的军号来搅人清梦。虽则是在军营里，我睡得比在学校里还香。

1943 年 10 月 17 日

一张漫画

我没有到过美国，这是第一次。关于这个新大陆，我听得很多。离国之前，还有一位英国的朋友听说我要去美国，特别叮嘱我不要忘记到了之后就写信告诉他，没有了汽车的美国人是否还记得怎样走路。也有年轻的朋友用着羡慕的口吻，向我的太太说："你能放心他去吗？"

我也不敢为此起誓，若是美国全是像好莱坞，谁敢担保自己呢？

虽则世界在这一日千里的航空率下已经变成了一家，可是这家人还是带着中古天方夜谭的神气互相猜度。俄国人好像都是红脸，德国人好像都是戴钢盔，法国人好像整天坐在咖啡馆里，英国人是板着脸在想你的钱。这样漫画式的认识，果然活现，也许正是四海大同的真正障碍。很显然，一个长袍马褂、拖辫子、抽长烟筒的老翁，怎能和一个袒胸露脚的舞女讲交情？

当我每次想写通信时，我总是有一点迟疑，我不是又在画一幅漫画给我的读者吗？我又怎能避免不这样做呢？假如有一个第一次到中国去的美国朋友，在昆明下了飞机，到城里逛了一转，回旅馆写信给他太太，一定说中国女人都是不知道害羞的。因为在车上、在门前、在客厅里，随处都会解开衣服喂奶给孩子吃。我们听见了自然不高兴。而我在这里写信给你们是否也会专门挑些"奇形怪状"来描写给你们看呢？尽管我自己可以认为读过社会学，教过人类学，但是要我保证说我在这些通信中不致犯这种弊病，我绝不敢。

话自然也可以说回来。要我们自己来说中国人是什么样的，永远也说不上来，倒不如听外国人给我们的描写，不管走样走到什么程度，也有时候有些我们从不注意的事情会给他们一语道破。在一个生疏的地方，我们为了日常的需要总是有意无意地要为当地人寻一个标准，对付时有一点把握。在熟悉的社会中，这种标准就不需要，我们可以知道每个人的性情脾气，不必虚加综合。我在这新大陆上自是一个生客，不但我开口闭口会提到我在这短短的几个月里所杜撰出来的所谓"美国人"，而且更会向这个"理想人物"说长道短。

我记得我初到美国的迈城，一切都新鲜得很。迈城本是他们南国的一个名都，在他们游览指南图上用一个穿着游泳衣的美女来代表的。这地方气候暖和，有钱的人造下别墅用来避冬，沿海滨不知有几百家华贵的旅馆。我想不出用什么中国的地名来给它提个别号，我们根本没有这种豪华的去处。必要时，大概历史上的扬州差可比拟，可是扬州在冬天并不温暖。

一个下午，我拖住老金一定要带我去逛这花园般的都市。我们跳上一辆 TAXI，可是说不出到哪里去。"你开好了，什么地方都可以。"

"我们上海边去？可惜现在都住了军队，好逛的地方不多。"

"随你开就是了。"

车子向海边驶去，路出一条幽径，夹道紧接着的是怒放的红花，密密地盖着树巅。我想起了北平长安街的夜合花来，就问老金："这是什么花？"老金本是个花草名士，这一问，就滔滔不绝地指着路旁花草，满口的怪名字，中文是什么，英文是什么，一部《镜花缘》好像一下都背了出来。我是个俗人，非但不辨美丑，连一打花名都数不上口，谁知道我们的车夫却是个知音。

"你也喜欢这玩意？"他把车停在一丛香花的旁边。

"是呀。你也是吗？"老金很高兴。

他们就攀谈起来。梅兰竹菊一直到松柏冬青，无所不讲。老金描写他北平院子里的荼蘼，又说起北非访花冒险队怎样在虎口里抢出一种花卉，价值连城。我们的车夫，不但沿路列举各种花草的名目、妙处、来源，又把他自己在园地上所费的资本都说了出来。他本来是在纽约经商，娶了个太太，身体不好，可是喜欢园艺，所以就搬到这地方来。听来正是个多情的隐士。

我们本来是没有目的的漫游，谈花说草起了劲，我们的老金就提议到汽车夫的家里去参观他的花园。我对花草虽是外行，可是对于"汽车夫也有花园"这件事发生了兴趣，加上我意想中还有一个多愁善感、爱花恋草的美国林黛玉，怎不想去拜访一下呢？于是我们的汽车夫就把车子开向他郊外的家园。

花园并不大，若是围了短墙则不过是个苏州的天井。但是细草如茵，点缀着一丛丛不同的花木，确是精致雅静。老金欣赏花草的时候，我却偷眼在评赏这一对人物。那位车夫一立起来,他突出的大肚子先就使我吃了一惊。接着他那位晒得深黄的胖太太出来招呼我们时,真使我大大地失望了。自然人不可以貌相,谈起话来,除了园艺,我是外行不懂,什么都引不起我的趣味。我这时似乎又忘了他本来不过是个普通技工。但是在我的观念中,好像有一点不匀称。这样雅静的住宅,这样考究的家具,这样美丽的园地,在我的成见中一定得住个能诗善赋的人物才相称。然而,这是在美国!我是错了。

"不要见笑,我们是苦人家。"那位太太很抱歉地说。

"这还是苦人家?"我想说,可是没有出口。

"因为我太太多病,所以我也不想再去城市里混了。种种花,生活能过得去就算了。"

"我们当教授的也享不着像你这样的福。"我终于说了。

我默默地在心上勾出了一张漫画,美国是真富!

这是一张漫画:一个小巧的花园,肥健的太太手上拿着一个药瓶,瓶上写着维他命[1]ABC,半裸着在晒太阳;一个大肚子男人弯着腰在种花;门前停着一辆待租的TAXI。我想将这张漫画标题为"美国的苦人家"。

我说这是张漫画,因为我并不敢自信这是代表了美国的标准。至少,有些美国朋友听见了这故事,听见了我想画的漫画,会摇头说这不是美国。我不知道美国苦人家究竟怎样,但是我相信即使和美国人所画关于中国的漫画一样地走样,一样地引起中国朋友的摇头,多少也许可以代表一些确乎存在的特点罢。

我回想到一路所见的情形,更回想到我们自己所住的房子。我愿意祝福美国的苦人家,能长久在饥荒的世界中维持他们繁荣的孤岛。

1943 年 10 月 24 日

---

[1] 维生素的旧称。

人情与邦交

从司机的家中回旅馆，时间已经不早。三位同来的教授们已在房里等我们，这天早晨约好大家一同去吃中国馆子。我们自从离开加城之后，还没有尝过国味。假使我们中国将来真会有一天全盘西化的话，别的我不知道，至少我一定会做吃火腿白菜、荷叶粉蒸肉的梦。我记得在英国时的确曾体验过弗洛伊德理论的破绽，白开水里煮熟的沙丁，带血的白切牛肉片同样会使人心理变态。这次来美国，到过新大陆的朋友都保证我说，去美国，你不用担心，到处有中国馆子，在纽约就有几百家，比战时的昆明还热闹。这话是不错的。像迈城这些偏僻的城市，你若是天天想吃家乡味都不成问题。

在馆子里坐定，坐柜女主人特地亲自来招呼我们这一批一望而知是新到的同胞。可惜我们中间没有会讲台山话的（台山话是美国的唐话，是通行的国语），只得仍用英文翻译出我们所要的菜名。菜好像煮得特别慢，也许是厨师不愿马虎的原因。坐着没事，我就把不久之前所学会的花名搬了出来。

"我们也有一个故事。"蔡先生没有等我把司机太太的病态说完，接着就讲他们这天下午的故事。

"我们三个人找不到你们，就到街上去闲逛。在家吃冰的小店里坐了下来。吃完了我去付账，掌柜的说账已经付了，我们问他谁付了钱，他说是两个水手。我们想那一定是水手喝醉了把账都付错了。可是掌柜的却说：不，没有错，他们说中国人辛苦了，干得好，得请请他们，小意思，说完就走了。我们觉得怪不好意思的，想去找那两位水手，但满街都是穿白制服、戴黑领结的，不知哪两个是替我们会钞的。"

这故事说完了，不知为什么，大家很静默，静默得有一点叫我难受。那几个十几年前到过美国的人，大概心里有一点不自然。像我一般感觉过分到在一个变态的人听来有如讽刺。精神比较正常，态度比较老成的除了感激之外，似乎也没有什么可以说的。

这时候自然不该再算旧账了。也许愈是不提往事，受过亏的一方面也愈是大方，这种大方正是叫别人觉得过意不去的地方。邦交和人情究竟有很多相似处。若是我们无愧于中，而被人轻视侮辱根本是无伤于己的，人不知己，有何患乎。总有一天反而会使骄狂的人觉得自己的浅薄。很多人觉得甘地迂阔，我却不这样想，他的绝食也许是从东方文化中体验出来对于历史不平情态最严厉的谴责。当然这是对于一个无端受委屈的人说的。若是自己不争气没出息，被人家看轻那是咎由自取，怪不得人。若把自己的坏处归罪于人，或者是把别的人看轻自己作为自己不争气的原因，那才真是不争气没出息了。

过去的是过去了。在这次艰苦的受难中，我们是在别人眼前得到了应有的尊敬。可是，别人的尊敬也好，白眼也好，总是身外的事。做人最怕是看人眼色，若是一个人一举一动都要以别人的褒贬来决定，最多不过是个讨人喜欢的奴才罢了。不管舆论固然会变成狂狷，可是太随和了，才是孔子所最看不上眼的乡愿。在这一点上，我很喜欢英国人。他们总好像很稳、很自信。因为他们能够自信，所以不怕别人对他们的批评。批评得对也好，不对也好，他们都会好像很温和地领教，都会好像很客气地掩饰。他们有勇气能和你一同对他们这股顽固劲儿笑一阵。和英国人讲话千万不要口是心非地恭维他们，他们觉得高兴的是搔搔他们不太重要的弱点，这就是叫幽默。不在表面上认真，要认真得在骨子里。可是要有这一点本领，不管是好是坏，一定得充分有自信。自己做自己上帝的人，才有勇气用幽默的神色来听取别人毫无理由的中伤。一个人一听见了别人恭维就摇头摆尾起来，一听到别人讪笑就面红耳赤，一听见别人批评就动肝火，这个人一定在心虚，一定会上当，也一定会自己给自己苦吃的。

做人不该耳朵根软，立国也不必把别国的一笑一怒太当真了。自己有长处，不宣传，人家反而觉得可敬。有短处，愈是用宣传方式来包藏，丑事愈传愈响。德国是最会宣传了，宣传技术之高，精妙已极，但是结果，不但打不了胜仗，反而自己中了毒。我们呢？我相信我们老百姓是最不喜欢宣传的；甚至觉得广告愈多东西一定愈坏，好东西何必费钱去吹打。这种见解自有它不合时宜的地方，但是根本的精神是要得的。我们抗战了7年，并没有在国际上吹得怎么样，但是连小城里的水手都愿意破费请客，而且付了账都不愿意人家知道他是谁。诚则信，没有别的秘诀。

事实最雄辩是句老话，现在好像已经不太时髦，因为这话若是正确的，则宣传也简单到成了表白事实而已。表白事实自然用不到多少技巧，宣传家怎能甘服呢？醉心宣传的人有时会把别人都看成是瞎眼，是傻子。戈培尔就相信他可以用话来造事实。好像是上帝，依《圣经》上说，是说什么，什么就有了。可惜人不是上帝，最聪明还是有什么才说什么。没有的事，不说比说好得多。譬如说，人家说我们身体不好，穷，我们若是真的不强壮，没有钱，千万不宜装出有力量的样子，摆阔。我们不妨说我们的确是亏了，可是这不是没有理由的。若是说得有理，反而会受人敬重。像甘地一样瘦得剩下一副骨头，也没有人因为他没有肌肉而看轻他。

我是从小在苏州长大的。苏州有一种破落的少爷，死要面子，家里什么都已卖光，还要在人前穿着长衫，坐茶馆。他最喜欢人家的恭维，可是恭维他的人，肚子里不是在发笑，就是在算计他，这要面子的人最后连他那件长衫都保不住。也许是我从小听惯了这类故事，所以凡是听着有人恭维时，身上总会觉得一阵冷，他们不是在讽刺我吗？不是在算计我吗？这自然不是健全的心理。我希望有一天能把这毛病治好了。你想，听得这水手的故事而联想到苏州少爷的长衫是多煞风景的事!

殷勤的女主人也许注意到了我们大家那种不太自然的静默,我保证她并不会明白我们所讲的一切,以为我们等候得不耐烦了,所以特地走来向我们道歉,用着一半英文一半唐话很动人地表示她已经几次派人去催促厨师了。老金在旁边推着我的臂说:"你的广东话呢?"我茫茫不知道怎样回答他们。

1943 年 11 月 13 日寄

限购课榜

在迈滨我们曾小住了四天,我们得换换行装,老金和我还是穿着咔叽[1],在街上走动太惹眼。头上那顶软木帽更是威武得带有一点殖民地统治者的神气,在自由之邦不合人和。因之,在进京之前,不能不改变行头。我还想买一双鞋。在加城买的那双鞋,老金硬说是女人穿的。给他这样一说,出街都不好意思。可是在迈滨想买鞋都不成。不是店里没有鞋,而是不能卖给我,因为皮鞋已经限购,我拿不出课榜(coupon)。

课榜是政府发给居民的购物证。凡是一种货物在市面上减少了,或是大批给政府征购去了,或是因运输困难,而同时又是人民日用必需品,政府就下令将这些东西列为限购品,每人只准买一定数量。购物证就是用来达到这目的的工具。限购课榜有好几种,一种是用来规定一个人准买某物数量的。譬如皮鞋,一个人在一年之内只准买三双,政府在第一本购物证里有一个小方方的印花——就是课榜——上面印

[1] 卡其布的旧译。

着"18"那个号数，你要买鞋，付了钱之后，还得加上这个印花。买了一双之后，你就不能再买，一直要等到政府发给你另一个课榜。

那种定量定物的课榜还可以分为两类：一类是不分等级的。皮鞋就属于这一类。任你是什么人，能买的数量是一定的，因为在实用上鞋的需要并没有太大的差别，至多不过时髦女郎不能常常换花样罢了。可是有些东西，各种人的需要不同。譬如汽油，普通人没有汽油至多是不方便，有些人没有了汽油就会影响工作。凡是与生产有关或公务必需的交通和运输所需的汽油不能过分限制。因之，购汽油的办法，不能不分成等级。你在路上若注意汽车玻璃上贴着的小方号码，就可以见到这种差别。有的是 A 字，有的是 B 字，有的是 T 字。贴着 A 字的是普通民用汽车，每星期限购一张课榜的汽油，在东部只有 3 加仑，西部比较多一些，但最近据说因为太平洋战事紧张也减少了。有 B 和 C 字课榜的每星期可以多买若干，专给生产和公务之用。T 字课榜是特别给 TAXI 的。限购的数量因时因地依消耗量而定。汽油课榜只发给有汽车的人，并不包括在普通的购物证的小书中。

第一本购物证书中除了皮鞋之外，还有购买糖和咖啡的课榜。但是自从南美运输畅通之后，咖啡的供给已经恢复，不必再加限购，所以在我们到美国一个月之后，就由政府下令取消限制。糖的供给虽然增加，但是美国人吃糖的本领太大，所以不能完全放任，只是增加了限购的数量。事实上，已经没有多少人感觉到糖的缺乏了。

第二本购物证比较更复杂。里面有两种课榜，一种是红的，一种是蓝的。每四个课榜合成一条，用一个英文字母记着。从 A 起到 X 止一共红、蓝各 24 条。每个人每星期用一个字母，譬如这星期翻到了 B，大家就都得用 B 字课榜去买东西。过了两个星期若不用就失效。24 个星期这本书就用完。每条上有四个课榜，上面印着 1258 四个字，这是叫作点，一个人每星期有红蓝课榜共 16 点。

红课榜是用来限购肉类，油类和罐头荤食的；蓝课榜是用来限购罐头果品和罐头蔬菜的。每星期政府公布每种限购货物所需点数。譬如，干牛肉每磅12点，带骨或不带骨的火腿每磅11点，这篇账单很长，而且常常变，最近牛油涨到了每磅16点。

每个人一星期既然只能买16点肉类和油类，所以每次上街就得细细算一算。若是买一磅牛油，则一个星期就没有肉吃了。分配调排，最是煞费主妇们的心计。若是有人请客，端出一大块牛肉来，你的面子就不小，因为这样一顿客请下来，主人家要有一个星期不吃肉，面包上也不能有牛油了。

这样麻烦干什么呢？是的，主妇们若是在小学里没有学好算术，真会天天叫苦。可是这样一限购，物价却可以不必像我们国内一般飞涨了。他们有涨有跌的不是物价而是课榜上的点数。譬如咖啡多了，课榜根本可以取消，牛油少了，从8点涨到了16点，整整一倍。这是说从这星期起每个人都得少吃一半牛油。牛油的需要既然减少了一半，物价自然可以不必涨了。全国人民，上至总统下至小学生，每个人都得依限额用课榜买东西，这样也就根本解决了必需品的囤积问题。

听说白宫里管采办的老太太最怕贵客上门。别人都欢迎丘吉尔，她一听那位大胖子要来就发愁，总统请客似乎不好意思没有肉，面包上更不能不搽一些黄油，可是他们家里人口不多，所有课榜有限，客人一多，就难于应付了。

第三本购物证发下还不久，内容更新奇。除了像第二本一般的有红有蓝两种课榜外，还有四种不同的课榜，印着不同的花样：飞机、航空母舰、坦克和大炮。每种有一页，排好号码。它们的用处临时公布。譬如最近公布了飞机课榜第一号从10月某日起可以用来买鞋一双，其他的课榜用法还不知道。原因是有许多东西若是供给量缺少，政府就可以下令限制，指定用哪种课榜买哪种东西。

限购不过是限于日用必需品，有许多不是日用必需的东西，若是政府认为应当全部充作军用的，就老实不客气地全部买走了。打字机和闹钟除了旧货外，市面上根本就买不到。经过人民很多的抗议，政府允许在年底放出一批闹钟给人民购买。铁器稀少得很。我出国时有位朋友的太太托我买一些头发上的夹针寄给她。我到了之后就到杂货店里去买，他们说这东西已经好久没有了。政府并不是禁买，只是制造这些东西的工厂买不到原料，或是已经接受政府的订单制造别的东西了。

最有意思的是牙膏。牙膏的管子是用锌和锡制造成的，这种原料差不多完全充作了军用。可是没有牙膏却又不成，后来想出了一个办法，凡是要买牙膏的必须带一个空管子去交换。空管子交回工厂，然后再装进牙膏，供给人民应用。我们初期根本就没有旧管子，走了好几家，都被拒绝了，我屡次说明这种办法对于新来的人是不该适用的，我拿出护照来证明，我是初到美国，至少该给我买一管牙膏。那些女店员似乎很想不通有人会没有旧牙膏管子带进美国，都摇头表示她不能破例通融。后来总算有个通道理的老板，卖了一管给我。

坏人是到处都有的。所谓道高一尺，魔高一丈。有限购就有黑市。可是普通人都知道若是限购制度失败了，物价就不能控制，物价一飞涨吃亏的还是消费者自己，所以很能守法。政府也想尽了各种办法防止黑市。小学生们集体起誓不买黑市东西，不用别人的课榜。同时，限购也有很严密的检查制度。不久之前发生了一件大规模的黑市案子：有一批奸商直接向人民买了牛，私自宰了，分发给零售商，用高价出售给没有课榜的买主。这件案发觉了，主犯就被政府一网打尽，而且把这件案子从头至尾摄成电影，公开放演，激起公愤，使人民普遍明了黑市的害处，使每个人都能负起检举的责任。我曾看过这电影，看完了，直拉着坐在我身边的朋友说："我该运到中国去，让大家也看看黑市的危险。"若是我们已快走到经济的危境，我们得回头问问自己，有多少火坑是我们自己造下来，让自己跳的！

限购课榜是战时的措置，在开始实行的时候，自然会觉得麻烦，可是实行不久，就有很多人对这种制度发生特殊的好感。听说在英国已经有很多有力的人物出来主张：战争结束之后这个制度的原则非但要保留而且还要加以扩充。为什么呢？说来是很简单的，这制度实在部分地实现我们传统的"各取所需，各尽所能"的理想。这小小的课榜实在引起了物资分配的一个重要革命。

1944 年 1 月 1 日

关于女人

提起美国的女人，大家好像很熟。在银幕上我们常看见她们。这真是件很不幸的事，从电影上去认识美国，或进而去了解美国，我们就大错而特错，最错的当然是关于女人的事了。我想我们上海的和一部分现在昆明的女人也许比普通美国女人更近于电影里的范型。

这几天因为要编写一本关于中国农村经济的书，我需要请一位能和我修改英文的助理。芝加哥大学社会科学学院院长的太太来找我说，她愿意不要酬报帮我工作。为什么原因呢？她说她一定要找点工作做，她每天在大学附属医院里尽义务替病人叠床，做了好久，没有多大兴趣，想换一点比较有意思的事，知道我需要一个帮助编写的人，所以来和我接洽。我听来有些奇怪。她若觉得叠床换褥太单调，尽可以在家闲散闲散，怎么好像非做些事不成呢？她整天忙，并没有一点经济上的酬报，究竟为什么呢？在中国太太们听来一定会觉得真是傻得厉害，可是在她却认为在这世界上活着不做些对社会有益的事就过不得日子了。

她是不是没有家务，闲得发闷吗？又不是。美国人力缺乏比我们更显然，别说教授家里没有佣人，连做到司长的大官家里一样是没有佣人，除非要请客才临时请人帮帮忙。当然，他们家里设备比我们好，有煤气有电，样样都方便，但是家务还是不轻。譬如说，我有一天在那位太太家里吃饭，饭后大家坐着闲谈。那位太太却忙着在和先生补袜子，孩子要睡觉了又得去照拂，可是她并没有借口家务把自己对于社会的责任忘了，也没有挂着在外工作的牌子把家务丢了。

我笑着说，我们以为美国的女人除了跳舞、交男朋友、结婚、离婚之外没有别的事了。大家跟着我笑。可是我忽然回想到我们自己国内的摩登女子，她们在做些什么？除了加上一项打麻将外，还有什么可以加得上去的呢？

美国的女人是自由，可是她们对于两性关系却远没有我们的摩登。16 岁之前她们是受着父母监督的，父母可以禁止（若是他们觉得应当的话）女儿的滥交。16 岁之后就得自己负责了。许多人说美国小姐们很少是处女，那也许是真的，可是她们对于婚姻却一点也不胡干。据说在大学里的女生结交男友，假若对方不是她愿托终身的对象，她们一点也不会热上来的。

最近因为战争发生，大批少年男子却在服兵役，生活改变了常态，出了很多风流案子。政府方面已经屡次宣布犯罪指数增加，督促社会和父兄注意。接着，重要的都市先后指派了委员会来防止这种堕风，设立了许多正当的娱乐场所来供给男女青年们消遣，还拟下种种教导办法。他们认真地在对付这问题。

至于结了婚的女子，行为上和那些少女可以说全盘两样。我知道有好几个丈夫在前线服务的太太们，白天从事工作，晚上就聚了几个太太一同做做针线、看看电影、谈谈话，除了正当的交际外，安分得厉害。若从电影上来推想这些女人的生活，必然是相反的。

在这次战事中，女子的贡献实在是大。职业女子的数目在 1940 年是 1200 万，到今年已增加到 1700 万。三年中有 500 万本来在家里工作的女子动员到各种战事职业中去了。她们的职业也大大地扩展了。

重工业里好像冶铁、机器制造，运输工业里好像司机，都有女子参加，在军队里女子也不只是做看护了，我有一位中国同学的太太，她是生长在美国的华侨，就在一个兵工厂里做技术员，她的母亲也在一个无线电器材厂做工。我也认识一位中国太太在玻璃制造厂里工作。不要说美国本国的妇女，就是华侨也大批地吸收到工厂里去了。美国能成为同盟国的兵工厂，能供给世界各地战线上的消耗，怎会可能的呢？单有原料是不够的。重要的关键也许就在这 1700 万的女工。

　　上战线的自然还是男子多。在战线后面就有好几十万的娘子军（关于这次战争中的娘子军，我以后还有长篇通信）。再在后面就是这几千万的女工。这种阵势实在是女权发展的最好机会。我有一次在地底车里和一位朋友说："你看同车的这些男子多难看？哪里像同车的女子们有精神。"我的朋友一注意车内的情形，也觉得惊异了。他说："我真不觉得，战事发生还不过二年，已经有这样的现象。"

1944 年 1 月 15 日

向西去——人家走了 100 年的路，我们 10 年就得赶上

　　我记得临行时候有位朋友曾这样对我说："你也该有个假期了。出去休息休息，养养胖，回来再干。"我到美国已经有四个月了，说是享乐罢，真是天知道，当然，主人们给我们的盛情款待再也不能更加添了。香烟和牛奶从来没有吝啬过，可是，不知怎的我们害了病，有个黑影追着我们，永远也不能使我们心平气和地消受这朱门的酒肉。

　　我自己都觉得奇怪，在这次旅途上怎么会到处都有惊心的事物。不要说那摩天的高楼；那如梳子般的烟囱；那肩肩相擦，歌舞迷人的百乐大道；那琳琅满目的国会图书馆——我们对此瞠目结舌，简直不

知怎样说才好——就是那百货店里小孩子们的玩具，公园里如茵的绿草，也已够使我们感到一种威胁。"人家这样，我们呢？"

说来我在过去10年中总算也走过不少地方：绮丽的威尼斯、豪奢的巴黎、繁闹的伦敦、古雅的牛津，以及现在正在狂炸下的柏林，战雾笼罩中的巴藤湖。可是回想起来，这些地方尽管曾使我留恋不舍，曾使我沉迷颠倒，但是从来没有引起过我的恐惧之感。然而5年内地的生活，战时的经验，的确把人改变了，老了。我再也不能像孩子们那样用着惊异好奇的眼光来欣赏这新鲜的世界。忧虑自动地会袭入心骨，怪别扭的。哪里是假期，哪里有休息的闲情，实是一回磨难。心头总是沉着一块丢不掉的石头：我担心这地球背面那四万万人的前途。

一个晚上，在一个茶会里坐下，主人感觉到我有点恍惚。"这里生活还惯吗？我想伦敦和这里差不了多少，你在那里住过，想来不致有什么特别水土不服的地方罢？美国不致太不舒服罢？"

"美国不太舒服？刚相反。我有点想家，我想我那孩子将来会过什么日子。"

"假如你太太一同来了就好了，都是这战争。可是战争总是要结束的，而且你孩子长大了，也送她来。"

"也许是，可是你容得下我们四万万个孩子吗？这下一代大概免不了都得送到这个文化里来，我怕，不论我们愿不愿，我们不能不这样做。可是这个旅程却没有像坐飞机那样方便罢了。"

换一个地方是容易的，我们已经有各样的交通工具，有保险制度，甚至于已有交通警察。可是要换一套生活方式，要接受这套从现代科学里生长出来的生活工具，却不是一件轻而易举的事。没有指路牌，没有红绿灯可以做我们的向导。我们面前是一条黑路，而又是一条无法避免的旅程。这使我心地不能安定的黑影。人家并不在等我们，他们天天在加速地向前。人家走了100年的路我们10年就得赶上。多匆忙。我最明白匆忙的可怕。这一生匆匆忙忙的已造下了多少永远无法填补的创痛。个人如是，国家也何尝不是如此呢？

我那位朋友知道我到了美国之后生活太紧张。她认为我那种多少带些"杞人忧天"的不安是都市病。离开一下都市就会恢复的。因之，她劝我到中部乡下去走一趟。她知道我是写过关于中国农民生活文章的人，所以更坚决地说我得看看美国乡村。我接受她的好意，所以在纽约城住了一个多月之后，就向他们所谓的西部出发了。

所谓"西部"其实并不是一个地理上的名词。这和我们所说"下江""内地"的区别相同，谁也指不出一条明确的界线。若是翻开美国地图，他们所谓"东部"只指靠大西洋海岸一带，而且南方的几省似乎又不包括在内，因为这些是"南部"的区域。美国的东北才是老牌"东部"。这是和我们"下江"一般的意思，是工商业中心。在历史上讲，他们重要的界线是南北。我们都知道他们的南北战争，林肯的英名就在这次战争中获得的。南北之分其实也就是工农之分。南方是农业区，有广大的棉田，有著名的烟草。农场上需要人工，而且必须便宜的人工，于是在早年发生了黑奴制。南北经济基础的殊异，一直到现在还反映到政治的分歧上。南部多共和党，多少是要和大资本工业家作难的，北部多民主党，多少是和大地主农业利益不接近的。

可是西部呢，在早年美国人脑中这是一个"去处"。从海滨向西是密西西比流域，土地肥沃，山水秀丽。我们知道美国现在所占据的那片土地，在250年前是属于普通所谓"红人"或"印第安人"的。新大陆的"新"字是欧洲人说的。可是自从"发现"了这"新大陆"，一批一批的欧洲人坐了船，渡过大西洋，迁移过来。最早的居住地方自然是靠近大西洋的一边，这是东方上了岸。向西都是化外之区。赶走了土人就能住下来开发。谁住厌了一个地方，谁感觉到"故乡出不了状元"的，向西去！西部之西还有西部，一直到太平洋岸为止。因之，西部是随着时间一直推出去的。而"西部"两字也总是带着一点拓荒的意味，西部是新天地，是可以自由发展的去处，是摆脱传统的旷野，空气也清凉些。

当然，日子久了，在表面上，至少靠东的西部，和海滨区域早已看不出什么大的分别。以西部中心的芝加哥来说，有什么地方赶不上纽约。若是摩天大楼没有那样高，它的犯罪指数却是最大。但是若问一个美国人，哪里可以去看看美国农村，他一定指着西方。因之，我坐了两天两夜的快车到了密里苏里。

我有位旧同学老徐在这地方，他特地到车站来接我。但是我一见他，他却涕泪纵横，好像是重伤风。我想这真不巧，这样子怎能要他伴我去农村呢，他却说他正要逃避这种"草热"。原来这是西方中部的一种地方时症。据说是一种草开花的时候播散花粉，有些人一和这种花接触就会接连地打喷嚏，一下子可以几十个。于是苦了，睡也不舒服，鼻涕眼泪流个不停。这病是怪有意味的，有些人见不得某种花，一见就会流泪，有些人见了女朋友，鼻子也就通了，可是女朋友一走，病又来了。中国同学在这里的有不少害这时症。一直要到下了霜，草枯了，病也结束。这种草在中部最多，近来慢慢侵入了东部。

于是我就问他怎样逃得了呢？向北去就成。北部天气冷，这种草长不活，所以就没有事。他等我到了一起走。这样我才安心。我们准备停当，预备开了老徐的车到瑟湖边上的杜萝丝去，老徐突然记起了他一位女同学的约会，她的家就在杜萝丝附近，现在学校放了假，想搭我们的车回家去，我们把她接来了一同走。

从密里阿巴里西到杜萝丝要坐半天车，在车里我们谈了一阵话，太阳已偏到西天，我肚子很饿。我建议在附近市镇上停下来吃了晚餐再走，可是那位小姐却归心似箭，说她已打了电话给她母亲，杀了两只鸡等我们。她自己家里有鸡，而且很多，有牛，有马，是在农场上。我听了心里真高兴。我宁可挨一次饿，去拜访一下美国的农家。女儿在大学里念书，父母在家里耕地的农家。

这天晚上，我们就见到美国的农家了。

1944 年 1 月 30 日

如此农家

最近英国请了美国商会的会长和芝加哥大学的副校长到伦敦去交换意见。有一次在席上有位朋友和他们闲谈起一个轮船公司老板的身世。

英国的朋友带着惊异的口吻说："你知道，这位老板开首只有 5 万镑资本，现在居然经营着 80 多条船。"

"这是什么时候的事？"

"只有 80 多年。"

这位美国客人并没有感觉到主人的惊异，因为那位经营着四大公司，拥有 1700 个雇员的美国商会会长，20 年前手上只有 2500 元美金，即以美国首屈一指的福特老兄来说，也是从 2.8 万美金起家。

美国是个年轻的国家。几十年前，这个天府之国有的是机会。谁有本领谁就能出头。白手起家的人在一生中可以成为百万巨富。在这允满着机会的世界中，自然养成一种独米独往的气魄：合则留，不合则去。大家拿出真颜色出来。因之，他们最重视的是不受牵掣，这是美国个人主义的根源。所谓民主、所谓自由，就是说大家干大家的，比个雌雄。他们到现在还是相信最好的经济机构就是每个人都能自由竞争的方式。最近威尔基的演说还是高唱没有竞争就没有公平的调子。他们最高兴的是同一路线上有两三家铁路公司在竞争，大家要讨好顾客，大家要求进步，结果也就不会腐化。

我在前一次寄言中已经说过，在早期西方有的是荒地，谁在老家觉得没有出路的就向西去。向西去的也因之都是些不屈服的好汉们。倘若我们要寻一个标准美国人，他绝不是在我们国内的传教士，或是香港、上海的商人，而是在美国西方中部的农夫。

我们经过杜萝丝的近郊，转入一个肥沃的平原。美国的农村和我们的在外表上就看得出很大的区别来，一家一家四散地分布在这平原上，并不像我们那样一村一村地聚居在一起。各家的房子就筑在他自己的农场上，不像我们云南的农村一般住宅和农场是隔开的。其实，我们若把我们的一村算作一家就近于美国的情形了。这个比拟实是真情。美国农民平均一家有地折合500华亩。他们一家抵得过我们100家。一家不是一个村了吗？这话在我们乡下人听来，真是和《山海经》一般不可信的大话。谁会相信一家人能种500亩地，可是在美国这一点都不觉得奇怪，大农场可以大到几千英亩，合起华亩来要有近万亩。这些数目里有的是机会、自由、竞争、孤立，美国人的性格是从这种大农场上养成的。

读过我以前寄出的几篇通讯的朋友们，不免会觉得我这几年穷慌了，所以见着美国的形形色色都有些眼红，由眼红而甚至带着一点妒意。这自然怪不得我。"朱门酒肉臭，路有冻死骨"，这世界上差别确实太厉害了。可是为什么我们的命这样苦呢？不是的。我们人多，他们地多。同样500亩地上他们只有一家人，我们却有100家人。用500亩地来养一家人，这家人自然可以：

> 朝洗白石池，夕睡席梦思。堂有沙发椅，壁储雪莱诗。狂饮不用客，歌舞何须私。客来摩托响，挥手耕马嘶。北美之农家，起居却如此。

同样的一片农场上要养活100家人，这100家人哪里能有子弟在大学里念书？哪里能开了汽车上街？哪里能靠着收音机听音乐？哪里能吃得结结实实，穿得体体面面，住得舒舒服服？这种人除了子孙满堂之外，怎能知道生活上还有其他有意思的事？

我们到达那位小姐的家里，天已经快黑。主人们在客堂里等我们。一家四口：一对中年夫妇外，有两位小姐。他们说朝上接到大小姐的电话，知道我们要来。这地方还没有中国客人到过，所以很高兴见我们。已经烤熟了两只鸡，还有新鲜的红柿，都是自己农场上的土产。主人们穿得虽不讲究，但是很整齐。我们确是很饿了，就上座大嚼起来。

主妇很会谈话，从蒋夫人访美一直讲到下一次大选，她说她一定要选威尔基。主人是中等身材，宽肩结实，寡言鲜笑的人，坐在沙发里听我们说话。二小姐是在附近中学里念书，快要毕业。她不愿进大学，想出嫁了。大小姐是标准大学生，怪神气的，讲起学校图书馆怎样大，男同学怎样好，体面得很——这样一个生趣盎然的安乐的家庭，生活有保障，子女有教育，言论有自由，正是美国过去一世纪里创造出来的成绩。这使我羡慕，也使我有一点妒意；我知道这一点成绩绝不是随意拾来，偶然天赐的。他们为此流过血，为此现在还有几百万的男女在海外拼命。用血来造成，用血来保护，可羡的是他们在敌人没有围城，敌机没有临头的时候，已经知道怎样不怕牺牲去防止他们这点宝贝被人毁灭。引起我妒意的是自己的心。我们这种家破人亡的世界里，还有多少短视的人在想逃避，在想偷生，在想发国难财！我自省自问，又怎能不叫我心慌？

那位寡言鲜笑的主人，新近才从冰天雪地的冰岛回来。他是应征去那里修筑军事根据地的。讲起这事他高兴了。我问他："你有这样一个好家庭，还愿意去受苦？"他笑着回答我："没有什么，我不怕冷，这才有意思，倒是在海上有一点担心。可是苦也好，不苦也好，我们不去，这样好的家也没有了。"

第二天有一位邻居的少年来做客，他曾轰炸过西西里，这次是回来休假，下一天又要去上阵了。他们讲起本村从军的人，屈指一算已有几十个，有的已经死了，有的已经失踪，有的还在前线。后方的人自己的子弟、朋友、爱人在那里肉搏，怎么会有心为非作恶？对国家多一分损失，也就等于给自己骨肉多一分被害的机会。家家户户为战事尽力。战事和他们是这样亲密！最近募战债，结果竟会超过定额。为什么？因为这次战事是每个人的，每个人都在参加，每个人的利益都靠这次战争来保障。这力量怎能不惊人？我记得五六年前多少人觉得要讲强国不能不走黑衣宰相的路线。现在呢？我想再不会有人怀疑民主国家只是能富不能强的了。英美确是表现了集中人力的自动参加。这是值得我们注意的。我们所以能打这7年仗，还不是靠大众一致的努力吗？

那位主人对我们很热诚，可是他始终不随意恭维我们。说起了中国，他就不很说话。后来他摇着头："我不知道，我没有到过中国，我也没有和中国人接触过。有很多东西，好的或是坏的，我不能相信，我没有意见。"这是美国拓荒精神的余绪。他们生活在事实里。成功失败就靠自己的判断。经验告诉他们最可靠的判断是根据看得见，摸得到的事实。很多人觉得美国人是最耳软、血热，有时会胡干，这是好莱坞电影上的美国，不是真正的美国。真正的美国人是像我们那位主人一般的人。也许正因为太注意了事实，所以广告才如此发达（倘若全是耳朵软的，广告也就不用讲技术，也不必花这样多的钱了）。也正因为如此，在千钧一发的危机中，还是有孤立派的存在。

大小姐要我们留宿在她家里，天已经很黑，走也不容易。何况我们还要看看他们农家的生活呢！所以就住下了。晚上我梦了一夜的家，醒来写了一首诗：

异国农场客里游，平冈鸣鸟草如油，雏鸡未识啼初晓，梦里乡情片刻留。

下楼主人已经出去工作了。他们是小农，一共不过 60 多英亩（360 华亩）地。这土地若在中国，总得 30 个人才种得过来。但是在美国只要一个人。一个人种三四百亩地，一点都不算是大规模的。他们并没有大的耕地汽车，只有一辆两匹马拖着的小车，这一点机器已经足够对付这大片土地了。据说那位主人在北冰洋的时候，家里只有他太太一人。只有太忙的时候请一位助手帮一下。有一次和乌格朋教授谈起这事，他说这并不算稀奇。他有一位朋友晚上住在大旅馆里，白天一个人种着 1000 多英亩的地。叫我还有什么话可说？

那天下午我们建议请他们吃中国菜。老徐下厨房的本领是靠得住的。小姐们和女主人高兴得不得了，可是我们那位主人却并不作声。他并不反对，可是他屡次声明，他最喜欢的是自己家里的菜。别国的菜他全不在意。大小姐偷偷和我们说："不要管他，吃了他才知道好处。"

老徐的拿手菜是红烧鸡和红烧白菜。这天晚上本领都显出来了。那主人吃着这味儿，脸上露着满意的微笑，一块又一块，最后大声地说了："中国东西真好，从此我知道了。"这坚决的声调是典型的。他尝着了，他有了经验，他不怕下断语了。他决定了他的态度，也就负责了，不容易再改了——让我们记着，美国人是相信事实的。我们有好的，他们自然会赏识我们的。那位主人大概是吃得太多了，饭后往床上一倒，一直睡到我们告辞他去。

1944 年 2 月 5 日

雾里英伦

偶尔也常常想起伦敦：不是花草，是雾。多年没有浸染着伦敦的雾，生疏了的老友，想起了怎能不觉得若有所失？

雾到处都有。每天早上，推门出呈贡山头的默庐，东边一抹淡峰，沉拥在白蒙蒙的雾海里；望着，不免自喜：娇懒的山冈，比我还贪睡。独醒之感，有时也使人难受。伦敦的雾不是这样。去年在北美诗家谷过冬，不敢早起，早起了出门，四围在朝阳里发黄的尘雾兜着我，扼着脖子，不咳出口，会窒息；想咒诅，出不出声。若逢有事，等不得雾散了才上街，手帕按住嘴，急急忙忙，两步并作一步走，沿途有什么也不会勾留住我。不熟悉我的，不知道我鼻子有毛病的，定会笑我：岂习俗之移人哉，半年不到已涂上花旗色彩！伦敦的雾不是这样。

想起：初到伦敦，已属深秋。黄昏时节，晚雾方聚。车过海德公园，平冈野树，棱角隐约，游人憧憧往来其间，黯淡难辨。到客寓里坐定，侍女容笑相问："伦敦怎样？"我茫然不知所答，"我见了伦敦吗？"——是的，人岂能貌取，外表上修饰的不是暴发，也是轻薄。摩天的高楼，突兀的华表，给人的是威势，引起的是渺小的自卑。谁甘心当蚂蚁？尊严屈辱了，跟着的是虚妄的自大。雾里伦敦掩没着她的雄伟，是母亲的抱怀，不是情人眼角的流盼。

深藏若虚，靠了雾。不明白英国人的，也许会觉得英国人城府太深，太喜藏；一见之下，似乎有着相当距离，捉摸不定他的真相，真如我初次在雾里过海德公园一般，茫然不知怎样去描述我的印象。记着：雾并不能隔绝你和平冈野树相接触，和往来人士相交谈。等你走近时，不但隐约模糊之感顿然消失。而且，我总是这样觉得，在雾里看花，才能对每一朵花细辨它的姿态和色泽，雾把四周分散我们视线的形形色色淡淡的抹上了一层薄幕，我们对于某一事物的注意也会因之集中，假若你在雾里还是睁着眼，你有机会时不妨试试，你决不会感觉到疏远、隔膜、空虚；在你身边的会分外对你亲切。雾把我们视境分出了亲疏，把特殊的个性衬托得更是明显。你可以在清晨立在山头望着眼前起伏的山丘，靠了朝雾，不但峰峦层叠，描出了远和近，即是山上的一树一木，万里一碧的晴天所不易瞩目的，也会在雾层上端孑然入眼。黑夜所搓混的距离，雾把它分出层次岗位，强烈的阳光所拉平了的个性，雾把它筛滤出棱角姿态——会交朋友的喜欢英国人。

英国人重个性，讲作风。一个作家的文章要写到不用具名一望而知是出自谁人的手笔。一个人远远走来，不必擦眼镜，端详眉目，只要窥着一眼，步伐后影里就注定了必是某人，不可能是别人。张伯伦的洋伞绝不能提在别人手上，丘吉尔的雪茄谁衔了也没有他那股神气。英国卡通的发达，岂是偶然？Low 只能生长在英国，也只有在英国能编得出 *Punch* 杂志。英国人是在雾里长大的，雾里才能欣赏个性，雾里每个人才必须讲究作风，喜好雾的人才能明白英国人。

雾叫人着重眼前。这是不错的，很少英国人高谈多年计划，隔着一层雾，你有什么兴致去辩论 10 尺以外的天地？有雾的天气，地面也不会干燥，滑溜溜的，看得太远；忘了鞋底，一脚高，一脚低，个翻身就得说是侥幸。眼前的现实是每一个雾里走动的人所不能不关心的。英国人是短见的吗？不然。在黑夜里摸路的人，失足跌入深沟里，会爬不起来，我们怪不得他，他看不见深沟，跌下去不是他错；雾不是黑夜，每进一步，眼前展开了一层新的现实世界，每步都踏得实，当他举步前进，过去的渺茫已经化为具体，这是一个推陈出新的世界，如果出事，怪不得别人。走惯了雾路的人，对于前途有的是警觉和小心，决不能是虚妄。拿破仑、希特勒不会是英国人。大英帝国是几百年雾里积成的版图，若是要瓦解，也不会在丘吉尔一人手上。英国的民主可以保留皇帝，英国人民可以跟着主教在十字架前祈祷前线胜利。说是保守罢，当然。他们的回答是：没有必要，何必更张？大学生上课还要披道袍，多麻烦？可是披着的道袍并不挡着显微镜，并不遮住耳目，听不清教师的宏论，何必一定要连袖子都卷起，烧了道袍才甘心呢？雾里长大的人，不怕改变，可是明白改变也有多余乏味的时候，保守不一定是顽固，死硬；进步也不一定是时髦、年轻。

雾里行路的人才明白可靠的只有自己，你踟蹰在艰难的道上，举目是白漫漫的一片，也许朋友并不远，可是你不能拿稳了说在你困难和危急的时候，一定有人能看见你的失足，听见你的呼援；更说不定，咫尺之间就有等待着你的敌人。英国的国运的确不是个骄子。小小的孤岛，四面是恶浪汹涌的海洋，和大陆相隔不过 14 英里 [1]，可是这遥遥可望的海峡，却是天下稀有的险道。岛上的生存倚于海外的供给，他们的安全也就寄托在这多事的水面。若是英伦已经很久没有被侵，那不全是靠了盟友的代守代攻。每次有战争总有一个援军不及，自力撑住的危期。靠自己，靠自己；处危能安，履险如夷，从容沉着的劲，我不知道多少是在雾里养成的。

笼罩在雾里的英伦，雾不消，英国人的性格大概也不会变。你要认识他们，你得在雾里走走。

我曾问过昆明的英国朋友："你觉得昆明的天气怎样？"

"真不错。"

"还想回老家？那多雾的英伦？"

"可惜昆明没有伦敦这样的雾。"

我记起在下栖的泰晤士畔，雾里望伦敦桥；我又记得在巴力门广

---

[1] 英制的非正式长度单位，1 英里约等于 1.6 公里。

场上，雾里听巨塔的钟声；纷扰中有恬静，忙乱中有闲情。没有了雾的伦敦，我不能想象，我也不愿再去。

我怀念英伦：没有纽约的显赫，没有巴黎的明媚，没有柏林的宏壮，没有罗马的古典；她有的是雾，雾使我忘记不了英伦。到处都有雾，可是到处都没有伦敦的雾一样的使人忘不了。

1945 年 1 月 28 日于昆明

自由应无垠

去年 9 月里，戴高乐将军访美返北非，准备重返巴黎时，带着他 16 岁的女儿一同去看《白雪公主》，他看到白雪公主因皇子的一吻，突然苏醒时，他回头向他的副官说："好，我喜欢能觉醒过来的人！"这小小的故事传出来，使人闻到了大革命时代法兰西的传统精神："不自由，毋宁死。"这精神里曾产生过多少鼓舞着世界上被压迫，剥夺了自由者的希望，就在这精神中也产生过多少法兰西著名的英雄，我们从小就熟悉罗兰夫人的故事，到现在一提起法兰西，面前好像站着一个一手执着火炬、满面慈祥、洁白长袍，赤着脚的自由女神。戴高乐是恢复法国的英雄，该是一个传统精神的象征。

可是，这又怎能不使我怀疑呢？"好，我喜欢能觉醒过来的人。"这一句话还在人间流传的时候，就在说这句话的口中却又向世界宣告："法兰西海外殖民地不容改变。"能觉醒过来的人难道只许是白雪皮肤的人才能使戴将军喜欢的吗？本来，不知为什么自从苏伊士运河开通之后就成了西洋政治标准的一条界线。自由，平等通不过这狭小的运河。我们不希望帝国保护者的丘吉尔会成为自由世界的功臣，可是我们却不能不为以传统法兰西精神的象征者自居的戴高乐惋惜，更不能不为自身经过了几年亡国惨痛的，爱好自由、平等的法兰西人民惋惜，他竟会跟着英吉利海峡的暗流，在这解放时代说出了这维持帝国利益的声明。

殖民地制度在阻碍我们的胜利，又将使这次战争成了一个没有结束人类厄运的一场恶斗。我在 1938 年的冬天，从西贡登陆，那是我初次访问越南。下船来，有着警察把一船的中国人一起用武装押送到一个法国官吏的大桌前，我们没有犯罪，只是想取道友邦归国。可是，这是我平生第一次在武装警察的监视下受到审问。我那时离开法国还不到一个月。凯旋门的雄姿，Notre Dame 一带咖啡店里的幽闲，还在我眼前。法国人的热情和亲切，永远是我不能磨灭的印象，可是一过了苏伊士运河，为什么可爱的法国人会用着可憎的面孔对着一个过境的客人呢？

我本来不必再提这些过去不痛快的琐事，可是我自己觉得为了我从小在罗兰夫人故事中所养成对法兰西自由女神渴慕敬爱的心情，使我不能对这些丑恶的琐事更为深恶痛绝，更叫我惊心的是第二天在西贡海关上，穿着制服的殖民地官吏，竟会伸手向我们索取几十比阿斯脱的贿金。"殖民地对于法兰西人民有什么好处呢？"我回国后写给一位法国朋友的信上曾这样说，"这是你们的耻辱。我不想从政治的原则来批评殖民地制度，可是为了法兰西的尊荣，你们不该在东方留下这一个使你们的朋友会痛心的罪薮。"

去年我从印度回来，我在悲痛的心境中，把同样的话又写了一遍给我英国的朋友。我厌恶殖民地，因为它腐化了我敬爱的朋友。我那时又加上了一句："你一定明白，你为了这愚妄的制度付下太大的代价了。"

是的，在这次战争中，不但殖民地的属主在用他们儿女的血来偿赎他们的愚妄，连我们一切为自由而战争的人民，都在付这笔血债。你想：若是广大的印度民族不采取"这不是我们的战争"的态度，我们后方受难的人也不会像现在一般的困苦，日本怎能这样容易占领同盟国东方的脆弱的一边？现在我们固然有不少理由不能正视这同盟国严重的错误，可是将来的历史家必然会说：这是一个自己解除自己武装，让敌人来屠杀的例子！人不是完全的。错误和愚妄原是我们的本性。但是，使我不能了解的是在任何地方都能令人钦佩的朋友，其不能悔改一个不太难于发现的愚妄。

我在现在又提起这套话来，因为在这几天里我们同盟国又吃了殖民地制度的一个大亏。当我在报上读到越南法国军队被日军解除武装的消息，我不能不又想起这常使我厌恶的殖民地制度了。若是戴高乐不学丘吉尔而学学罗斯福，越南不成为印度而成了菲律宾，日军怎能在一两天内解除3万法军的武装呢？

东京的广播本是不可靠的，可是所传越南人民为了独立而狂热的情形，不能完全说是不可能的。当然，我们在局外看去很清楚，这是日本的政治攻势。越南的独立是假的，正和当初朝鲜的独立同一性质。可是，谁使日本能采取这一着显然不太失败的政治攻势呢？若是越南人民觉得他们只有在两暴之间择其一，他们是有理由选择一个假冒伪善的暴君。我们应当问自己，为什么同盟国连这一个可以制胜敌人的政治攻势都不能采取呢？相反的，同盟国所许下他们的将来是一个永久不变的奴隶身份呢？

假如戴高乐真是法兰西传统精神的象征，是一个清算过去错误的新生力量，他应该早就用他看《白雪公主》时的腔调"我喜欢能觉醒过来的人"来向越南广播，他在北非的名言可以拯救3万法国儿女的性命。可是他并没有这样做，他不能在越南发动几百万不愿做奴隶的人民的合作，像菲律宾一般和盟军协力来驱走压迫他们的日军。反之，他使这些曾经贡献他们血汗于法兰西帝国的越南人民会受口是心非的诺言所欺骗。我实在不能不说是同盟国的一个错误。

或者不肯做清算帝国的大臣会回答我说，这是他们的"内政"，我们管不着。我确实很诚恳地告诉他们：我们在这艰苦抗战的中国人民和他们的殖民地太近了。为了我们自己切身的愿望希望同盟国早日胜利，我们是否有权利追问，我们在远东战场是否已动员了一切可以促成胜利的力量？假使有疏忽的话，不但会增加同盟国军民死伤的数目，而且会使将来的和平无法建筑在永久的基础上。我们的盟友，我们有这个善意规劝朋友的责任。

亡羊补牢，还是有益的。远东的大战刚刚开始，我深切期望戴高乐将军所代表的新兴法兰西民族能有勇气清算他们过去的错误和愚妄。这次流血这样多，痛苦这样深的战事，应当是世界新秩序诞生的母体，在新秩序中自由与平等是不能分割的，更不能以苏伊士运河为分水岭。

1945 年 3 月 18 日

重访英伦

行前瞩望

这是痛苦的，麻痹了的躯体里活着个骄傲的灵魂。这痛苦也许曾降到过每个临终易篑的人的心头，只是僵化了舌头，挡住了这心情的泄露。一个国家的弥留却不是这样容易解脱。呻吟里有字句，挣扎里有节奏。当我读到丘吉尔先生富尔顿的演说词，怎能不发生无限的迟暮之感。

我是爱慕英国的。两年的英伦寄居，结下了这私心的关切。在战云还没有密盖到这岛国的上空时，徘徊在汉姆斯坦高地的树林里，野草如茵，落叶飘过肩头，轻风里送来隔岗孩子们的笑声，有的是宁静。一个成熟了的文化给人的绝不是慌张和热情，而是萧疏和体贴。我爱这种初秋的风光，树上挂着果子，地上敷着秋收。可是英国的成熟却令人感到太仓促了一些，使人想起古罗马的晚景，在蔚蓝的地中海上，竟成了一座蜃楼。为了我对英伦有这一点私衷，未免起这忧心，尤其是当我接到新近从那边的来信，描写着劫后的伦敦，繁华中的废墟，这样地不敢令人相信。历史太无情，岂是真的又要重演一次帝国的兴亡轨迹？

煤、铁、水筑成的帝国

英国人有他们足以自骄的过去。罗马帝国除了寿命之外，有哪一点可以和大英帝国相比呢？当第一次世界大战发生的时候，大英帝国拥有1200万平方里 [1] 的领土，满布全球，4.25亿的人口，占全人类的1/4。罗马帝国在领土上只有它的1/5，在人口上只有它的1/4。永远没有落日的帝国在文化、经济、武力上支配着整个世界。这雄飞宇内的帝国实在是历史上的奇迹，它发迹得这样的迅速！300年里长成的帝国竟如的壮健、跋扈！300年前的大西洋，这滋养培植大英帝国的波浪，是西班牙巨舰纵横出没之区。渔人、海盗、亡命者蚁集的岛国，靠了海峡的天险，才能苟延残喘于强邻的姑息之下。他们怎敢仰首伸眉，问鼎欧陆？可是历史却挑中了这三岛，这海岸线最长、煤藏最富的三岛竟成了一个新世纪的摇篮。

"我们的帝国是无意中产生的。"英国人喜欢说这句话。至少在早年这是不错的。帝国的母亲，女皇伊丽莎白少时没有敢做过诞生这贵子的美梦。她犹豫再三，不敢拒绝西班牙菲利浦的求婚。拒绝，那将是英国的灾难；不拒绝，那将是英国的屈辱。菲利浦的缺乏耐心解救了她的难题。1588年7月，历史转捩的日期，西班牙无敌舰队的132艘艨艟巨舰迫近了英国的海岸。这是一个谜，神风还是战士，击溃了这似乎是致命的打击？无论是出于什么原因，赔了夫人又折兵的西班牙白白地送出了一个永远收不回的礼物给这位帝国的母亲。海上霸权从此转移到英国手里，直到威尔斯亲王号在新加坡海外沉没为止，350年的帝国历史！

我愿意相信这三个半世纪的帝国繁荣，并不是出于哪一个人的擘

---

[1]　里为旧制单位。1里约等于500米，1200平方里约等于3600平方公里。

画。谁能预先布置下这两个前后媲美的女皇，一个统治了 45 年，一个统治了 64 年？伊丽莎白、维多利亚，两个名字加起来岂不就等于大英帝国？当然，一个神秘主义的历史家可以面对这些巧合附会着阴阳盛衰的道理，一个靠着水德的帝国缺不了女性的君主，但是，帝国的基础其实却在比较而言极为平凡的配合上：煤、铁和水。伊丽莎白在无意中得到了水上霸权，维多利亚也在无意中得到了利用煤铁的工业霸权。

维多利亚刚庆祝过她 18 岁的生日，很疲乏地一觉醒来，皇位正在轻轻地打她的房门。她披着软绸的睡衣接受了帝国的宝座。这是 1837 年 6 月 20 日清早 5 点钟。这时候，科学已经把实用的技术带到了人间；瓦特的蒸汽机（1765），倭克瑞脱的纺锤（1771），卡脱瑞脱的布机（1785），富尔顿的汽船（1807），斯蒂文生的火车（1814），都已经替工业革命预备下一切必需的条件。维多利亚女皇坐上皇位时，英国 12 哩的多灵顿到斯多克顿的铁路已经通车。在她 21 岁生日的时候，电报也发明了。她无意地接受了科学的礼物。这礼物也出于她意料地带给了她一个历史上最大的帝国。

科学的技术在铁和煤丰富的地区结成了工业。工业需要原料和市场。水上的来往是最便宜的运输，海外的原料从各处输入这 19 世纪的工业中心，工厂里制造出来的货物，又从水上运到了世界各地。贸易是帝国的主要活动，国旗跟着商业插上了羊毛产地的澳洲、棉花产地的印度、黄金产地的非洲海岸，水上霸权这时不只是帝国的光荣而且是帝国的财源了。谁能说英国不是在无意中产生了帝国？他们有意的是商业，无意的是帝国，可是从此帝国和商业又就分不了手。

帝国挡住了前程

19 世纪的中叶，英国的商船已经在军舰保护之下，驶入了世界每一个港口，在事实上帝国已经成熟，尽管有小英国主义的格兰斯东拒绝收生，还是延迟不了它的诞辰。1876年春天，狄斯累利为英国购得苏伊士运河的翌年，又把印度女皇的冠冕加上了维多利亚的头上，似乎是无法逃避地走上了这命运已注定的路子。狄斯累利怎么不明白他给英国一个重大的担负，他又怎么不明白格兰斯东在耳边响亮的声音："这样的帝国是必然会瓦解的。"他不能不向巴力门里为他欢呼的人说："你们有了一个新的世界，新的势力，也有了一个新的、也不可预知的目标和危险要你们应付……英国的女皇已成了东方最强的主权了。"欢呼的声音掩盖了"危险"两个字，英国多少青年的生命从此将埋葬在这两个字里。70年后，这危险却暴露了，而且竟是一个全人类要共同应付的危机。

格兰斯东所预言和狄斯累利所暗示的危机是什么呢？他们知道大英帝国的基础并不是健全的。煤、铁和技术并不能由英国独占，工业会在世界各地发生，会超过工业的老家；而且英国工业的原料和市场却又远在海外。生产原料和购买英货的人民大多并不是英国人，要保证原料的获得和市场的稳定，英国必须永远维持它的霸权，不但在海上不能有敌人，而且在海外要有武力去保护没有别人敢于争夺的原料和市场。换一句话说，大英帝国必须有殖民地的维持。赫斯克逊早就说了："英国是不能小的，她必须维持这样子，不然就没有她了。"

危险就在这里。维多利亚时代的膨胀是值得骄傲的，但是这却把英国置上了没有退路的绝地。它能永远占住水上的霸权，保持住殖民地，光荣是它的，不然，它就完了。这是每一个帝国的首相所不能或忘的格言。狄斯累利创造了这局面，麻烦了接着他当政的每一个首相。而且这局面也愈来愈严重，因为英国没有独占煤铁和技术的可能。科学没有国界。它抵触着英国的愿望，在世界各地兴起了工业。每一个工业国家的兴起，都成了大英帝国的威胁。这威胁造下了帝国维护者的备战心理。丘吉尔在1924年就明白地说："人类的故事是战争。除了简短的、朝不保夕的插曲，世界上从来就没有过和平；从历史开始以来，屠杀性的斗争是普遍的，而且是不会完结的。"

在这种无可退守的境地作战，英国自从获得霸权以来，从来不能容忍一个可能超过它的强权出现，当法国要抬头时，它立刻去扶持德国，当德国要抬头时立刻又去扶持法国。这种外交使欧洲永远处于分裂和萎弱的境地，英国的霸权才能确保不替。一直到1939年，这种基本的权力平衡还没有改变。可是以分裂、破坏、压制、残杀、战争来应付大英帝国的危险是消极性的，而且我们可以说是逆流的，是和人类文明的进步相抵触的。人类并不能以维多利亚宫廷的光辉为止境，这并不是文明的极点，亿万细民还在穷困、恐怖中喘息，人类还得使每一个人都能享受维多利亚宫廷里的华贵和风雅。这却不是大英帝国所能许诺的世界。我们不能不承认英国在人类文化中的伟大贡献，科学、技术、民主、风度，哪一件不成为19世纪以来人民的模范；但是，它若一定要站在世界的前排，不能容忍别人争光，它也就成为文明的绊脚石了。我自然不是说英国人的心胸这样狭小，英国人从个别来说是最能尊重别人，容忍别人的，可是他们为了帝国地位的安全，却又是"无意"地着着走上和他们风格不合的方向。每一个认真的英国人都避免不了这内心的矛盾，正如我一位很亲密的英国朋友所说："谁喜欢在印度这样搞下去？可是我们怎样脱手呢？"

另一新世纪在等待你

翻出这两次世界大战的历史来重念一遍，我尽管爱慕英国，也不能饶赦英国。英国人眼中似乎只有帝国的安全而忘了还有世界的和平，握有盟主地位的国家把世界和平放到了帝国安全的下面，战争是绝难避免的。英国在欧洲"以德制法，以法制德"的结果，发生了这两次差一点毁灭了人类文化的恶战。英国在两次战争中得到些什么呢？战争并不能解决帝国的基本矛盾，只加深了格兰斯东所预言的危机，在殖民地基础上的帝国是总会瓦解的。

第一次世界大战结束，大英帝国并没击溃威胁它的新兴工业势力，相反地却促成了东西两个新兴工业国家：美国和苏联。美国的不景气和苏联的被冻结，固然暂时缓和了当时的严重冲突，但是，第二次世界大战中，这两个工业国家的潜力却表现得使英国战栗了。何况，战术的发达，水上的霸权，并不足以保卫岛国本部工业的安全。空中降下的破坏使海峡的天险失其效用。英国在第二次世界大战中工业设备的破坏是致命的。它是以世界工业中心的地位起家的，现在这帝国最主要的本钱却丧失了。工业的基础已经由煤和铁转变到了汽油和化学品，武力的基础已从水陆平面转到了立体空间。这转变使大英帝国的基础翻了身。科学和工业造成了大英帝国，也是科学和工业使大英帝国式微和没落。

人是会被过去的光荣所迷惑的。承认丑恶的现实需要勇气，而这勇气却不是被过去光荣所迷惑的人所容易得到的。过去的半年里我在等待英国人民的觉悟，可是传来的消息却常常相反。英国的安全，现状的维持，还是他们不易的政治课题，而且，题解的方程式却还是那传统的分裂、牵制、压迫和战争。这方程式已使人类濒于危境，继续使用下去，除了毁灭还会有什么呢？

若是英国还是在旧公式里看世界，它怎能不觉得前门送狼，后门迎虎呢？隔着大西洋的美国，工业的膨胀已完全压倒了英国，而且超越的距离又这样远，英国实在已望尘莫及。所幸的，英美之间还有血浓于水的传统；美国的势力也还没有伸入帝国心脏的地中海和印度洋。两国正面冲突在短期内不易发生，但是经济上的矛盾虽则潜在却并不轻浅，这次美国对英国的借款中已充分表示了这矛盾在作祟。

大英帝国直接的威胁来自另一新兴的工业国家。这国家不但毗邻于地中海的生命线，而且具有煽动殖民地反抗的魔力，那就是苏联。今后工业和武力的血液是汽油。大英帝国的油库却在中东，正处在苏联的门口。苏联在另一种经济制度中工业发展的速率是惊人的。在 10年之后，没有人可以预料它的生产力会达到什么程度，而且，它发展工业的原料，靠了它广阔的领域，竟可以大部分自足自给。这个新兴的工业国家若容它发展，无疑地将是大英帝国无法收拾的竞争者，也可能是帝国瓦解的执行者。若是要维持"英国是不能小的"的话，这个帝国心脏里的刺自得及早拔除。丘吉尔的使命就在这里。

丘吉尔和他的承继者做着一件劳而无功的苦差。拔除了法国，产生了更强的德国；拔除了德国，产生了可能更强的苏联。即使拔除了苏联，谁知道不会又产生一个比苏联更强的国家呢？这不是办法。英国并没有做战争制造者的必要，只要它在另一逻辑里打算他们的前途。

我是爱慕英国的。我也相信英国人民有着他们卓拔的才能。我永远在盼望他们的才能不必在战争里求表现，而在人类共同的幸福上谋发展。同时，我不但希望而且相信，这转变方向的时机已经成熟，只要英国人有自信，他们的光荣不必建立在武力上。

英国所需要的是原料和市场的稳定，英国的生命线不是在哪一个交通线，而是在能自由运输的商业。商业本是买者和卖者双方有利的事。有无的交换，本是应该以和平为前提，同时也是和平的保证。英国不幸在早年的贸易上发生了殖民地制度，结果把商业和武力混在一起，一若没有殖民地的支配权就会不能和其他工业国家相竞争。这在目前也许是事实，可是这事实的发生却是在英国用特权来保障了工商业，使工商业不必在技术的改进上求稳定，于是结果反而阻碍了技术的发展。没有特权就会丧失市场，造下了饮鸩止渴的悲惨局面。特权是会使人中毒的。要得到新生，毒素必须取消。

在这个时候放弃特权，可能是艰苦的，尤其是他们的工业方经战争的破坏。但是这特权又怎能和平地维持得下去呢？若是妄想从另一次战争中去求出路，那时，即使再度胜利，处境必然比目前更为困难。英国人民必须下定决心，就在这个时候放弃特权。

英国若是放弃了以武力来维持的贸易特权，他们必然是主张国际和平的重要力量。他们岛国的环境规定了他们得在制造业中求经济的繁荣；他们因之必须从国际组织中谋原料的公平分配，以国际力量求贸易的自由，所以成了国际组织的热忱维护者。他们也因之可以成为另一新世纪的柱石。英国的光荣不在地图上而是在历史上。他们既已领导人类进入过一个新世纪，为什么要轻易放弃另一个新世纪里的主角地位呢？

英国人民是有远见的，即使迷惑一时，必能及时看到他们新的使命。我为了私情的依恋，更使我不能不这样寄托我的希望。帝国的结束不是英国的屈辱，而是英国光荣的再造。英国的雄心不要再在已麻痹了的躯体中去磨折那骄傲的灵魂罢！解脱了这陈旧的躯体，还有个晴朗的天地任你翱翔。

1946 年 4 月 5 日

途中

欧太太的烦躁

"护照，护照，海关，海关……"欧太太遏制不住她烦躁的心情，带着诅咒的口吻，把她疲乏的身体斜倒在机场休息室里的沙发上。穿着便服的一个海关职员并没有注意到她不耐烦的表情（叫他怎么会注意得到呢，除了这种面貌他在这里会见到些什么其他的表情），机械地递给她一张油印的通知，用法国口音的英文，说着他一天不知道要说过多少遍的习惯语："赶快去报告你带了多少外国货币。"欧老太太失去了原有的礼貌，把这通知，当着那位职员的面，向手边的小桌上用劲一抛："上帝，我受不了这些了。"那位职员一点也不见怪，不怒、不笑，移转到另一个旅客的面前。

我自然很同情欧老太太。我们是半夜两点钟在开罗的旅馆里被叫醒的。为了护照，海关，一直到天亮才起飞。旅客们已经不高兴，若是5点钟飞，为什么要剥夺我们两个多钟头的好梦（睡觉在长距离空程旅行中真是分外甜香）？到了马赛，太阳还没有下山，多少对法国怀着幻想的人，很想在这南欧的晚秋有个闲散的黄昏，甚至像电影里一般逢些奇遇。尤其是那些在热带的沙地和丛林里告假还乡的兵士们，带着一说起法国就会吃吃嬉笑的渴望，被护照和海关耽搁在休息室里，确是件很为难的无聊事。夜幕在海面上下降，这恬静的晚景对这些不耐烦的旅客是无关的。

到旅馆吃完夜饭，已经8点。欧老太太特别放大了嗓子和伙计说："对不起，没有小账，你们政府不给我换钱。"这一晚她连酒都没有喝，气愤愤地回房了。10多小时的飞行，5小时以上的耽搁在海关上，怎能使她对马赛有一丝好感呢？

马赛是我们在路上第四个歇夜处，也是最后一个。疲乏和烦躁已经超过了一个普通旅客可以忍耐的极限。退任回家的香港警察局长，那位富于幽默的老先生，偷偷地问我："你还有勇气从空中飞回去吗？"我摇了摇头，等一等接着说："若是孩子们等我过圣诞节的话，没有勇气的人，也会上机的。不是吗？明天你到了，圣诞节还有好几天哩！"他笑了。他看了欧老太太一眼："假若你觉得路上太寂寞的话，回去时坐在这位太太旁边就是了。2月初，你准会在这原机上听她说再也不坐飞机的话。"

不错的。人是无法拒绝这种新的工具，不论这新的工具带给人的是烦躁还是满足。

是时代所带来的

世界上哪一个角落里找不到欧太太的烦躁？

没有人想和欧太太作对。这点我很愿意保证。欧太太有事要早一点从远东到西欧，两个月里打个来回。几十年前是个幻想，现在已是事实。再急一些，一星期来回也做得到。看了试验火箭的新闻片后，谁也不敢说，不久以后，广寒宫的摄影不会列入旅行社的窗饰里招揽游客。自从原子能被利用了来做武器，没有人可以对于这"无穷可能"的人类文化再作会停留在某种阶段上的预言了。不是上天，就是入地。繁荣和毁灭之外似乎已没有其他选择。就难易说，入地有捷径，上天却无便道。我曾听过 BBC 念 John Hersey 所著的《广岛纪实》。入地的捷径在这里描写得清清楚楚。一个城市怎样在刹那之间化为灰烬。可是一说到上天，这历程的艰难，已使每一个魂灵在战栗。欧太太的烦躁不过是微之又微的一端而已。

我很想安慰欧太太，所以曾这样说："我们是坐了飞机在为海运所组成的机构里穿行，怎能不发生无谓的摩擦。"欧太太是有礼貌的，很轻快地能用微笑来原谅我因语言的困难所说出她所不太能了解的话。她的微笑每每使我不很舒服，我感觉到人和人间个别习惯所树下的障碍，也许就是这类障碍在阻挡着人类的上天之门。

"欧太太，你是什么时候去香港的？"我补允地问她。

"二十多年了，那时我是最喜欢旅行的。我曾回国过好几次……"她有一点感伤。我知道她丈夫是死在日本集中营里的，旧事重提，徒然使她眼睛潮润，所以赶快打岔："那时护照、海关不会这样麻烦人吧？"

回忆使她诧异，护照，海关，似乎在战后才引起她的厌恶。"不，不这样麻烦。坐了几天船，船靠了岸，到了一个新码头。停上一两天，一路玩玩，买些土产，海关上的人也客气得多，好像一下就弄好了。我们不带东西上岸，海关上只看看护照，打一个橡皮章子。至少我不太觉得这是件令人厌恶的无聊事。"她沉默了，也许她感觉到人事已非，心情难复。或是她又想到了上一天和我所说的：战争是疾病，病后的世界，人心已经和以往不同。可是她至少已同意，护照，海关，这一套入境手续是由来已久，但是从来没有像这次旅行一般引起过她如是的厌恶。这套手续的麻烦似乎并不是在它的本身，除了新添的那些关于兑款的节目，重要的关键是在飞机。飞机速率使旅程所需的时间缩短了。海运时代一星期才穿过一道国境，现在一天可以穿过好几道。以前偶然遇着不讨人喜欢的面孔，现在一天要碰上好几次。以前可以用时间来冲淡的烦躁，现在却被飞机的速度所累积了。以前受得了，或是可以捺得住的，现在却成了不易承受的了。以前隐藏的，现在显著了。时代在前进。

"欧太太，你觉得入境手续是多余的吗？"

她想了一想："也不能这样说，除非没有国界。"

"你以为这是可能的吗？"

"我没有想过。"

"那么，旅行的麻烦是注定的了。"

欧老太太是现实的，并没有幻想过遥远的可能性。遥远，在她是曾这样觉得的，但是飞机的速率已经把这距离缩短了。因之她在现实经验中已初次遭遇了国界的麻烦。不论这是不是免不了的。她确是没有想过这问题，可是现在已不能说这是个不必想的问题了。

确是不太合理

天下一家，以前是一个理想，现在却成了一种需要，也可以说是空运时代人类生存的必要条件了。这个理想变成一种需要，原是威尔基先生在空中旅行之后才定型的。也许这句口号在我们传统的理想中太熟习，所以对我们并没有什么特别的刺激。我们可以觉得这不过是老生常谈。可是在西方的传统中，这却不然。现代的新秩序是诞生在四海一体的中古观念的否定中。列国的成立是新秩序的基础。主权的神圣，是带着宗教色彩的政治观念。第一次世界大战结束时所标榜的主义不就是民族国家的独立吗？这主义最明切的表现是捷克的立国，马萨立克能在海外建国，看来像是奇迹，其实不过是这基本政治观念的具体化罢了。只有20年，世界确实变得快，高速的交通工具已动摇了根据这国家主权观念所建成的政治体系。

当然，天下一家，在很多人眼中还不过是一种好听的理想，可是让我们现实些，看看日常的问题，也许不难承认否定这基本概念的人是无法解脱日益加重的烦躁的。欧老太太不过是其中很小的一分子。

欧老太太是经商的。为了她要想在香港做生意，所以要坐了飞机到伦敦来订货。她心情在上飞机时已经不太好。为的是美国选举结果可能影响她的计划。有一天无意中我们谈起了美国选举的事。她很带感情地说："美国共和党得了势可不得了。这些孩子们简直胡闹。"原因很清楚。共和党上了台，美国统制政策会放弃，物价会高涨，英国向美国的借款因之要打折扣，英国靠美国供给的货物要减少，尤其是农产品，英国会更缺少，于是英国在进出口方面一定要另做打算，根据选举前所计划下的方案不能不重新考虑，欧老太太的生意也受了影响。在她的口气里听上去，美国选举结果于她一定是不利的。

"不合理！"欧老太太自言自语。

"这有什么不合理呢？美国人的事美国人去决定。"警察局长在旁插了一句。

"当然，我又没有法子去投票。美国孩子们发脾气，赔本的却是我们。"欧老太太似乎很委屈，"我们没有投票呀！"

这两位都是标准的英国人。他们认为凡是有关于自己利益的事，一定要有争取的权利。这是英国民主的第一课。他们承认社会上利益是并不一致的。但是在决定一项有关于众人之事的政策时，不同的利益都得有机会发表意见。在选举票柜里称一称，谁票子多。这样，受损失的人才甘心。若是有一个集团不经过这个手续，硬要剥夺另外一个集团的利益，他们是不肯领受的。没有投票，没有责任。但是现在的英国人开始感受到一种外来的力量，这力量会决定他们的生活，而他们对这力量却并没有直接去左右的办法。这里有着一条国界，美国的选举是美国人的事。民主关在界线里，造下了这确乎不太合理的国际关系。这界线不但使喜欢旅行的欧老太太感觉烦躁，而且可以使她全盘丧失这次旅行的意义。曾经用来保护可以自足的单位的界线，进入了这个时代，却成了弱者的束缚。

我在马赛旅馆食堂里，望着欧老太太匆匆离座的背影，也感觉到了难受的烦躁。我冒着晚凉，出门溜达。人行道上堆满了黄叶。人影稀少，连咖啡馆里都寂然无声。无疑的，旅途里的烦躁将一直带到阔别 8 年的英伦了。我愀然回来，时已午夜。

1946 年 12 月 1 日寄自伦敦芦叶寨

拉斯基教授没有败诉

伦敦经济政治学院四楼学生休息室到饭堂的走廊里，这天人特别拥挤。围着一个桌子，多少青年学生，很愤慨地在谈论。我挤进人群，一看，桌子上有一只匣子，匣子里有钞票，有银角子。匣子旁，用条椅子垫高了，贴着一张白纸，纸上写着 Laski Fund（拉斯基捐款）。耳边只听见"这真岂有此理，不公平"。

在前一天晚报上有着大字标题："拉斯基教授败诉，诉讼费 1.5 万镑。"学生情绪的激动和桌上的捐款，显然是为这件事发生的。

报纸造谣

去年 6 月 20 日纽淮克一张报上有下面一段关于拉斯基教授为工党竞选演说的报道：

暴力革命
拉斯基教授的答复

星期六纽淮克市场上，拉斯基教授演说时，他和戴先生有生动的对话。戴先生诘难拉斯基教授说："你为什么在战时公开地主张暴力革命？"拉斯基回答说："若是劳工不能在共同同意的方式中得到所必需的改革，我们只有用暴力，即使是革命，亦在所不惜……英国必须改革，若是不能在同意中做到，只有用暴力了。从这位诘难我的先生的火气看，当暴力革命发生，他正是最自然的对象之一。"

那几天拉斯基教授到处为工党演说，保守党的报纸尽力地在找题目攻击他。这段新闻一发表，对于工党的地位很有影响。英国的传统是厌恶暴力的。他们最骄傲的是能用语言代替枪炮。若是当时的工党的执委会主席公开威胁选民说：你们不选我们，我们要革命了。英国人民的反应必然是"岂有此理"。于是保守党就有办法了。在大选的时候谁敢得罪选民？所以拉斯基教授立刻否认他曾说过《纽淮克报》上所记载的话。非但否认，而且认为这歪曲的报道是诽谤他。若是主张暴力革命而且公开煽动群众是有罪的，《纽淮克报》有意要加罪于他，他就以诽谤罪向法庭起诉。这案子到最近才开审。

在我们看来也许会觉得这是小题大做，但是在英国这确是个大题目。第一，这是一个富于政治性的问题。在用舆论，用选举票决定政权的民主国家，政党的立场必须明白清楚。工党是并不主张暴力革命的，这一点决不能给人民一毫误解。拉斯基教授是工党的台柱，他的政治主张不但是有关他自己的地位和名望，而且有关工党的前途。第二，也许更重要的，这是有关英国言论自由的基础，言论机关的信用。在以舆论来左右政治的国家，影响舆论的言论机关必须有最起码的道德，就是不造谣。若是所有报纸大家有造谣的自由，所谓"宣传攻势"，舆论将无所适从，将把民主政治从根翻起。为了要保障能以选举票代替枪炮来决定政治的民主基础，对于报纸造谣一事是绝不能轻易放过的。拉斯基教授既然没有说主张暴力革命，就该依法起诉了。

政治与司法

这案子一起诉，就引起了一般的注意，认为这是对现行司法制度的一个试验。第一，是试验司法是否独立，或是司法是否超越政治。这案子是发生在竞选之中。这是保守党想在舆论上打击工党时所采取战略上发生的案子，而且这案子很可以利用来影响人民对两党的看法。譬如说，若是在法庭上证明了拉斯基的确是主张暴力革命的，则不喜欢以暴力来革命的人就会厌恶工党了。这不是说案子本来是可以作为竞选活动了吗？第二，另一方面看，现在执政的是工党，工党在这案子上是否会利用他们执政的地位去影响司法？

在这背景里，法官的处境是相当为难的。所以首席法官公开在庭上说："在一个富于政治意味的案子里，法官是最为难的，因为法官的责任是要不存有和不表示政治见解的。"可是英国司法制度却不能拒绝这一个试验。

法官的为难在英国司法制度中并不太严重，原因是为了要防止政治干涉司法，英国人民早就立下了很多预防的办法。在英国的历史上曾经因为那时的皇帝利用司法机构侵犯人民的权利，人民已在 12 世纪的时候确立了陪审制。盎格鲁－萨克逊民族似乎是天生猜疑权力的：在他们看来，不管好人还是坏人，一旦握有权力，同样会被权力中毒，侵犯人民权利。所以不但治理人民的法律必须得到人民的批准，而且在引用法律来拘束个人时，人民也得参加。于是发生了陪审制。

陪审制的原则是这样：法官只负责法律问题，事实问题由陪审官负责。举一个例：我们若捉到了一个小偷，他究竟有没有偷东西，那是事实问题。偷了之后应当依法受到什么样的处分，那才是法律问题。在我们中国这两个问题都由法官决定。在英国，这两个问题是分清楚的。陪审官先决定了那个小偷确是偷了东西，然后由法官宣判他犯什么罪、关几天、罚多少钱等。

陪审官是从人民中挑选出来的。事实上不能不限制陪审官的数目和资格。审判一件案子时普通的陪审官是 12 个人，在有资格做陪审官的公民中随意挑出来，目的是在得到对于这案子没有偏见的人可以公平地听审原告和被告双方的意见。要达到没有偏见的程度，关键是在陪审官的选择上。关于这一点已经有了避讳和要求撤换的办法。但是陪审官的资格上还是有问题。在英国，陪审官资格的规定是：年龄在 21 ～ 60 之间，有房屋或土地的财产，所住的房屋须每年纳税 20 镑之上（伦敦的资格定得较高）。另外还有一种特别陪审官，所需资格是：绅士、有学位的人、银行家或商家、住所纳税每年在 100 镑之上等。原告或被告可以申请要求特别陪审官陪审，换一句话说，可以要求更有地位和更有钱的人来做陪审官。

我们自然应当承认陪审官资格必须加以限制，我们也可以承认有钱的人教育程度高，不容易受物质上的引诱等，而且依以往的经验讲，这些资格规定的结果确是利多弊少，而且经济情况困难的人也担负不起这无偿的公民义务。说老实话，没有人愿意多事的，何况是白赔精神又费时间的事，结果还要得罪人？因此，关于资格问题并没有受过太大的批评。

还有一点我们应当知道的是，在英国，打官司是件费钱的事。为了二三十镑的债务可以费去几百镑甚至几千镑的律师费和诉讼费。普通人没有这本钱去上法庭起诉。因为这个经济的原因，穷人避之唯恐不及，打官司的大多是富人，所以更谈不到请穷人来陪审富人们的官司了。

发生问题是从拉斯基的案子开始。

辩论和定谳

11月27日是拉斯基教授自己受被告律师询问的日子。拉斯基教授的口才是素来有名的，他的对手是著名皇家律师彼屈立克海斯丁爵士，这场辩论自然是英国历史上少有的精彩节目了。

被告律师把拉斯基教授所著的书大概都逐句读过了（不知费了多少时间），他摘录很多句子，想来证明拉斯基确是主张暴力革命。他念了一段之后，就问拉斯基说："你意思是说要叫资本家让步是不可能的吗？"他要拉斯基说声"是"。一说是，他就可以说：拉斯基一面说资本家不让步，劳工会用暴力；另一方面说，资本家决不会让步。两句话一加起来，拉斯基是在说：劳工一定要用暴力了。可是拉斯基明白这圈套，所以向法官说："我是不是应该在断章断句之前说是或否，还是应当向陪审官解释我整篇的意义？"这一问使法官很为难，他只能回答说："我想你是有权利解释的，但是我不想把这案子变成个社会主义的讨论。"其实，即使拉斯基把法庭变成了教室，我也很怀疑这些陪审官会在几十分钟里弄得明白拉斯基一生的政治学说。所以，拉斯基只能很简短地说："我的看法是，社会和平的维持和暴力的避免是社会所应当趋向的最重要的目标之一。这是我加入工党而不加入共产党的原因。"这句话陪审官应该是听得很清楚的了，可是大概还是太深奥这两位舌客愈迫愈紧。

律师："在社会主义政党里也有特权的人物的吗？"——这是讽刺工党的话。

拉："当然，爵士，当你加入社会主义政党的时候……"

律师："不要粗鲁！"打住了拉斯基的答语。

拉："这是在这世界上我所愿意做的事中最后的一桩。"

律师："也许要你客气是困难的，但是不要粗鲁。你对每一个人都不讲礼貌的，不是吗？"

拉："我想并不如此。"

这位爵士拿了那本《当前革命的检讨》，问说："这本书的基本论调不是说在战争进行中是有机会实行同意的革命的，但是到战争一结束，这机会就丧失了吗？"发问的目的还是我在上面所说的，要拉斯基说在英国只有用暴力革命才能达到社会主义。

拉："减少了。"

律师："我说：丧失了。"

拉："我说：减少了。"

律师："你不接受'丧失'两字吗？"

拉："不接受。我说减少了。"

拉斯基教授并不认为在社会的改革中暴力是必需的，但是他并不否认暴力革命的可能。他像其他的英国人一般希望政治中没有暴力这成分。他和其他人不同的是在他看来，若是资本主义的国家不自力更新，在和平的同意方式中求社会主义的实现，暴力革命可能不易避免，所以他要求资本家顾全大局，自己退让。他说得很清楚，英国政治的特点，就在握有特权的人能在革命前夕自动放弃特权。他所主张的是：现在社会主义已不能避免，希望不必发生暴力革命。念得懂他书的人，决不会误解他的一片婆心，主张和平。但是被告律师却断章取义，使没有念和不懂拉斯基著作的陪审官有一个印象，他是主张暴力革命的人。

拉斯基教授一定忘记了听众并不是他的学生，经一阵辩论之后，他冷冷地说："这是诊断，不是警告。"在这些陪审官看来，这两个名词有什么不同呢？

拉斯基教授败诉了。陪审官在 20 分钟之内回答法官说：《纽淮克报》所载是正确的，于是这和事实不合的记载被断为不是谣言了。拉斯基教授非但不能得到诽谤的赔偿，而且要付 1.5 万镑的律师费和诉讼费。

法官在陪审官定谳之前声明了几点：他认为在竞选中报道演说是报纸对于国家的责任，在热烈的辩驳里感情激动和有意气的话是难免的。而且他说，"诘难是有趣的，对此我自己也并不是外行。"他知道在争着发言的情形中，记录是困难的，但是并不应因之歪曲事实，记载演说的人没有说的话。至于拉斯基教授在书里用暴力、用革命等字眼和讨论这问题，那是他当政治学教授的责任。就是他说了像报上所记的话，也并不能说他煽动或是危害社会安全，他说："法庭不知道陪审官的政治意见，这是对的。但是大家得记住：无惧地和有力地说出他所喜欢说的话是英国人的权利。不论他们（陪审官）怎样不喜欢一个人的意见，不论这意见怎样和群众或政府不合，这意见决不应构成这人唆使的罪名。"这说明了拉斯基教授败诉并不是拉斯基教授言论的不当，只是说《纽淮克报》并没有诽谤之罪罢了。

改良司法制度的要求

伦敦的报纸天天把辩论的详情发表。除了 12 个陪审官外，有着无数的人在庭外"听审"。从所发表的辩论来说，被告并没有提出充足的证据可以使庭外的听审者感觉到拉斯基教授的确在演讲中说出了报上所记的话。这是伦大的学生议论哗然、感情激昂的原因。根据大多学生们的看法，这个对司法制度的试验，证明了英国的司法制度还是受政治的影响。这影响并不是出于政府的压迫，工党政府始终没有对这案子表示过一丝意见；而是出于陪审官的资格，使有钱的人左右了司法。让我补充一点，拉斯基的案子是应被告要求由特别陪审官陪审的。特别陪审官的资格是住所纳税每年要在 100 镑之上，那是属于上中层阶级的人，是保守党的后台。

以往陪审制度的确已把私人间偏护的因素尽可能消除了，但是因为陪审官资格的财产规定却把阶级间的偏见注入了。在这个案子里，这弊病暴露得十分清楚。

拉斯基教授的败诉引起了英国人民对于现行司法制度的检讨。依 12 月 6 日《标准晚报》的报道，英国政府已决定组织调查委员会研究这个问题了。他们将对陪审官的资格，尤其是特别陪审官的资格，加以检讨，是否会影响陪审制所要达到的公平原则。很可能会提出修改的办法来给国会去立法。

修改司法制度是拉斯基教授败诉的可能收获。他的名字可能在英国司法制度史上占一个光荣的地位，但是这位穷教授当前的问题却是怎样去交付那笔惊人的诉讼费和律师费。他即使每星期写一本书，也不能在短期内还清这笔债务。工党能替他付吗？可能性并不大，因为工党不会愿意直接参与这件案子。他们是在朝党，多少要避一点讳。于是有拉斯基捐款发生了。同情拉斯基教授的人，捐钱帮助他清理这笔冤杜钱。这办法不但在经济上替拉斯基教授解决了困难，而且是对现行司法制度一个有力的控诉。舆论的表示也可以促成司法制度的改良。

看着到食堂去的廊上学生的情绪和桌上的捐款，我觉得拉斯基教授实在并没有败诉。

1946 年 12 月 8 日寄自伦敦芦叶寨

英雄和特权

3日下午4时，我在国家艺术馆的前廊里等候一位朋友。前廊面对屈拉法尔加方场。方场中间高耸着一个华表，周围伏着四只铜狮。我跟着华表举眼上望，表顶站着一个戎装的铜像。8年前我常经过这伦敦中区的胜地，但是似乎没有注意过顶上的铜像；我眼睛停住在这上边，自笑过去的粗鲁和匆忙。旅行是应当先读卷历史的。

这是海上英雄纳尔逊的铜像，屈拉法尔加是他最后一次击败拿破仑法西联合舰队的地方。为了纪念这奠定英国百年海权的大功，在这一面通皇宫，一面通巴力门（英国国会）的方场上筑此纪念华表，把这次海战中的巨炮熔铸成四只雄狮，匍匐在这华表周围。

当我在意味这一代英雄的威望，百年帝国的雄姿，再想到当前英国的处境，海权的萎缩，不免感到"而今安在"的喟叹时，久等的朋友在背后拍着我说：

"纳尔逊的时代是过去了。"

我愕然。

"不是吗？"他指着东面的白屋街底，"在街那头，正在讨论要停发纳尔逊的恩俸。这是工党的得意之作。"

巴力门里

3时41分，财长唐尔登在下院站起动议，屈拉法尔加财产案两读。

他说："这是项很短和很简单的案件。但是我在报告这法案的内容前不能不说几句有关这案历史和感情背景的话。这是件英国历史上富于感情的事迹。有位著名的史家曾说，纳尔逊天才的英姿带来了不列颠水上的英雄时代，安定了帝国威震全球的海权。这伟大、勇敢的水手能屡次睁着眼睛面对危险的降临。他三次大捷，尼罗河之捷、哥本哈根之捷、屈拉法尔加之捷，奠定了英国海军无敌的传统，一直经过19世纪，到两次击败德国后的今日，永维不坠。纳尔逊挫败了拿破仑征服三岛的雄心，和现在我们的三军挫败希特勒同样的雄心前后媲美。回观往事，我想我们能说纳尔逊胜利的收获实在远甚于拿破仑。

"1805年10月21日，胜利在望的顷刻间，他死在'胜利'舰船底的伤兵室里。他的水手把他安放在格兰威的'画堂'里，唱着哀歌：

'让这躯体埋葬在和平里，但是他的名字将长久地活着。'

'千古悠悠，没有减弱这光辉，变改这荣耀，不朽的英雄。'

"今天下午的讨论是有关于1806年的法案（纳尔逊恩俸法案）。我不知道这百世难见的英雄对这原案会有什么感想！这法案并没有实现他的遗嘱。他临终时的过虑，在他极大的痛苦中所念念不忘的，不是他的弟弟（在这法案中得到恩俸的人），而是他所爱的一位女士，和这位女士所生的女儿。在那天可纪念的胜利日的早晨11时，纳尔逊悄然回到他的案头，发布应战的命令。有一个水兵把哈密尔顿太太的画像从壁上取了下来，纳尔逊向他说'小心这天使，我的护神'。他在那时写下了他的遗嘱：10月20日，1805年，当法西联合舰队已经在望，敌我相距10浬 [1] 的时候……我将遗下爱眉，哈密尔顿太太，托付给我的皇上和国家，相信他们会给她充足的供给以维持她的地位。我也将把我的义女华瑞夏托付国家。这是我在这即将献身之顷，对于皇上和国家唯一的请求。

"他在案头和这遗嘱一同留着的是两封信，一封是给爱眉，一封是给华瑞夏。"

---

[1]　海里的旧称，1海里通常等于1,852米。

永远不缺乏诗情雄辩的巴力门里，又一度振荡着历史的爱慕和遗恨。财长唐尔登趁这感情的高潮，轻轻一转，他念了一段史书的记载，似乎为这不朽的英雄申诉不平，因为他的遗嘱并没有遵守。这西方的虞姬在英雄死后，潦倒一生，客死异乡。她的坟地曾被用作堆放木材的场所。她的爱女，纳尔逊的骨肉，下嫁平民，湮没无闻，死而无后，真是一片凄凉。英国皇上和人民为什么这样薄情呢？不是的。国家从1806年起每年付出纳尔逊恩俸5000镑，还有几百亩的地产和宏大的广厦赏给这英雄的后裔。纳尔逊除了这华瑞夏外并没有子息，而这女孩却又是法外的收获，所以继承这厚恩的却是个平庸无能、不相干的弟弟。

唐尔登请求国会在现有继承人死后把这恩俸取消，把地产收归海军部。这并不是说纳尔逊的功绩已被遗忘，这点现任财长很小心地一再申述，只是要使纳税人民所有的负担得到最大的代价。他建议这笔钱将用在实际能发扬纳尔逊精神的事业上。

合理的成了不合理

巴力门内几百议员费了整个下午，热烈辩论这只有5000镑一年的账目，岂是表明这帝国的匮乏、门第的破落吗？不是的。英国可以费几十万镑向各国去聘请学者来观光，绝不会吝啬这5000英镑的恩俸。岂是英国厌恶战事，想把这争霸的偶像打倒，另立英雄的标准吗？不是的。英国虽则并没有像美国一般把胜利将军捧到天上，横行一世，但是对蒙哥马利的敬慕还是超过罗素和拉斯基。他们在这5000镑的恩俸上大做文章是为什么呢？在我看来这是日渐雄厚的平民势力在向传统的特权阶级挑战的号角，同时也反映出英国在这次战争中基本态度上发生的转变。以前认为合理的，现在被认为不合理了。在纳尔逊的故事里，现在的政府找到了很可以借口的把柄，反对党的议员看得很明白，所以紧接着财长的声明立刻指出："这不是政府收支的问题，而是原则的问题。"

以前认为合理而现在认为不合理的第一项是为什么哈密尔顿太太得不到恩俸？在巴力门里公开地提到这名字是空前的。英国绅士们会觉得唐突无稽。这个不体面的女人！这种名字只能在小说上看到，历史上不该有份。她是谁呢？下面是她的简史：

爱眉是个铁匠的女儿，出身微贱，在乡下当保姆、婢仆之流。年方二八的时候，她出现于伦敦街头，行为暧昧，姿色可人，结果是做了一个弃儿的母亲。丽质难掩，又入侍某放荡的男爵。在她刚要生第二个孩子时，被男爵的家人逐出。可是在这豪门居住时，曾获识了个冷秀自负的青年，格兰维尔。爱眉却一见倾心，愿托终身。一旦被逐，就投奔格氏。格氏在伦敦辟屋藏娇，教以歌舞。在这个时候，她和画家隆乃相值，惊为绝代美人，替她绘像，至今留传。想起来，爱眉之美确是没有疑问的。可是自持颇甚的格氏，明白此娇难藏，供奉不易，所以假装游历，把她引到意大利，交给了他舅父哈密尔顿爵士，当时的驻意大使，自己却溜了。爱眉只能在老绅士前强颜承欢，逐渐由姬妾而成为夫人。芳名日高，出入宫廷，飞上枝头变作了凤凰。1798 年，爱眉 37 岁，徐娘风韵之时，在大使馆接见刚从尼罗河凯旋回来的英雄纳尔逊。

正像是一回小说，英雄传记里缺不了美人。当爱眉一见这英名远播的海上枭将，在一刹那，她昏倒在纳尔逊的臂上。没有人知道这是否系爱眉的装作，但是这一倒，却结下了一段英国绅士们心里羡慕、口上难言的姻缘。在这次巴力门的辩论中，剑桥大学的议员还带着半同情半惋惜的口吻说："纳尔逊在哥本哈根战役中曾以一眼不明，漠视战令，难怪他对这位太太既不少又难隐的弱点熟视无睹。"在"既不少又难隐"的弱点中，也包括爱眉已在肥胖中遗失的妖娆。但是我不明白的是，为什么中西无别，这项体格上的弱点，并不会阻挡历史佳话的发展。

两年后爱眉成了第三个孩子的母亲，唯一她可以自己抚育的孩子，就是华瑞夏。她虽则名字里有哈密尔顿，但是体格和面貌却泄露她真正的父亲，在名义上只是她的义父，纳尔逊。英国的绅士绝不吝啬他的宽容和体面。驻意大使和海上枭将始终维持着亲密的友谊。三个人时常在一起往来于欧陆。又二年，哈密尔顿爵士握着爱妻和良友的手，微笑而逝。

纳尔逊和他爱人同回伦敦，这一对没有名门底子的人物，很客气地被排斥在宫廷和上流社会之外。虚伪和架子本是维多利亚朝的遗风。阶级之分，尊卑之别，阻挡着社会的往来。英国统治阶级若是有长处的话，必然是他们当国家危急的时候可以退让一下。为了帝国，他们不能不起用这不太重视礼教的纳尔逊。纳尔逊在完成他的任务时，死了。他也明白，他对付法西联合舰队是有把握的，他所没有把握去应付的是这根深蒂固的英国传统。他念念不忘鼓励他，给他勇气的天使，他的护神，爱眉。他近于哀求的，想以他保护帝国的功绩来换取他爱人和爱女的前途。可是，这一个要价却太高了。纳尔逊漠视战令，可以原谅，但是漠视传统却不能宽容。他的遗嘱不加考虑地被独身的庇得一手压住，至今已 141 年。爱眉在纳尔逊死后，失去了整个上流社会的同情，被迫着走向赌窟。美人迟暮，抱恨终天，对现实既不能积极地反抗，只有消极的放纵。这更增加了上流绅士的奚落。爱眉负债累累，1813 年被拘入狱。后来逃狱去法，客死异地。

这是传统的英国所认为合理的结束。一个乡间的少女，依她的美貌可以被爵士们玩弄一时，若是忘本妄求，就该受到残酷的教训。对国家的功绩尽管大，变不了这传统的逻辑。

这传统经历了多少世纪，一直到这次大战的结束，才发生动摇。一个社会的真正改革，不在换个国旗，也不在换个宪法，而是在每个人的心上，以前认为合理的被认为不合理了。纳尔逊死了 141 年，没有人想到过这位英雄在地下死未瞑目。高大的华表、雄壮的铜狮、丰厚的恩俸，一切面子都给他了，但是他在遗嘱上所要求的一点却很有礼貌地被抹煞了。

代表平民的工党并不是吝啬这5000镑一年的开支，而是在道德上有责任去否定这传统的逻辑，去揭穿绅士阶级的虚伪和负义。让人民看看以往的统治阶级是怎样薄待保护国家的英雄。巴力门内能公开在道德上打击英国绅士的假冒为善，这是初次。它表示了英国社会本质正在蜕变。人们不应在假面具背后活动，体面是次要的，因为人还有感情、有爱、有人性。平民政治的抬头，使英国人接近了人性的标准。

特权的剥夺

在这下午的辩论中，我们不但可以体味到绅士标准的被否定，而且一个新的标准已经出现。工党的议员强调地说，我们并不是吝啬这5000镑的恩俸，但是财长的责任是在保证人民所付的税，每一文都要用在发展个性，维护社会利益上。这5000镑的恩俸受益的是几个对社会无益的寄生虫，对于继承人没有好处，对于纳税人是一项没有意义的担负。

这种论调是针对着整个特权社会而发的。对于有功于社会的人应当给予合理的报酬，但是把功绩变成特权，子子孙孙可以不劳而获，埋没了他们的志气，养成他们挥霍豪奢的习尚，那是不合理的。在英国，一方有传统的封建特权，一方又有从资本主义中产生的新特权。那些从祖宗手上遗传下来握有大宗股票的人，每年可以不必从事生产，坐收巨宗的息金，构成了阻挡社会前进的保守阶级。这不是特权是什么？英国的社会主义就在要确立"各尽所能，各取所需"的原则。

一点都不错，财长提出这停发纳尔逊恩俸的案件并不是为了要节省支出，而是要确立一个原则。什么原则呢？在我看来是社会上不准有继承的特权。保守党议员所争的也不在这 5000 镑，而是几万万镑英国特权阶级的权利。显然的，工党挑了纳尔逊恩俸作为题目，一个最容易表现特权的不合理的题目，来确立废除特权的原则。从这意义看去，巴力门费半天去辩论似乎还太短了一些。

有一个议员很幽默地说："我们讲到纳尔逊的时候，不应忘记他的胜利并不是他赤手空拳得来的，船上还有不少水手拼过命的。"他接着说："我并不过分对哈密尔顿太太抱不平。这里还有人可以告诉我们，她葬在哪里，墓碑上刻着什么字。可是那些拼了命的水手们的妻儿怎样呢？谁知道他们的坟地，他们的墓碑？"

社会主义是一种看法，一种态度，在这里表现得很明白。传统的看法是个人英雄主义，历史是少数人创造的。没有人想到希腊罗马的文化是无数奴隶日夕劳动积累出来的一种表现。只看见花，不看见泥土。因之，社会的报酬属于个人，属于少数的人，构成特权。表面上看似乎很合理。但是要花开得好，不应该把它剪下来，放在花瓶里，而是应该多加肥料在泥土里。特权的报酬是剪花的方式。社会主义是浇花施肥的方式，有好泥土，自会有好花。

唐尔登在他的提案中虽则没有明言将怎样把从屈拉法尔加地产上所得到的钱用在海军的福利上，但是工党的确在这次辩论中，把社会主义对人对事的基本看法再一度用具体的事实来说明了。在这次战争里的士兵和他的家属，生的或是死的，都可以因之放心，这个政府决不会像庇得一样做下这类张功李赏的办法来，而且也决不会使人再感觉到一将功成万骨枯了。历史的追述常是未来的保证。纳尔逊恩俸的翻案不是件玩弄古董性的消遣，而是确立社会主义的过程中，对特权原则和英雄观念的正面攻击。

辩论将告结束时，反对党议员又责问说："我能否询问财长为什么在政府曾屡次说过巴力门的辩论时候太少太宝贵之后，他会提出这个案子，消耗这许多时间？"

唐尔登站起，很沉重也很简单的答复："因为，在政府认为这是件重要的案件。"7点26分，该案两读以271∶102通过。

这时我正和我的朋友在一家小饭馆里吃饭。我们还不知道巴力门内的结果，但是我的朋友却很坚决地说："这英国已不是10年前的英国了！"

1946年12月19日于伦敦芦叶寨

煤荒

决定搬到南郊芦叶寨来住的原因当然很多，其中之一是我看中了书房里的大壁炉。伦敦的冬季是冷的，那我早知道。我特地挑定了这寒冷而且多雾的季节到这地方来，除了怪癖外，似乎没有多大理由可说；一定要找个理由的话，可以说是我很爱闲坐着，在炉旁看火焰。窗外的浓雾使人很安于室内闲坐；炉前凝视，别有滋味。芦叶寨在郊外，平民的居住区，没有现代的暖气设备，还留些壁炉，动了我的心。

我搬来时，房东太太问我要不要装个煤气炉，或是电炉，我最不喜欢这些"烤鸭"的小炉子，不但煤气炉的味道不好闻，点着的时候，"砰砰呜呜"地像开火车，而且，背上烤焦了胸前还是冷，所以我拒绝了。"我喜欢烧煤。"房东太太很尊重我的意思，每天替我引火加煤。我很得意。

圣诞节前后的一个星期，英国的严冬开始了。招待我的主人知道我有喘病，受不得冻，加紧地去请求"课榜"。带着我跑了三个最大的公司，在这严冬降临之前，总算买到了一件厚大衣。不然，我这个在昆明养娇了的身子，大概早就客死异乡了。入境三星期就买得到一件大衣，多侥幸？"毕竟是上宾"，朋友们羡慕地说（英国衣食迄今限购，连黑市都难找）。可是运命还是不佳，房东太太有一天晚上，很抱歉地向我告罪说："煤完了。我们起坐室里已经一星期没有生火。先生的书房里的火也不能再生了。下个月也许有希望。"我没法接她的口。欣赏火焰的怪癖竟要把这间书房冻成冷斋。

是的，几天前在报上看见奥斯丁汽车厂宣布若是煤的供给不能提高，即将闭厂的消息。我那时还觉那些报纸把这新闻做成头号标题是太不知轻重，谁知道燃料的缺乏竟会威胁到我的书房。

煤是大英帝国的基础。这个帝国十足是建筑在煤基上的。现代工业的开始是靠了煤。机器的原料是钢铁，要炼钢铁一定要煤。煤又供给机器的动力。就以近年来说，煤虽已经不是独占动力的供给者，但是全世界动力的65％还是靠煤，汽油只占21％，不到煤的1/3。在1910年，90％的动力是靠煤。所以在过去100年中，煤是决定国家财富和势力的宝贝。英国这个岛却正是一个煤库。储量上讲它固然占不上前5名（美、苏、加、中、德），产量上讲（以1937年说）也不及美、德，但是在历史上讲，它却是开发得最早，而且在这样一个小的区域里，有这样多煤却是世界上所少有的。

工业在这岛上兴起来了。在欧洲和美洲还和中国现在一般是农业国家的时候，英国的机器制造品已经在世界各地分销，国旗跟着插出去，大英帝国享受着工业的宝座，强权的光荣。可是这帝国的基础并不太干净。不但多雾的三岛，煤气氤氲；一片乌烟，笼罩这没有落日的帝国的心脏。而且，煤层里的工人们，生活里没有天日。英国每20个工人中有1个是挖煤的。英国早年工业是由劳工的血汗中培养出来的。工资低，生产成本低，利益大，资本从这个方程式里累积起来，才有今日。矿工的贡献最大。可是以血汗来培养工业，相当残忍，工人们对于煤，不会有好感。生活苦，兴趣低，效率小——也成了一个方程式，抵消了上面那个似乎有助于工业发展的方程式。英国煤矿工人每日出品的指数，1938年只有113（以1913年为基数），而德国在同年却高至 164，荷兰高至 201。

英国制造工业在组织上，因合理化的要求，固然日趋进步，但工业基础上的煤业却散漫无章。据战前的调查，英国 1750 个煤矿中，有 706 个规模小得只有 50 个工人。雇用 500 个工人以上的煤矿只有 566 个，其中只有 45 个雇用工人在 2000 人以上的。这许多煤矿又分散在许多煤业公司手上，有些公司只有一个矿，有的有近百个矿。这许多煤矿不但产量相差很大，而且生产成本也相差极大。大矿可以利用较进步的机器，小矿却没有改良设备的能力。结果，在没有统筹的市场上，互相竞争。成本高的地方只有压低工资，甚至被迫停工。英国煤量出产最高纪录在 1913 年，2.87 亿吨。一直到现在没有超出过这数目。煤矿留不住工人，1913 年煤矿工人超过 100 万，1946 年却只有 60 万。当然英国煤业停顿和衰落的原因并不很简单。而且其他动力燃料的应用，使煤在工业里的重要性也减少了相当程度。但是我们也不应轻视以煤起国的三岛煤业停顿的意义。

战后的英国若是要复兴的话，工业的基础——煤业，必须加以整理，这是无法否认的至理。英国这三岛上没有油藏。现在所需的油都得从别处运来。这一点需要使英国不能不尽一切力量，不管别人怎样说法，去保持中东的势力，因为这里有英国唯一可以自由取给的油矿。同时也说明了英国的工业决不能再从石油上去求更大的支持。他们还得在自己国土上设法，尽力利用煤，这英国传统的保姆。

煤业国营是负有复兴英国战后经济责任的工党政府第一个具体的经济政策。煤业的停顿最基本的原因是业主分散，相互竞争，没有统筹的生产计划。关于这个弊病，英国的煤业也曾设法改良过：1930 年国会曾通过《煤矿法》强制煤业设立一个机构，统筹生产、运销和价格，使矿工的工资能提高；后来又设立销售局，把各矿出品批发包购，然后分销各厂；1938 年又通过一个法案，设法由国家来购取煤矿，但是成就不大。一直到战后，工党执政才断然采取国营政策。

工资提高，改良设备，使工作的困苦减少，再加上服务国家的观念，使工人可以对他们的工作有好感，增高效率。据政府统计的报告，自从宣布国营政策之后，果然已有很好的成绩。虽则政府接收煤矿要到今年1月1日开始。去年正月里每周产量是325万吨，到12月已增加到400万吨，做工的矿工数目1月里是62万，12月里有了64万。工人请假的频数，1月里是18.3%，12月里减低到13%。若是依这比率逐渐提高上去，可以希望达到每年25000万吨产额的标准。

工党的国营政策从煤业开始，成败也系于这一个试验。他们要证明社会主义是比了资本主义更能充实国民的财富。每个社会制度有它一定的效率限度。资本主义的限度已到，所以若要提高英国工业效率，一定得改变这制度而采用社会主义的国营政策。这是个理论，若没有实际的证明，工党的政权是要动摇的。所以对于这政策的实行，工党政府自然要全力以赴。可是实行这政策是相当艰难的，因为工党挑了一个很艰苦的环境去试验这新的制度。当然，环境若不艰苦，他们怎么会有试验的机会呢？

煤是工业的食粮。英国的工业在战时，尽量的供应，把所有的储煤已经用尽，本质已亏。工厂大都要依靠每天每天的接济。战争一结束，英国债务累累；要还债，它得拼命生产，把东西运出去。这是说有多少生产力就得用出多少来，不能保养。有多少煤，就得充分地分发出去，推动这生产机构，不能节省存储。煤的产量固然有了增加，但是消费量也随着增加。生产和消费之间所留余地不多。有人说，煤区里若有一次轰动的足球比赛，就可以使若干工厂因缺煤而停工几小时。

战后工业复元，各业都竞争雇用工人。英国人力本已缺乏（在海外还有庞大军队没有解甲），各业的竞争中，煤业很不易占优势——工作本身又苦又脏；不需技术，没有前途；地方又不在都市，没有吸引力；传统的名声不好，当矿工不体面，工资也不及别业。1945年中矿工改业的有 1.7 万名，工党政府极力设法，在过去一年中，好容易才招得了 8 万个新工人。

还有一个困难是运输。挖煤已经要费力，可是把煤挖了出来，还得运出去。煤是个最笨重的家伙。英国在战时运输机构损失很大。车皮、车头的缺乏，使铁道运输力减低。汽车的运输更成问题。多年来所制造的坦克，现在一无用处。大卡车的生产已少，而且大多在海外做军用。运输力的减低影响最大的是那些笨重的家伙，煤自然最倒霉。

这许多困难，工党的政府正在集中了力量来应付，还有克服的把握。因为这些在事先可以看得到，而且可以估计得出，统计、计划，都用得上。估计不到或估计不准的有两端：一是天的阻力，一是人的阻力。

在英国是最不易讲计划的。因为他们有一个最拿不稳的对象，著名的雾。雾重的时候，10 尺之外不辨人物。交通得停止，至少车子都得慢慢开。每个车站本来都有一定的时刻表，但是到了雾季，没有人再去看这有名无实的数字了。车子脱班是不足为奇的。工党政府讲求计划，就碰到了这天的阻力。

有人说工党挑定新年初一开始煤矿国营，犯了迷信日历错误，因为这是个最坏的日子。新年初一附近正是雾季中心。果然，圣诞节前后，雾来了。煤车停的停，脱班的脱班，闹出了煤荒。燃料部长辛威尔仰天长叹："我怎样能预测明天没有雾呢？"

人的阻力也不少。工党要实行社会主义，大多数的英国人固然全力拥护，但是少数反对的人却正是握着经济权力的大老板。英国人政治的道德固然高，代表经济权力的政党在选举失败后，乖乖地下了台，一天也不恋栈；但是他们也不是甘于失败的。他们知道若是工党的国营政策一失败，人民就会对工党失去信仰，于是他们又有上台的机会了。他们想打击工党，这是不成问题的。政府要煤矿国营，他们就得在合法的范围之内，难为一下政府。辛威尔在几个月之前早已声明，英国并没有储煤，所以要求每个厂家都尽量不要浪费燃料——"大家帮帮忙"的意思。若是厂家都能节省，都有一两个星期的储藏，天的阻力不致形成断煤之虞。但是厂家为什么要帮你这忙呢？他们有一定的准许的煤量，不怕政府不运来，煤不到，就嚷。嚷得响，也就使人民感觉到政府没有效率。奥斯丁汽车厂就是一个例子。雾重，路断，煤不到。厂家就宣布要停工了。他们说："天气这样冷，我们的煤单够使工人不受冻，机器是动不成了。"工人们却回答他们说："我们冷一点不要紧，多穿几件衣服，还是能做工，不要借口闭厂。"后来还是政府把煤运到了，才解决了这件纠纷。

离开国营的日子一天近一天，煤荒的声浪也一天响一天。在保守党控制下的报纸上，大字的标题，宣传煤荒，不巧的又是时逢佳节。英国人谁也不肯放弃圣诞节。矿工们劳苦了一年，这几天也该休息一下了。据说矿工有一种迷信，圣诞节下了矿，要倒霉一年。可是一休息，煤荒，煤荒，愈叫愈真了。这真使辛威尔食不甘味了。他不能要求矿工放弃圣诞，但是假如全国工厂真的因煤荒而停工，那不是给他煤业国营的开张吉日来一个下马威吗？

英国的政治真是个足球比赛，在旁观者看来实在精彩。

英国的工业并不会因煤荒而停顿的。圣诞节的下一天，矿工们又在挖煤了。在重雾里，司机们忙着把这黑黝黝的宝贝，运到各个厂家。工人们知道国营政策会提高他们的生活。工党政府是他们的代表。煤荒的威胁反而增高了他们工作的意义。他们不但是在挖煤，而是在发掘他们的幸福。代表自己利益的政策是要自己的血汗来保持的。辛威尔是矿工出身。每个矿工都知道他是自己人，怎会让他为难呢？新年初一，矿工已决定用工作来庆祝矿业国营政策的成功。这成了英国新政权表演的机会。

房东太太抱歉的告罪之后，似乎还有一些话要向我解释。我知道她要说的话："我们要让工厂开工，我们冷一些不要紧。"但是她知道我并不是他们本国的人，所以说不出口。

我点了点头，向她说："不要紧，我的太太和孩子在中国也没有煤烧，冷一些是应该的。"

1946 年 12 月 31 日于伦敦芦叶寨

为了下一代

没有笑容，没有激动

中年人的梦里多的是失去了的青春。青春不在，迟暮之感自会引起我们对过去的怀念，对当前的淡漠和惋惜，对将来的惆怅、恐惧和逃避。生命中充满着打击、丧乱，自信心逐渐消蚀的人，更容易触景伤情，发生这类的意境。到达这阔别 10 年的英伦之初，我在圣保罗大教堂前徘徊俯仰之际，看四周残垣断墙，一片疮痍，想当年巨厦华屋，石像雕栏，现已烟消云散，似乎象征着这百年帝国的残体。我料想华贵世家式微时节的子弟们，大概不会缺乏《桃花扇》余韵里的空虚情调。当我在一位牛津的旧友欢迎我的信上，读到这样一句话"这里的朋友们都盼望你来讲《庄子》"时，我似乎觉得我的料想大概有了着落。大英帝国至少已经进入中年了。

周末稍暇，我偕友到"高门"去重游我初到伦敦时的寄寓。房屋依然，但是人物已非。我退回车站，在一家以前常到的小茶社里去稍坐。人很少。我坐定了，向着掌柜的姑娘说："这是我 10 年前常来的地方。"我预想这一句多少带着怆感的话，必然会引起对方的惆怅。事实却不然。她很淡然地不经意地接口说："10 年前我就在这里。"并没有笑容，但也没有半丝激动。好像这是件多么平常的事，好像这 10

年里没有任何可以值得提起的，可以挂得上久别的朋友们絮絮话个不停的遭遇。平常得很。我很有一点拘束，显然的，我所期望于英国朋友们的心境在他们的平民中并不存在。他们并不像我这样多感。我茫然了。

从英国的处境说，哪一点不类于式微的世家，久经磨折的中年人？丘吉尔在这次巴力门闭会那天辩论缅甸的独立案时，开头就说："当我们祖父的时代，人们都想早些起身，怕赶不上帝国领土扩大的官报，现在，相反地，迟起了会在梦里溜走帝国失地的消息了。"看看日常生活吧。住：炸坏的房屋每条街上都可以见到。据说 10 年之内要修葺这些房屋还赶不及，新房子更谈不到。吃：胜利后快要两年，限购制度非但没有取消，反而连面包都限制了。圣诞节前因为美国罢工，粮食部长本来打算连夜去美乞援，深怕每人每顿两片面包的供给都担负不起。饭堂里挂着"面包战争"的口号。衣：从鞋子起到领带，全得用"课榜"，每人每年有定数的课榜，用完了就不能再买。大体说来，一个人一年至多全身换一次。帽子没有限制，但是普通人却多是光头，头发留长一点来御寒。我不必一项一项地描写英国物质上的拘紧，总之，10 年之隔已经在每一件生活的小节上感觉到了区别。

在这匮乏的事实前，为什么除了牛津的少数少爷们愿意听《庄子》之外，普通人并不抱怨，也不那样多愁善感，怀念过去的乐园呢？我在初到的时候，实在不知怎样解释。

街上没有了孩子的吵闹

一天中午，我坐在窗前闲看街景。伦敦的平民区我是相当熟悉的。10 年前，我在家读了半天书，不用看表，只要听见窗外一片儿童的嘈杂声，就知道是 12 点了。因为附近有个小学，而我的窗对面正是一家熟鱼铺。孩子们从学校出来，就挤到这店里去买 3 个铜子鱼，带了面饽在油里炸出来的那么一块，和 2 个铜子洋芋。我也有时去买来吃，味儿当然说不上，营养也不比一块面包为强。孩子们在街上一面闹、一面吃，乱哄哄的，使我没法再工作。因之，这种街景对我印象很深。这次到伦敦，熟鱼铺面前在中午时没有孩子们来闹了。我在窗前闲望时，看到了这一点差别。

房东太太刚有事来和我谈话，我就问她："你那位孙少爷中午不回家吃饭的吗？"她很得意地摇了一摇头："这归学校管了，他们吃得很不坏，我哪里有精神来照顾他？学校若是不备伙食，还不是只能让他在街上买些东西喂饱小肚子就算了。现在他们花样多了，我也弄不清楚。什么维他命，什么钙质——你知道，那一套。孩子们回来说得头头是道。老师们每天还要按着什么科学方法喂他们哩。"

"要不要给钱的呢？"

"钱现在还是要的，6 个铜子一天，6 个铜子在家能吃些什么呢？孩子们中有些穷苦的，不给钱也可以。听说新的教育法案通过了，大家可以不必给钱了。一星期也要 3 先令，一个月不是半镑钱吗？其实学校不止供给 6 个铜子的东西，每天每个孩子可以喝一瓶牛奶，不要钱。"

我本来打算在英国住几个月，养养身体，像我前年在美国一样，每顿喝一杯牛奶，两个月，我增加了 5 磅重。谁知道这次到英国一看，牛奶已受了限制，每天每个成人只有这么一点刚够加在红茶里。我当时想，大概德国的飞弹把英国的乳牛炸死了许多，那种笨重的牲口当然不会进防空洞。因之英国的牛奶出产减少了，不能不在消费上加以限制。听了老太太的话，引起了我的疑问。

"每个孩子在学校里有不要钱的牛奶喝，哪里有这么多牛奶呢？"

老太太并没有回答我的问题，她是不很管闲事的。她唯一的希望是买座房子，在战前她虽有这希望，但是没有这可能。可是战后却成了事实。为了鼓励人民修葺房屋，政府借钱给人去收买炸坏的房屋。

房屋的修理费由政府担负。房主不过只是经营一下和添置一些室内设备就得。我们这位老太太就整日地工作，修好一间，出租一间，收了租钱，再布置另一间。一年来，全屋已经都修好，布置好。她很得意地觉得多年的梦想是完成了。政府是好的，她信赖它，投票时投工党，因为这政府给了她成为房主的机会。其他的事，她一样信任，也不很过问。她知道我对于教育有兴趣，所以说："我有一位朋友，康利小姐，她在小学里教书。你要知道这些问题，我请她来喝茶，和你谈谈。"

和康利小姐的对话

过了几天，康利小姐来了。我们一同喝茶，以下是我们的谈话。

我："我听说 4 月 1 日你们的新教育法案要实施了。这是你们这次战事的收获。恭喜！"

康："是的，其实这新法案没有什么新的地方。很多改革方案早就立了法，也早就该实行。但是你知道我们英国人是因循的。非打一次仗，受了一次苦，才明白这些事应该赶快做了。教育改革法案在第一次世界大战时已通过了一次，是 1917 年。可是实际成就很少，没有抓住问题的本身。我是说，第一次世界大战之后，英国虽则损失很大，但是没有多少人觉得当时的社会制度出了严重的毛病。可是这一次不同了。我们大多数人明白，英国若还是走旧路是会灭亡的了。"

我："你说严重的毛病是什么呢？"

康："我是小学教员，不很知道其他的问题，我所说的是关于孩子的事。以前我们说改革教育只是关于课堂里的事。我们觉得孩子们应该多知道些事情，品性上应该好好发展，但是我们并没有像现在一般感觉到孩子应当成为英国社会上最重要的人物。我不知道你能不能看得到，我们现在的确把一切希望都寄托在这些孩子们身上了。我们这一代的责任不过是过渡的，是保育下一代。英国的新社会要现在这些孩子们长大了去创造。"

我："你不是说，把国家大事交给下一代，你们自己没有把握去创造了吗？"

康："也许你说得不错，像我这样年纪的人，已经完全觉悟英国旧有的一套是靠不住的了。至于理想，我们有。但是我们，又是英国人的性格在作祟了，并不相信把旧的推翻，新的自然会出现。新的得慢慢养成，像孩子一般。昨天我听广播，关于煤矿国营的事。那位燃料部长也不是说，我们现在着手，还得一代之后才能见效吗？机器要逐渐改装，资本要累积，人才要培养。有效的工业基础，现在还是理想，要一步步向前走，才能实现。"

我："但是你不是也说，你们不能再耽误了吗？现在就得动手？"

康："当然，在教育里也是如此。我们有理想，就是每一个英国孩子，不管他父母的经济情形怎样，都得依他的能力得到他服务于社会最好的机会。我们先得把这个原则实现了，其他社会事业才有基础。我刚才不是说这是战争的结果吗？我们在战争里才认识人才的重要。说起来，真是我们的耻辱。我们入伍的年轻人的体格远没有德国的好。我们以前的社会把保育孩子的责任交给父母，同时又在各种方面降低父母的收入，结果孩子得不到应有的营养，身体羸弱。等到国家要他们去保护时，他们的弱点暴露了，差一点，我们几乎支持不了。所以战时政府在1944年就决定把孩子的教育问题好好地整理一下，才有现在的新法案。"

我："新法案的基本精神是在由社会来担负孩子们身心发展的责任吗？"

康："一点不错。譬如说：我们在战时已经实行了学校供给牛奶的办法。要发展孩子的知识，第一步是使他们身体得到常态的发育。我不知道你已看见过一些关于这方面的报告没有，我自己就遇到过这类事情。以前在我班上有个孩子，不肯用心，捣乱，不交朋友，成绩很坏。我罚他，愈罚愈不成。可是自从供给了牛奶之后，这孩子面色红润了，脾气也变了，现在是我班上最好的学生之一。这真使我不能不相信孩子营养的重要了。我不是专家，但是我的经验是这样。"

我："我是很同意你的，但是哪里来这么多牛奶呢？大人们都吃不够，孩子们怎么能够呢？"

康："这是我们英国在这次战争中最重要的胜利了，我们已经征服了自己的弱点。孩子的牛奶是我们大人们节省下来的。英国牛奶的产量其实并没有减少，但是以前是给有钱人喝完了，穷孩子们吃不到。现在政府限购了，先让孩子们吃够了，然后再分配给其他的人。我们固然希望大家有牛奶喝，但是在不能供给全体的时候，应该先给最需要的人去喝。"

我："一个重要的原则！我们中国有所谓各尽所能，各取所需的古训。这是说物资的分配不根据财富，而根据需要。"

康："这就是我们所谓社会主义。关于供给牛奶这事，不但是工党极力支持，保守党都赞同，因为效果太清楚了。现在你到学校里去看，孩子们的面色多可爱！去年体格检查已经证明，孩子们的健康比了战前已经大有进步。我们英国也许别的都退步了，但是孩子们的健康却进步了。我觉得那就成了。我们有希望了。我们的希望在下一代！"

嫩芽在黄叶底下

康利小姐有很多话和我说，好像从 1947 年起义务教育将要延长一年，一个孩子可以免费从 5 岁起读书读到 15 岁。我一面听，一面想，我的感想可走远了：什么维持了战后英国的士气？人不能老是在伤感中过生活。伤感一路通颓废、消沉；一路通悲愤、发泄。这两条路固然好像南辕北辙，但是有一点是相似的，那就是每个人生活永远不得着落。我虽没有到过欧洲大陆，从去过那里的朋友们口边听来，似乎就有这种情势。英国在战争里的损失固然浩大，人民的生活普遍地降落了，但是英国的特权阶级脑子里不单有个人的特权，还有一个国家的共同幸福。他们还珍惜英国文化里特有的作风，他们能及时退让。他们能把牛奶在自己口头省下来，交给全国的孩子去喝。他们增加所得税，收入愈多的付税愈多，这笔国家收入却用来改良煤矿，健全工业的基础；规定最低工资，保证工人阶级的物质生活；发展保险事业，减少生老病死灾祸的打击。最重要的一项，在教育法案的序言中明白说明，就是不使国家任何的灾难降到孩子们的身上。在战时，运输孩子们疏散的优先权可以超过军火。郊外所有阔人们的别墅全部征用给孩子们住。工党政府努力地这样做，不是迷信任何主义，而是维持人民的士气，让每个人觉得眼前吃一些苦是有意义的。生活一有意义，就甘心情愿地发奋工作了。人本来是个奇怪的动物，为了来世上天，却可以把现世的幸福舍弃。人是有将来的，因为他们愿意为将来而受苦。

我耳边似乎只有"为了下一代"五个字。也许是我那天累了，整天没有出街，显得又兴奋、又疲乏。康利小姐看我靠着沙发，不发一言地望着她，感觉到一些不自在。她看了看手表，起身要告辞了。我也清醒了一些，跟着站起来。

"康小姐，我很想出去走一下，活动活动。"

"我就住在小学附近，从公园那边抄出去很近。"

我陪着康利小姐走到了小学校的门口。门口正停着一辆教育局的运货车。工人们忙着在卸货，有蔬菜、黄萝卜、鲜红柿、牛肉。康利小姐指着这车说："每天这时候，孩子们下一天的食物就送来了。厨房在学校里。听说曼彻斯特比伦敦组织得更好，全市有一个集中的大厨房，请了营养专家监督，每天要预备好几万孩子们的午餐。"

我笑了："我可不愿吃这种大规模生产的伙食，根本没有味儿。"

康小姐："你们自己不煮饭，有太太来侍候的人，自然可以讲究味儿，反正不劳你们的手，对不对？但是多少女子就为丈夫和孩子们的口味，关在厨房里了。我们现在正需要小学教师，不能不请你们这类丈夫们吃吃没有味道的伙食了。"

"我并不打算讨论我最不懂的妇女问题，但是为了下一代……"

"对了，你记住这一句话，就懂得我们了。"

运货汽车卸下了东西，又匆忙地开走了。这是英国复兴的保证。公园里满地是黄叶，黄叶覆盖着明年的嫩芽。

1947 年 1 月 4 日于伦敦芦叶寨

悼爱玲·魏金生

"爱玲死了。"像是一阵严肃的煞风吹走了茶室里女同学们脸上的笑容。2 月 6 日，本是英国妇女们得意的日子：29 年前就是这一天，英皇宣布了妇女参政的权利。50 年来不住的奋斗，得到了胜利。权利的获得却也正是责任的开始。还不到 30 年，为妇女们证明争取参政权利并不是为了点缀或嫁妆，而是为了要分任男子们服务社会责任的爱玲·魏金生女士，却就在 2 月 6 日与世长辞了。责任是重的，服务是苦的，爱玲就在这责任和服务底下，消耗了她的青春，抛弃了她的家庭幸福，最后积劳而死。三十而立，英国妇女的政治生活应该快成年了。在成年前夕，谁知道上帝是什么意思，一定要挑定这一天来警告已获平等权利的英国妇女，而且用那妇女运动最成功的榜样，爱玲的死亡来作此警告：要权利的不要忘记了责任，权利不但要人的生命来争取，而且要人的生命来维护。

爱玲·魏金生女士是现任英国的教育部长。我在上一次通讯中刚提起过英国怎样在努力去保育他们的下一代。若容我重复一遍，这努力不但表现了英国骄傲的魂灵并没有挫伤，而且使现有种种贫乏和艰难都成了过眼的云烟。更具体地说来，教育的民主化是维持目前刚发轫的社会主义的英国的必要条件。现代政治趋势已否认了一个不是平民自己组织的政府能为平民谋幸福的。换一句话 for the people 的政府一定得 of the people 和 by the people 的。可是问题是在平民的教育，很多怀疑民主政治甚至民主社会的人，认为平民缺乏远见、缺乏程度。他们不能担任领导人类走上更理想的路程。最近英国卡车工人不接受工会劝告而罢工的事，又给若干怀疑民主的人士，振振有词地说，工人没有政治责任感，在这运输已因天气的冰冻而发生阻碍，真不应该再来这一手和工党政府为难。这套批评并非全无根据。可是即使假定是正确的话，也只说明了，在过去的社会中，平民没有机会养成他们的政治程度；没有给他们足够的教育，以致他们不能有效地表现他们对政治的责任感。罪不在他们，而是在过去的社会制度。要改变的不是平民已争得的表现机会，而是以往的社会制度。这话在理论上是立得稳的，但是站在民主岗位上的人，却应当在事实上促进平民的责任和兴趣，这是教育。

　　英国的"贵族政治"建筑在不平等的教育机会之上，托尼教授的《平等论》一书中分析得很清楚。一个工人的子弟没有希望进"贵族学校"，而英国传统的上层阶级却差不多被几个著名的贵族学校的毕业生所包办了。工党政府决不能长久维持在"贵族社会"的基础上，他们必须开放教育机会，必须使国家的人才可以自由发展。所以他们立下了在今年6月里要实行的教育法案：提高强迫教育的年限，依智力和成绩给优秀学生奖学金，以资深造，扩充基本教育的教材和设备，增加教师数目。这保育下一代以保障社会主义英国的责任却降到了身高不及 5 呎 [1] 的爱玲肩上。这是她战后的任务，是她正式入阁的初次，1945 年开始，那时她已 53 岁。有名的红发已经灰白。

漏网之鱼

以爱玲来担负教育和培养下一代人才的任务，实施民主教育，是最适宜了，因为她一生的奋斗和建树的经过就是一个见证，见证平民中是有人才的。只要有适当的教育使这些人才不致浪费和埋没，社会可以从这些人中间获得最有力的热忱服务者。若是没有人能说爱玲从政的成绩赶不上任何其他的教育部长（事实上，即是丘吉尔也是她的赏识者），也就没有人敢说贵族社会是培养人才的有效结构了。爱玲是曼彻斯特工业区里的平民。她的父亲是纺纱厂里的工人。家里一共有四个孩子，爱玲排行第三。工人们的孩子绝没有靠他父亲的工资获取高等教育的可能。她受完小学教育之后，就面临了失学的威胁。那时曼彻斯特的中学和大学有很少数的奖学金。她侥幸得到了。可是她记得有很多和她能力相同甚至更高的同学，却因种种原因没有升学的机会。她是贵族教育中的漏网之鱼。她自己的经验使她坚信，社会最不公平的事是教育机会的差别，更不公平的是这差别建筑在孩子们父母的财产上。孩子无辜，有什么理由，除了生错了地方，使很多有才干的孩子不能为社会尽他们最大可能的贡献呢？她更觉悟，不幸的不只是孩子们个人，而是整个社会浪费了它最重要的资本——人才。

穷苦出身的人才在历史上并不少。但是这些人一旦爬出了自己的穷苦邻舍，也就忘记了他们的同伴，好像世界上不再有穷苦的人了。爱玲显然不是这种人。她侥幸得到了高等教育，她的志愿在使穷苦子

---

[1] 英尺的旧称。英尺为英国及其前殖民地和英联邦国家使用的长度单位，1 英尺约等于 0.3 米。

弟得到高等教育并不成为侥幸的事，而是应该的事。在她 53 岁的暮年，她的志愿已成了国策，可是她并没有看见在她尽力奠定的基础上，将来会建筑出怎样的宫殿——"爱玲死了"。

小火点儿

爱玲不但是工人的孩子，而且是个女孩子。她要为她同伴争取社会的政治的权利，但是既是女孩子，本身就没有争取这些权利的权利。当她得到了高等教育之后，她发现她只能去做一个待遇清苦的教员，她不能投票，政治并不是女人的事。是的，爱玲并不是觉得教员的职务太低，她自觉的责任是在教育；但是她明白这不合理的教育制度并不能使她达到她的目的，给每个有为的青年，不论贫富，相等的发展机会。改革教育是政治问题，不是一个教员可以做得到的。在女子没有顾问政治的权利的时代，像爱玲这样一个人怎样能影响政治，实现她的理想呢？于是她一面要为工人的利益奋斗，一面还得为妇女争取参政权。1912 年，这个 21 岁的少女加入了独立劳工党，她的雄辩和身材赢得了"小火点儿"的绰号。下一年她组织了妇女参政全国总社。经了第一次世界大战，妇女参政的权利是获得了，可是"小火点儿"年龄太轻，1918 年初次妇女参政，她却没有资格投票。一直到 1924 年她才被选为国会议员。从那时起，除了 1931～1935 这四年，她没有脱离过威斯敏士特的巴力门。

1935 年送她重入巴力门的是曼彻斯特附近的加乐。加乐本是一个造船业的小城，这小城的人民都是靠这行业生活的。第一次世界大战之后，不景气的狂潮逐渐卷到英伦。造船业的大王们要维持他们的利益，决定紧缩政策，把几十万的工人生活置之度外。加乐首当其冲，成了英国不景气时代最严重的"萧条区"之一。爱玲是加乐的人民代表，她面对着这不景气的狂潮，眼看这些没有人性的特权阶级出卖工人的生存权利，她不能不负起抵抗的责任了。这责任是沉重的，因为在巴力门里她的声音被绅士们的冷笑所掩盖了。于是她组织了英国历史上著名的"饥饿请愿"。英国各地失业的工人，步行到伦敦来游行。这红发女郎却站在加乐队伍的前列，一步步地走向巴力门，背后是2000失业的工人。

天上下着雨，队伍在泥路上前进。"雨打落不了我的精神！"爱玲领着大众唱着歌，歌声激起了他们的勇气，进入了已有万人会集的海德公园。保守党的绅士摇着头，奚落她，可是他们读了爱玲的《被屠杀了的市镇》，也没法替他们的良心洗刷了。当前政府的《工业地点分配法案》就是"饥饿请愿"的收获。

徒手的空战

"小火点儿"有的不但是动人的雄辩、感人的笔调，而且有办事的才干和服务的责任心。丘吉尔在敌人已经扫荡欧陆之后，受命组阁时，他排定了爱玲做保安部的国会秘书（相当于政务次长之职）。保安部的职务是在保障空袭时人民的安全。谁也不会忘记希特勒对英空中闪击的严重，同时谁也不能否认希特勒失败的开始是在"英伦之役"。在这闪击中，英国人民能在巨火和重弹下从容地疏散妇孺，维持士气，固然是无数人民共同造成的奇迹，但是这身高不到5呎的"小火点儿"所贡献于这奇迹的实在无可限量。她为了职务，愈是空袭得紧，她的事务也愈繁重。她自己开着一辆小汽车，向着被轰炸得最惨的地方开行（她不要汽车夫，因为她不愿见任何人冒着不必要的危险）。有一天，大火正在狂烧，一个消防队员，在火光中看见一个小小的影子，急促前进。"站住，这是危险区，快停。"走近一看是大家熟悉的爱玲。在职下，对于爱玲是没有"危险"两字的。一个组织防空设备的人决不能享受这设备。爱玲冲过了火焰。她是徒手在向纳粹的空军作战。

多少生命被她所保护了。丘吉尔在纪念她的演说中，追忆这位战士说："她以忠诚、热忱和同情去担负她的任务。勤劳、勇敢、熟练和亲近是她的特长。"

55年的生命对于爱玲似乎是太短了，可是她并没有浪费过这短促的生命中任何一刻。她可以瞑目，因为在这55年中，她所梦想的已逐渐成了事实。英国已在她的一生中变成了另一社会。很多人羡慕英国可以不必流血获得它的进步，他们应当知道英国确是有无数的人贡献出了整个生命去求理想的实现。55年前有谁会相信这曼彻斯特的小屋里所诞生的女娃娃会在55年后主持着民主教育法案实施的巨任？在英国能有这种事迹出现，说明了这个国家在现代历史上所以能占重要地位的原因。

"爱玲死了"。但是爱玲却已善用她短促的生命奠定了无数爱玲可以像她自己一样发展她们才能的教育制度了。

1947年2月8日于伦敦芦叶寨

访堪村话农业

在决定要回国前的两个星期，我到离牛津20里的一个村庄里去拜访我在中国早就相熟的一位老朋友。他约我到那村庄里去的原因是在要我知道英国并不是一个偌大的都市，也有乡村的。我曾写过几本关于中国农村的书，所以他极力主张我必须费一个周末去看看英国的乡村。我也很愿意尊重他的意思，除了私人的感情外，我已很久听到英国要增加农业生产和改良乡村生活的话。譬如说，政府已定下了农业里的最低工资，在乡村里开始建筑现代化的住宅，低价租给农民居住等，这些早就引起我的注意。不幸是我碰着这大冷天，住定了实在不想动，若不是我那位朋友的怂恿和邀约，我不会在下雪天下这下乡的决心。

都市的后园

这个村庄名叫堪德灵顿。我那位朋友温德先生在那里已住了半年，借了两间房，写了一本书。我提到他不但是因为他是带我到这村子里去的人，而且我也想借此指出英国乡村的一个特色，那就是英国乡村多少已成了为一些不需要常住在城市里，而又想暂时享受一些清闲生活的人预备下的一个短期避世的别墅。在局外人看来确乎是很有意思的；在乡村里生长的人一批一批地离乡入城，但是在城市里住厌了的人却偷偷地避入了乡村。所以我在到车站上来接我下乡的小汽车里曾笑着和温德先生说："你希望我看到一个英国的乡村，但是我怕我看见的也许只是你们都市的后园。"

英国人至少有一点和美国人不同，他们有着和泥土接触的爱好。理想的老年是在后园里种花。我在云南呈贡乡下居住的时候，也常有些英国朋友来找我，他们来了就很起劲地帮我挑水种菜。在英国，就是在拥挤的市房背后也常常能见到相当精致的小花园。在这传统之下，我们很可以想象得到，像伦敦这样热闹的都市附近，自然会发生许多"后园"性质的乡村了。我所谓后园性质就是指那些乡村在经济上并不能自足，并不是靠经营土地，出售农产品来维持生活的，而是靠许多在外边寄钱来乡下享清福，种种花草的人来支持的。

我这样一说，温德就向开车的克太太说："你说是不是？"原来克太太是堪村的审判官，又是最热心公务的绅士太太；她若不热心公务的话，也不会特别开了汽车来接我这个国外的访问者了。温德问她的原因是在她多少也是这种后园里居住的人物。她的先生是伦敦的一个富商。他们向原来堪村的大绅士买了那所犹如博物院的大宅子和几千亩农场，而且还有一个据说是模仿中国亭园的大院子。克太太是极能干的，她住在大宅子里经营农场，有几十头乳牛，有几百头羊，可是，她尽管这样努力经营，农场的收入并不能维持这大宅子里的开销。这个新式的乡村绅士依靠伦敦的市场。伦敦的大商人愿意破费一些在乡下维持一个大农场，目的显然并不是经济的，而是社会性的，多少和平民住宅背后有三尺地种花的性质相同。

农业的式微

尽管温德先生想要我有一个英国也有乡村的印象，英国的骨子里实在已经很少土气。在乡村里住的人只占全国人口20%。这数字很有意思，因为这和中国刚刚相反，我们只有20%左右的人不住在乡村里。中国若是一个乡村国家，英国自然可以说是都市国家了。

英伦这个岛多少已成了一个大都市，但是这也不过几百年来的事。500年前他们和我们也差不多，大家是靠土地吃饭的。自从这个岛国的海上交通发达之后，他们就发现向海外去买粮食回来比在自己的土地上长粮食来得便宜。英国的气候和土质很适宜于长了草养羊。有一个时候，英国的羊毛算是最好的，于是他们把农田圈了起来养羊了。这本来极合乎土地利用的经济原则；要地尽其利，必须分工。世界各地在自由竞争里去发现最适宜于当地的出品。综合起来，消费者可以得到最便宜的用品。譬如我们要在北极长橡树，并不是不可能，若是我们肯费钱去造个大温室，像伦敦植物园里的热带室一般。但这是不经济的，因为在热带长橡树不必造温室。同样的理由，英国大可不必去种粮食，用土地来经营别的作物，得利更大。

英国工商业逐渐发达，而且在第一次世界大战之前，可以说世无其匹。它控制着海上的运输，可以向世界任何地方去收买最便宜的原料。本来觉得有利的羊毛都觉得不如向澳洲和印度去输入了。牛乳不如北欧，肉类不如荷兰和丹麦，一步一步，英国在农业上撤退下来，成了个不必自己耕植畜牧的国家了。农业的式微使乡村的经济基础彻底改变了。若是没有那些像克太太或温德先生一般的人带了钱下乡，在农业里赔钱，或津贴乡下的房东，乡村也就留不下人，留下的生活上也必然见得更寒酸，绝不能和都市里的摩登人物并立了。

英国农业的式微并不是英国经济的没落，相反地，倒是表示英国经济的扩展，在工商业里得到了充分的发展机会。这机会是靠两个柱子顶住的，一是工业技术的优越，一是海上运输的畅通。在这两个柱子上加上一根横梁，自由贸易，就是英国过去所享受的经济结构了。

从第一次世界大战起，这两个柱子已经出了毛病。在战时海上运输受到阻碍，英国的粮食立刻发生恐慌。这倒还是暂时的现象，更持久而且更危险的是英国在工业技术上已拿不稳优越的地位了。这一层也许还能靠自己努力来克服。最严重的问题是起在横梁上，先是关税壁垒，后是统制经济，把英国经济基础自由贸易打得落花流水。英国的粮食大部要靠人家供给，而粮食又是急不待缓的东西，自然是容易被人控制的把柄。于是，英国不能不重新注重农业了。英国要注重农业，表示了他们的经济已走出了扩展的时期。

社会的重心

复兴农业在英国是十分困难的。若说一纸公文就能改变社会的风气，那就容易了，因为现在执政的工党，确是想向稳定经济力求自足的政策上求出路的。问题是在乡村本身缺乏肯担负起繁荣和建设地方的重任的领袖人才。在战时，政府已经尽力地用津贴政策提高农民的收入，这政策能否持久固然还有疑问，即使可以继续，至多不过做到经营土地有利可图，但是这一点经济上的利益，并不能使乡村里的青年不向都市跑，并不能使农业成为一个有吸引力的职业，除非乡村生活能达到都市里一般的现代化。物质建设上政府还可以设法鼓励，好像近来的乡村水电计划等。主要的是在乡村的人民能自动和自发的努力，使在乡村里居住的人能感觉到生活不但有着落，而且有希望。这并不是像住厌了都市的人来乡下隐居，或是有钱的富商想在乡下买个大宅子做绅士，而是要认真地把乡村建设成一个生活中心。这又要一种新风气，有人才出来领导。我到堪村去访问的原因也就在看看英国乡村中是否已有了个社会重心。

我记不起不知在什么书上读到过，英国乡村里主要的社会人物是绅士（大地主）、牧师和小学教师。因之，我就请温德先生介绍我和堪村里这三种人物见见面。堪村以前确是有一个大地主，村子里的人全是他的佃户和帮工。在英国传统的封建制度中，地主的权力是极大的，他不但是经济上的主人，而且其他社会生活他都可以干涉；但是这种地主已经过时了。现在那位买得这田产的克先生，每星期只回来一次，和村子里的人并没有直接接触的机会。克太太是极热心服务的人，村子里谁有病痛，她会开了车来送病人进医院。在战时，她照顾了几十个孩子和许多疏散出来的人家在她的大宅子里住。

像她一类的人在英国乡村里并不少。我在克太太的客厅里还见到一位曾经到过中国为中国海关设计和组织防疫工作的医生，现在年纪已经很老了，退休在堪村附近。他忙着为地方的公益服务。但是他们究竟并不是乡村里生长大的人，更不会真正地进入乡村的社区生活。他们不到小酒馆里去喝啤酒，也不常去邻居闲坐。在道德上至多不过是一个榜样而并不是一个领袖。

使我失望的并不是像克太太那样的新地主，而是已失去了作用的旧牧师。当然我希望我所遇着的那位牧师是个例外，如果我所见的确能有些代表性的话，我实在不敢相信教会在乡村中还能有多少的领导作用了。我曾预备了一套问题想请教那位牧师。可是交谈之下，我发觉他的兴趣显然并不在于他教区里活着的人。他也许是一个很好的历史家，或是建筑欣赏家。他对于这地方的历史相当熟，各地教堂建筑的长短，娓娓能道。比这一切更有兴趣的却是鬼。至少在他的谈话中，我已知道堪村有三个鬼。起初我还以为他是说着消遣的。第二天，我从他教堂里做了礼拜出来，他要我走到一块坟地旁的小道上，问我有没有感觉。原来每次他立在这地方就有鬼来接近他的。他很认真地问我，我不能不回答他："我并没有觉得什么，也许他和我是属于同类的。"让我补足一句，那天做礼拜的除了我在上一天拜访的几位绅士外，大概只有两个年轻人我是没有见到过的。

我在堪村去参观过他们的小学，还替一群孩子讲了不少关于中国的话，他们要我写中国字，后来一定要我唱一支中国歌，把我弄窘了。孩子们是到处一样的可爱。我又费了一个上午和那位教师谈话，他知道得很多，但是即使像他一般在堪村已经教过十多年书的人，据他说，学生们一出学校，并不再来请教他解决他们的生活问题了。他是个很负责的教师，但是并不是社会的重心。

此路困难

我那天晚上在一家小旅店里过夜，旅店的女主人很殷勤地招呼我。她很得意地告诉我，她有两个儿子，都复员了，在工厂里做工。她说话时很高兴。我就说："为什么不留一个在你身边，在堪村种种田呢？现在工资不是也提高了吗？"她摇摇头："在乡村里有什么意思？一辈子种田！"温德先生也告诉我，他房东的儿子们都已进了城。一个工业化了的英国，文化的中心已经建立在都市里了。离开都市不但享受不到现代的设备，而且丧失了社会梯阶上升的机会。"一辈子种田"成了一句表示没有出息的话了。

英国想提高农产，不惜加以大量的津贴，消费者虽没有直接感觉到这笔账，但是纳税者却免不了为此增高了担负。纳税者不还就是消费者吗？英国人不敢反对这实际上在降低生活程度的办法，因为战时的经验太近，粮食缺乏的威胁太重。英国若卷入战争，第一个难题就是粮食。于是他们不免要想自给了。其实，他们是可以在避免战争中获得安全的。这条路容易得多，而且合理得多。英国想在短期内改变几百年来历史所造下的风气是困难的。尽管政府想复兴农业，奈何没有多少人肯下乡去。据说现在农业里的工人 1/3 是德国的俘虏。这批俘虏若一旦回国，农业里缺乏人力的情形立刻会十分严重。

若是英国政府果真能在津贴政策下把农业工作的报酬提高到在工业工作之上，劳工可能向乡村里跑，但是津贴政策究竟是暂时的。到头来，也许问题更加复杂也说不定。在旁观者看来，英国还不如继续走工业的正路，以三岛的土地去和大陆在农业上相竞争是不上算的。英国的乡村终究会成为都市的后园，让退休的公务员去满足他们传统喜欢和泥土接触的癖好，多些花园式的丛林旷野，点缀这三岛吧。

1947 年 3 月 14 日于清华新林园

不愁疾病

"无病就是福"。——这句话说明了无病的可贵和无病的不易。稀少是可贵的由来，健康是生活的例外，可以偶得而不能常享，否则生活就要等于幸福了。在我们这个国家，这怎么可能？至少，在我们，病是和生、老、死等无可避免的生物现象相提并论的。其实这种齐物论还是委屈了病。生老死固是无可避免的，正因为它们和四季循环一般地来去自然，我们也很能受之自然，至多不过引起一些悲哀，不是忧虑。病却不完全如此。在我们，病固然是生、老、死一般无可避免的，那是事实，但是多少我们觉得"尚可为力"。真是能为力了倒也罢了，麻烦的是在"尚可"两字。于是求神买卦、药石乱投，目的不完全在医好病人，而是在心理上求些安慰，成了病者的亲人们的安心之术罢了。

病久了的人会说："死了倒好了。"这是真心话。人最苦的是忧虑，负着一项自己没有能力来控制的责任。忧心如焚，比身体上的痛苦更难受。我们有人割股疗亲，其义是在以肉体上的痛楚代替或转移心理上的忧急。

若是医学不发达，病不过是死的开始，人只得练习耐性，应付这无可奈何的人生。"尚可为力"的"尚可"成分减少些，就不必勉为其难，忧急之情也可以变成悲而不愤。在一个医学昌明，疾病确是可以治疗，而同时却又因种种阻碍得不到治疗的情境，才是最使人痛心，尤其是那些没有多大理由的障碍，好像没有钱，请不起医生，买不起药。

在抗战那几年，我自己就亲自尝过这苦味。当然我还算是幸运的，孩子生了病，还有朋友肯借钱给我。但是在开口借钱去求医买药的时候，我怎能不感觉到世界的不合理？想到那些因为缺乏几个钱而眼看亲人可治而不得治的人，更不能不感觉到这个社会的可憎了——这种感觉我相信一定是十分普遍的，试问现在世界有多少人能有病得治？我也因之一想，若是每个人都有了一个保障：凡是有病，必然可以得到人类知识所已经允许的疗治，人对于病也就不会忧虑了。我并不敢奢望人间没有疾病，但是要人间没有因疾病而引起的忧虑，那是应当可能做到的。

这次我到英国去，最受感动的也许就是他们正在计划实行的全国健康保险的政策了。

一个穷孩子的自誓

大概在四五十年前，英国威尔墟地方有一家贫民，姓比万。他家的孩子安内林整天不痛快，因为他的父亲老是生病，一病之后就不能去上工。又因为他们没有钱请医生，他母亲心情极坏，弄得一家生趣索然。他默默地想：这究竟是怎么一回事呢？世界上没有人愿意生病，疾病找到了人家头上来。有人是工作过度，有人是营养不足，有人是被传染了，都不是他们的过失。但一生了病，却要这已经倒霉的病人自己负责。社会上非但不帮他医治，而且高利贷的人乘机来剥削他，走方郎中乘机来愚弄他，太太向他发脾气，邻舍把他看成危险人物，远远地躲开他，儿女跟着失学、受冻、受饿。疾病是人类共同的敌人，可是社会却并不合作了去应付它，反而利用它来谋少数人的利益，让多数人受罪……这孩子好像受到了启示，他自己发誓，他要在一生中去征服这敌人。即使不能把疾病驱出人间，至少也要把社会组织起来共同对付它，使任何一个病人不致在疾病本身给他的痛苦之外受到任何额外的磨难。

安内林·比万（Aneurin Bevan）就是英国现任的卫生部长。他已经在国会里通过了他的健康保险法案的初读了。

社会保险的意义

让我先借这个机会讲一讲什么叫社会保险，换一句话说，怎样把社会组织起来合作应付各人相同的个别危机。这个原则其实并不是什么新奇的西洋景。在我们乡下原是很普遍的，只是我们没有像西洋国家一般扩大利用这原则，增加这原则的适用范围罢了。

在我们乡下，婚丧大事必须大大地花一笔钱，一个普通的人家一下子拿不出这笔钱来；若是借债，利息太高，最通行的方法是结个钱会，云南人叫"上责"。钱会的办法是聚集若干人，每期每人都拿少数的钱出来，合起来交给一个需要钱花的会员。全体会员先后都轮得着，所以没有人会吃亏，而同时把每个人的整个担负分成了若干期去支付了，也就把危机性消弭了。

社会保险的原则就是这样。每个人都有生病的机会，若是每个人生了病单独由他一个人去应付，可能没有这笔钱去请医生了。若是很多有生病可能性的人合作起来，每逢有人生病，大家凑钱出来请医生，从每个人说，就不会有请不起医生的危险了。再进一步，若是合作的人多了，有钱可以为大家包一个医生，谁有病就可以去找他。这个医生既然向这些人负了治疗的责任，他要减少求治的病人，他必然会对种种预防的办法有兴趣了。

以往的医生都有个矛盾。一方面他的责任是在治病；另一方面他的收入却是靠有人生病。坏的医生会因顾虑生意经起见，把一天治得好的病，拖几次方治好它。而且在一个以治病作为生意的社会里，有医学知识的人对于卫生事业总不会太热心的。要用医学知识去消弭疾病，就是取消依靠疾病得到收入的职业，这就必须把医生的职务变成社会服务。治疗是不得已的善后，卫生才是真正的任务。

英国现在想大规模全国举办的就是这件工作。

劳合乔治的成就和限制

英国用保险原则来应付疾病已有相当长的历史。最著名的是劳合乔治在上次大战时所立的劳工保险法。这个法案规定了一切雇员每星期都要付 4 便士的保险费，他的雇主再赔上 6 便士，合成 10 便士。每个工人有一本小册子，每星期贴上这 10 便士的保险印花。有这本小册子就可以有权利在失业时得到失业保险金，在疾病时不必付钱可以得到治疗和医药了。

劳合乔治的保险法案只包括工人。假若工人的家属有人生病,他们就不能享受免费医治的权利。而且凡是没有雇主的人也就排斥在外。小学教员自己有另外的组织,可是其他公务员、农民、小商店的主人等就得自己掏钱请医生了。比万所提出的法案就在想推广这原则,包括全体人民。

保险方法可以做到的是征服因疾病而得不到医治的忧虑。可是基本的问题还是在怎样加紧对疾病本身的征服。那是医学的发达问题。事实上,医学知识和实用的治疗方法之间还是有很大的距离。不但是做医生的大多还是用十多年甚至半世纪前的医学知识在治疗病人,而且即使有够得上现代医学水平的医生,他们也时常没有适当的设备去应用所有的知识。在中国这些困难的严重性固不待言,即是在英国也并不太比其他国家为强。

英国的医院大多是靠私人捐款维持的,不但规模小而且分布又极不均匀。据现在的调查,不满100病床的医院占全数70%,不满30病床的尚占30%。分布上说:在South Shields每4100人有一医生,在Bath每1590人有一医生,在Hastings1200人即有一医生。又如在Bristol 3.4万人的社区里不久之前一个医生都没有,可是离这地方不远的Taunton,人口相等,却有18个医生。在这种情形下,医药现代化是不容易的。为了要增进医院的设备和医生的素质,就得把整个医药制度的经济基础根本改造,从捐款和做生意的原则变为公益和服务的原则。只有由国家从保险费和国库来支持和根据人民的需要加以计划,才能达到现代化的目标。

比万方案的阻力

比万的方案进行得并不太顺利。他的方案在人民的立场上看固然是再好没有了,但是这是革命性的,因为这个新的医业国家化制度会使许多依靠传统制度得到利益的人受到损失。这些人不肯接受这新的方案。他们并不是病人或是可能害病的人，而是医生。当我们到伦敦不久，就在报上看到医生协会举行投票：反对这法案的医生却占多数。这使比万很为难。若是多数医生不接受这方案，他的方案即使在国会里通过了，还是不易实行的。

有一天下午我在一个茶会里遇见了一位新从医科大学毕业的实习医生。我就问他的意见，他告诉我说："若是你分析一下这次投票的结果，就可以明白为什么这些医生要反对这方案了，反对这方案的医生在年龄上说是较老的，在业务上说是自己挂牌的。"

"为什么他们反对呢？"我还不明白。

"在英国要自己挂牌是不容易的。医生的排场必须相当阔绰，所以收入不能太少。要把稳一定的收入就得有一批老主顾。英国的医业发达得很早，每个可以有主顾的区域里都早已有老医生占据住。一个新出笼的小医生是不可能找着足够维持他业务的主顾的。他若进医院，工作忙，薪水少；若想自己挂牌，立诊所，只有向老医生出钱顶他的熟主顾。这笔顶费相当大。老医生拿这笔钱作为养老费用。这个办法已经成为习惯。现在医业若是国家化了，没有钱顶诊所的小医生，或是本来在医院里服务的医生，自然没有关系；可是已经出了顶钱的人可不是要发急了吗？"

"政府不是规定了退休的医生有养老费的吗？"我问。

"可是这数目是一律的，而且不会像顶费一样高。"

"他们若不愿为国家服务，不是可以继续他们自己的业务吗？比万不是屡次声明决不对私人营业加以限制吗？"我又问。

"这是理论，实际上普通人民每星期出了几便士的保险费之后，可以保障在失业或患病之后得到照顾，谁不愿意？他们怎么会花几十先令去请私家医生呢？而且公家的医生所需的设备由国家供给，技术上也可以比私家医生高明，私家医生哪能顺利地继续他的业务！"

我接着说："那不是一般人所希望的吗？有病一定能有医生疗治，而且医生的医道又可以提高，那是多好呀！"

"可是这些花过顶费的人却不愿意，他们为了私人的利益不能不出来反对了。"

"先生，"我说，"他们反对的理由并不是这个，而是说若是医生成了公务员，就会不认真看病了。"

没有等我说完，那位小医生好像受到侮辱一般的抗议了："这样说，医院里的医生不及挂牌的医生了。事实恐怕刚相反！也许说这些话的人，在自己诊所里可能并不是认真治疗而是在生意经罢。"

当我离开伦敦时，比万已经允许和医生协会作恳谈，问题也许真的并不在公私方式的长短上，而是在政府必须保证这些已经在业务里投了资的医生不致因新方案的实施而受到损失。关于这一点，素以善于让步和婉转的比万必然会和这些医生得到协议。重要的是英国一般的人民绝不会为了要维持几个老医生的特殊利益而愿意把自己的性命交给命运去决定。在比万的背后有着坚强的舆论，这一个使人民不愁疾病的法案，在我想来，必然很快就会成立的。

1947 年 4 月 4 日于清华新林园

从《初访美国》到《重访英伦》

我在两年多前写《初访美国》时，曾以罗斯福总统的政治和经济设施作为平民世纪的发轫。依我的看法，政治民主，每个公民都能用选举票去影响政治，必然可以确立为大多数人民谋幸福的政府，这个政府所采取的经济政策也必然会限制私人财富的无限累积，必然会提高一般人民的生活程度，于是也必然会走上以社会福利为目的的经济道路，以达到经济民主。我用自由和平等的两个目标来说明政治民主和经济民主的要义。在美国历史中，自由和平等的"幸福单车"曾经出过毛病，但是罗斯福的加强工人组织和提倡 TVA 一类的经济修正，使这"幸福单车"的两个轮子，自由和平等，重又配合上了——这是两年前的话。在这过去的两年里，在美国连续地发生了一连串在我看来不太使人高兴的事。罗斯福死后，新政有关的人员差不多都退出了政府，而且新政竟成了个"红帽子"。不久，罗斯福的反对党在国会里占得了多数，反劳工的政策已跃跃欲试，呼之即出。使富有者多担负国家费用的所得税的累积率要减低了。在国际上，我在《初访美国》所担心的"美国世纪"主义抬头了。这一切似乎把我在那本书里所提出的乐观看法罩上了一个黑影。

美国在过去两年里的政治对于世界民主运动有着很坏的影响。也许美国人民自己并不觉得，但是在我们想在尚没有达到民主政治的国家中建立民主政治的人看来是很痛心的。美国政治上的民主有着光荣的成就，那是没有人否认的。但是在经济组织上，虽则确已提高了人民生活程度，但是独占事业的发达，不景气的循环，失业的威胁，在"平等"的尺度上讲，很有理由相信，他们的组织并不完美（我们且不提种族偏见所造成的社会不平等）。爱好美国的人，如我在《初访美国》一书中所表示的，总希望美国的自由和社会平等并不是相冲突的，即使过去两者并没有平衡的发展，在将来，两者还是可以相互并进，相得益彰。不幸的，战后的两年，美国对内对外的政治动向显然是抛弃了罗斯福的进步主义，开始走回头路了。这使我哑然，使我感觉到分外的不安。

在这种局面下，不免使我想到另一种理论了。欧美民主所标榜的自由并不是全体人民的自由，而是少数人的自由。最初这少数人用自由的许诺以获得人民的拥护，以克服中世纪封建所给他们的束缚，但是一旦得到了自由，就独占了这权利，变成了自由竞争，自由压迫人，自由剥削人的自由了。在资本主义的国家，政治民主不过是一种烟幕，不过是

"以财富获取权力"的公式。政治民主如果要威胁到资本主义经济中的特权阶级，这个阶级就会破坏政治民主，而走上法西斯的道路。德、意是个前例。特权阶级绝不会自动放弃他们的特权。从资本主义到社会主义的过程中免不了要有暴力的争斗。无产阶级的革命是必然的。

美国这两年的趋势，不幸得很，似乎在佐证这种理论了——这使我写完了《初访美国》之后，默然了。

于是，我的眼睛转向了英国。英国怎样呢？英国过去的历史似乎也佐证了社会主义不经过革命不能实现的说法。麦克唐纳的工党政府一无成就，结果不但没有做出一毫社会主义的政策，甚至比劳合乔治的自由党政府都不如。劳合乔治还立下了劳工保险法，而麦克唐纳除了自己受到了英国上层阶级的恭维外，只是宣告了不流血革命是个梦想，一个很可爱的梦想。

但是，这次战后，工党又执政了。是否会又是一个麦克唐纳的政府呢？如果工党执政之后能实施社会主义的政策：能把财富重行公平分配，能把决定经济生活的权力从少数私人转移到选民手上，能普遍地提高人民生活程度，能解决失业的威胁，能给每一个人在社会里充分发挥他服务社会的机会，能使人民达到无虞匮乏、无虞威胁的自由……如果能做到这些，而所有的手段并不包含暴力，并不新奇，仍是一个选举柜；如果能这样，我们至少还可以希望经济民主是可以从政治民主中诞生；我们还可以希望一个平等和自由并驾齐驱的社会实现。

我们对于英国战后的情形太少事实的报道。报纸上所欣欣发表的是英国的对外关系。工党上台之后在对外关系上，在今年以前的确没有什么改变，即使是袒护英国的人也不能在他们对希腊的政策上看出什么和保守党政府不同的作风来。我在"行前瞩望"一文中，已经说出了我们和其他朋友们那时对英国的惋惜。但是英国在一年半中对内是否有些新的措置呢？在报章杂志上实在不容易找，结果我觉得非去亲自走一趟看看不成了。

朋友们中有人说我是属于"软心肠"一类的人。我想他们说得很对的。"软心肠"的人才希望不必开刀，吃些"消治龙"就能医治盲肠炎。"软心肠"的人愿意在别人性格中看取"有希望"的一方面。《初访美国》表现了我忽视了美国的反动势力，而太偏重了进步的倾向（虽则我一直到现在还是维持着对美国进步势力的信念），以致过去两年的美国动向有一点出于我意料之外。这些是"软心肠"者的弱点。但是如果我们想向人家学习，该学习的自然不应该是人家的坏处。在教育的立场说，责己须严，责人须宽，确是有见地的。"人家都这样坏，我亦何妨坏"，绝不是劝人为善，或是自己勉励的道理。

凡是预备读我《重访英伦》的朋友们不妨明白我的弱点。我不愿使人有一种印象，以为天下有十全十美的东西，但是为了互相观摩，我们也不妨多取人之长，少说人之短。我的心目中无疑是在我们自己国家的成长。

从长处去看英国，这次战争确是给了他们一个自新的机会。他们在战后所开始的社会主义的试验，正是给我在上面所提到的疑案的一个正面的答案。我在回国途上很高兴地自慰说：几万里的旅程，三个月的光阴，并没有白费。我又可以相信，如果人肯努力的话，社会主义的目标是可以从政治民主的道路上达到的。英国是一个摆在眼前的例子。

在我《重访英伦》的 8 篇通讯中，自然不能把工党在过去一年半中所做的事全部记下来。而且因为写作的时间和环境都不能容许我多思索和多参考，所写的不免感想多于事实。让我在这小册子的背后，提纲挈领地把工党执政的经过和所有对内政策的原则大略说一说。

工党是 1945 年 7 月 26 日得到了在国会中多数党的地位，在这次竞选时，德国已经投降，而日本还在进行战争，普通人民还不知道战争要维持多久。丘吉尔挑定了这时候要求大选，据说是有作用的。他想，在战争将完未完之际，他的功绩和才干可能成为决定性的政治资本。他似乎在事前很有把握，而且从宣布大选到投票的时间很短，工党有一点措手不及的感觉。

有一位英国朋友知道我回国之后一定会写文章讲英国，所以他特地叮嘱我不要忘记告诉中国的朋友们当时选举的情形。他说："我们那时真不敢预测保守党是否会失败，我想丘吉尔一定以为他会胜利的。你没有看见当丘吉尔旅行演说时人民对他热烈欢呼的情形，大家真是狂了，这位挽救英国的英雄。也许太热烈了，他的演说内容大家都不去注意了。从当时民众所表示的热情来看，保守党继续执政可能毫无问题。保守党也太看重了丘吉尔的声望，所以在政策上，选举策略上不免忽略了。7月26日那天选举揭晓，真是个晴天霹雳，工党竟以393席绝对优势得胜了。保守党损失了181席，也是空前的，和丘吉尔声望之高一样空前。"

他语气加重了，声音放慢了和我说："这是我们英国可以引以自骄的一点。我们可以热情，一点不是假的，感激一个有功的人，但是就在这天，我们可以静悄悄地在选举柜前投下另一党的票子。人和政策是两回事，过去的功绩和将来的服务又是两回事。"

是的，英国人民的政治程度也许没有别国可以赶得上。他们每个公民都知道投票不是件发泄感情的动作，而是一项公民的责任，是决定自己和决定英国命运的大事，绝不能苟且。他们听各党的言论，比较各党的政策，从理智得到决定，冷冷静静地去完成公民的任务。这样，政治民主才有内容，不是个烟幕弹。这次美国的普选，不但弃权的人这样多，表示了不关心，随意人家摆布，或是消极的不知所从；而且据说有很多只因为"不满当前政府"为理由去投共和党票的。如果这是真的话，美国这两年来不能继续罗斯福的进步主义，并不是民主本身有问题，而是美国人民政治程度有问题，实行民主政治的困难，不在制度而在能力。

英国有这样的人民，才有尊重民主的政治家。丘吉尔得到了出于意料之外的失败时，脑中绝没有想到恋栈的意思。我们可以不同意丘吉尔的政见，但是他尊重英国宪法的精神是可以佩服的。譬如最近有一件小事情，国会里一个共产党议员被一个新闻记者打了一记耳光。这消息传到议院里，首先发言，认为这件事的严重，必须查办的是丘吉尔。他反对共产主义是政治立场，但是对共产党员的保障却是宪法所规定的，他绝不因自己的政见而影响到对宪法的拥护。能做这件小事的人，也是能接受"出于意料的失败"，乖乖下台，让工党去继续执政的人。

保守党继续执政了十多年，工党在野的时间很久，一旦被人民托付了整理战后英国，实行社会主义的责任，绝不是一件轻易担负的事情。英国在这次战争里受到的损失实在不轻。每个在战后去访问的人都能看到已往繁华的市区，如今成了一片片的焦土。如果一查他们的国库的账目，更会令人发生今昔之感。在战争开始时，国库里有 6 亿镑的资产，债务只有 4.96 亿镑。一仗打下来，存款只有 4.5 亿镑，而债务却有 35 亿镑。单单欠印度的债就有 11 亿镑。英国在战争期间忙着从事军火生产，所以输出额在 1944 年只剩了 1938 年的 1/3。在战前英国在海外有投资，所得的利息可以支付输入的 1/3。战后海外投资全部给了人，以后想在海外买一文货物就得输出一文的货物了。他们想恢复战前的输入额，他们必须一年输出 12 亿镑的货物，比目前要提高一倍以上。这是说英国穷了。这个工业国家一穷，问题就多了。他们的粮食是无法自给的，甚至香烟的原料都得靠输入。他们必须大量输出才能换得生活必需品。要大量输出，必须提高生产。生产要动力、人工、原料、技术——这许多生产要素，在英国现在已都成问题了。动力吧：煤的产额在减少，石油得向中东去运，而中东的政治背景又特别复杂。人工吧：在战争里损失的不算，现在还有大量军人不能复员；德国俘虏却要送回去了，人口逐渐在降低。原料吧：远不能自足，大部分得靠输入。最后，英国工业赖以起家的技术，在过去几十年中也到处落后，赶不上后起的工业国家了。工党政府在保守党手中承继了这一个国力亏损、千疮百孔的国家——他们没有埋怨的可能，不这样没有办法，工党也不会能这样容易得到个社会主义试验的机会的。

就是这严重的局面使英国传统经济组织中的特权阶级明白自己已没有法子维持政权了。最简单的事实摆在眼前，如果要动员劳工努力生产，他们绝不能压低劳工的工资，压低工资必然会引起罢工，罢工可以使生产停顿。当然他们如果把国家的利害放在脑后，只顾眼前，只顾自己少数人的利益，他们可以剥夺劳工罢工的自由，用武力去压迫劳工，这样就必然要停止民主，走上法西斯，而引起革命了。英国特权阶级并不这样，这是他们的长处，也是他们的聪明之处。

工党上台之后，第一是继续战后的限购制度，使有限的物资能公平地根据人民的需要加以分配。这是一个社会主义的基本原则。资本主义的经济组织是根据购买力来分配物资的。如果供给少，需要多，价格就上涨，肯出大价钱的才可以买得到。英国物资已经缺乏，如果让大家争购，物价一涨，势必走上通货膨胀的道路，而引起富者愈富，贫者愈贫的现象。工党为了要避免这有害的现象，所以继续限购。限购是使政府有权决定物资的分配，他们可以因孩子们需要营养而实行公家供给小学生牛乳的办法。

第二是继续有计划的生产。他们想把原料、人工、资本作合理的安排，充分地利用来增加生产，提高输出，使英国的经济恢复战前的地位。这是计划经济。要实行计划经济，他们逐步地要把金融，动力，运输，以及基本重工业收归国有。在一年半里英格兰银行和煤矿收归国有了。铁路和运输国有的法案已通过了。最近土地利用受到国家监督的法案也通过了。电气、钢铁一时还没有收归国有，但是已在计划中了。

第三是承认工作和健康是人民的权利。在资本主义的社会里，失业是被认为个人自己在竞争里失败的结果，贫穷是对失败者的惩罚，甚至一般认为失业救济是违反社会进步的。这一套的看法已经因劳工势力的抬头而被否定了。社会主义者认为有工作做是每个人应有的权利。如果社会不给人工作做，那是社会的不是，应由社会负责。所以由劳工自动的互助保险变成了社会保险，再进而成了政府的责任了。

同样的，每个人的健康是人生的权利，社会有责任使疾病不能任意袭击人；如果预防不周，有人害了病，社会有责任使他能得到人类知识所允许的治疗。

第四是承认每个人有受充分教育的权利。工党政府一方面提高国民教育的年限，依相等于中国的制度说，每个英国人都有权利受到初中程度的教育，不但如是，凡是优秀的青年可以得到地方公费，依他们的能力一直向上升学。这是最基本的自由，每个人有依他的能力在社会上尽最大服务的自由。

以上不过是工党政府已经做，或是已经定下了开始做的日期的重要设施。我们应当记得，在时间上说，至今年7月工党政府才满两年，在这样短的时期内，能做这样多的事，真是少有的；而且，这两年并不是平静的两年，工党的对内对外的处境并不是一溜顺水。

我已说过工党向保守党继承的遗产是个在解体中的帝国，是个式微中的工业组织。而且，他们多年在野，一时不易得到许多有经验的政治家。当然，在他们所得的遗产中也有着无价之宝，那就是一个保证他们能放手试验他们社会主义的宪法，政治程度很高的公民，守法认真的国民性，此外还有一个健全的文官制度，一辈有效率的公务员。当他们上台之初，的确到处发觉人才不足的苦处，在许多部门里，不能及早改变作风的一个原因也是人才不足。据说当时手忙脚乱的情形使90岁的萧伯纳都摇头了："一个穷人掘到了金子，是会不知怎么办的。"可是这副穷相并没有维持多久，不到一年，保守党已没有话柄可以攻击政府能力不足了。

社会主义并不是魔术，工党上台不能立刻把英国的经济健全起来。可是传袭下来的严重的危机却要当前政府负责处理的。英国都市发达得早，所有的房屋也因之破旧不堪，有名的东伦敦的贫民窟，在战前已成了活地狱。德国的炸弹和飞弹把已经十分严重的住的问题弄得更不可终日了。在国会里有一位女议员报告说：她亲眼看见一间房里住着一对夫妇和八个孩子。在战争结束时的估计，有 50 万个平民住宅立刻需要重造，有 400 万个住宅已经有 80 年的寿命，在农村里，如果要吸收足够的人力来经营农业，就得增加 30 万个农舍。造房子要原料、要人工——原料和人工两缺的战后，政府怎么办？负责应付这问题的贝方在提出了建屋法案后，很冷静地向国会说，1947 年年底，虽则我并不能给每一个英国人应当有的舒服的住宅，但是住的问题决不会再使任何一个人觉得伤脑筋。当时听见这句话的人，真不免为工党政府捏了一把汗。但是我到伦敦时，1946 年年底，沿着郊外铁路两旁已经有着大规模的市民大楼出现，在农村里已有一排排的公家出租的小住宅。贝方的支票可能是会兑现的。想想这件工作的伟大，使我呆了半天。国内讲政治的整天在空谈主义，或是在记录宦海的升沉。其实是政治应该从最基本的衣食住行等日常事务上入手，也在这上边去证明得失。工党的成功不是在挂上一块社会主义的牌子，而是在每一个人的生活上表现出社会主义所能给他的利益——生活程度的提高。

煤荒又是一个工党从保守党接收下来的烦恼。英国煤矿在技术及在组织上的落后，以致产额日减。经过了一个战时，再加上了要拼命增加生产的战后一年，储备着为不时之需的煤量差不多都用完了。一到冬天，老天又不帮忙，50 年来所未有的奇寒，冰雪阻碍了运输，于是大城市里闹煤荒了。其实不论哪个党出任政府都会碰着这问题的，但是工党却正在台上，自得负责。我们应当注意的倒并不是煤荒的起因，而是政府怎样在这近于棘手的情形中，能安然渡过危机。这使幸灾乐祸的隔海友邦，也惊异了。工党是撑得住的。

工党最大的阻碍不是在国内，而是由国内的处境而引起的对外关系。在战时，英国有罗斯福的租借法案，不必用外汇来购取英国所需的输入品；但是罗斯福一死，战争一停，杜鲁门把租借法案也停止了，一把把英国的喉咙握住。英国在重大的负债之下，绝没有能力靠自己的输出来换取输入。没有了输入，不但英国人将没有烟抽，没有电影看，连面包都会不够的。所以不论哪一党执政，必须向美国（唯一可以向别人放债的国家）借款。而美国又在杜鲁门执政的任内，金元外交开始抬头的时候。他们不再记得胜利是爱好自由和和平的人共同争取来的，恢复和平也是应当全体和衷共济的，这些在突然发现自己金元力量的山姆大叔全不理会。不但不理会，而且竟想乘着人家打仗打得筋疲力竭的时候，确立他的"美国世纪"了。"美国世纪"是一个经济无政府的世纪，他们不愿看见任何国家实行和资本主义不合的社会主义。他们可以用各种宣传告诉美国人，苏联是如何可怕。苏联也确有它不完全的地方，所以一到宣传家手里文章也容易做；而且美国人中明白苏联的不多，传统的歧视也助成了对社会主义攻击的气焰。但是英国的社会主义若是成功了，对于美国人民的印象是不同的。不乏远见的美国资本家，自然不愿意工党政府在英国太得意。当英国要在经济上乞援的时候，山姆大叔的机会来了。

工党政府自从向美国借到了 11 亿镑的债款后，在经济上和外交上真是有苦说不出。他们答应了美国放弃对英镑区内美元统制的办法。一旦放弃了这办法后，美国在英镑区内就可以和英国竞争了。譬如英国向印度购买了 1 万镑的货物，在统制办法下，印度只能向英国购买同值货物来清算这笔债务。现在不然了。印度可以向美国购买同值的货物，由英国去向美国支付美金，这也就是所谓多边贸易。

英国也允许放弃帝国优惠关税。以往在帝国圈子内，英国货可以靠关税的保护得到对美国货竞争上的优势。这办法一旦取消，英、美就在相等的地位上竞争了。事实上是很清楚的，英国在战后经济基础已经动摇，怎样挡得起美国的竞争？所以这些条件等于是把帝国出典给美国了。

外交并不是理想的追求，而是决定于利害的考虑。工党的外交在过去一年半中已成了美国的小伙计。在工党后排议员中也已经屡次表现不满，甚至已屡次"反叛"。但是工党政府有什么办法呢？如果我们分析国会里执政党议员的"反叛"，就很可以使我们明了他们政府的苦衷。本来同属一政党的议员，在主要政策上总是同意的，即使不同意也只在党内会议中发生辩论，很少公开在国会里表示异见。如果这些"反叛"是表示工党内部纪律不严，那么我们很可以怀疑工党本身的能力了。事实上，依我个人看来，这是前排议员（工党中负行政责任的议员）和后排串演的一幕戏。负政府责任的在美国压力之下，无可奈何地只能跟着美国走。但是若是一味跟着走，不但和工党标榜的主义不合，而且可能失去人民的信任。于是不能不让后排议员不断地表示出对政府的不满了。这样一方面向人民说工党并不是甘心做小伙计的，一方面对美国说，不要再压迫了，压紧了可能会走极端的。英国是政治上的老手。如果"反叛"只是纪律问题，我不相信像贝文像摩里逊这些魄力和手腕十分高明的政治家不能制服少数年轻的工党议员的。

政府答复从"反叛"议员口中所表现出来的一部分人民的不满是：除了加紧充实国力，谈不到独立外交。他们最近在帝国内部的殖民地政策上表示出了有清算帝国的勇气，在对国际的局面中却只能忍气吞声，苦了贝文。

我在英国常问起许多朋友，工党政权是否安稳？依英国宪法，国会中如果不发生不信任的事件，直要到5年之后才重选。所谓不信任是要多数议员否决政府的提案。工党内部如果不发生严重的裂痕，他们拥有超过所有其他政党总数148票的优势，绝不会有不信任的提案通得过的。即是以"反叛"的事例说，他们至多拒绝投票，并没有投过反对票，所以并不会影响到工党政权。5年的期限使工党有充分时间去实行他们的长期政策，而且他们相信在这期内必然可以做出成绩来的。

工党政权安稳了吗？并不。他们从美国借来的 11 亿镑的债款，本来是打算可以用来安定英国经济的。"这个债款必须是一块跳板，不是沙发。"——这是丘吉尔的话。英国固然并没有把这笔借款消耗在内战里，也没有用来买口红和冰淇淋粉，成为暂时享乐的沙发；但是这个跳板的弹性并不如预期的那么大，并不能使他们从这跳板上一跳而入于平衡的经济。他们用这笔款来买了许多救急的消费品。而且因美国通货膨胀，实际购买力也降低了。依今年年初的估计，还有 18 个月，这笔借款就可能用完了。用完了怎么办呢？

英国人早就有些发急了。美国共和党的得势使他们感觉到威胁。18 个月之后可能碰着个共和党的总统。如果想向美国续借一笔大款，条件可能比第一次更苛刻。上一次还没有太显明的政治条件，下一次谁知道！如果美国说除非保守党出面不肯借款时，工党政府怎么办呢？为了人民生活的着落，是否必须接受这类条件呢？这是谁也不敢预言的。

美国，美国，为了你发愁的岂止是英国的工党！

历史是曲折的，在短距里是难于预测的。但是一个软心肠的人，不愿意世界不断遭受战争的惨痛甚至可能毁灭的人，眼睛总是向着光明看，即使这光明只有一线。向光明看的人，还是记得罗斯福在美国所做的一切，所允许给世界的一切，以及他所铺下的道路，我在初访美国时所见到的那一条不必流血而可以达到的自由和平等并驾齐驱的道路。就是这副眼睛、这副心肠，又在世界的另一角里看见了同一方向的努力，同一道路上的伙伴，我这样写下了这本《重访英伦》的小册子。但是我似乎已丧失了两年前的天真，我已隐隐约约看到了这道路上的绊脚石。真如拉斯基教授所说的：暴力革命是可能发生的，但是我们为了文化，总得向避免暴力的方向前进。

1947 年 5 月 4 日于清华新林园

传统在英国

　　英国朋友们喜欢和我们攀交情，说是我们这两个民族都是有传统和爱好传统的。我听了这话心里实在觉得不好意思，在这方面中、英两国不但不相像，甚至可以说是刚刚相反。英国表面上是爱好传统的，但是传统在他们只是个装酒的瓶子，外貌古雅，可是瓶里装的却常常是新酒。我们中国人特别对于外表重视，名字上一点都不肯放松，注重牌子，只是内容却常是腐旧不堪的传统。英国人客气要拉拢我们，我只觉得脸红。

　　我们要民主第一件事是自称为民国，把故宫改为博物院，皇帝的名目取消了——这些自然是要紧的，"正名"是不错的，可是以此为止，却弄成今日这个局面。英国到现在还保存个国王，表面看去也是认真得很。皇宫门前常有不少子民，会站着老半天等御驾出宫。一出来还要提高了嗓子欢迎一阵。如果说国王是个傀儡，谁也不肯承认。但是自从查理上了断头台之后，国王的政权却剥夺得快完了。他的用款要受人民代表的批准，这还算不要紧，连恋爱都要受首相顾问，不但顾问，恋爱错了对象，可以受到警告，甚至连国王的头衔都可以因之取消。我们当然还记得那位不爱江山爱美人的爱德华。现在谣传很多的伊丽莎白公主又在为恋爱烦心了。国王的仪表仍旧，只是权力没有了。他们的民主是这样得来的。

　　传统在英国政治里的牢固时常引起外国去观光的人的注意。让我再讲几件巴力门内的小节目，很能借此看到英国政治所倚附的精神。

英国以前的国王也是很专制的，要杀人就杀人。巴力门是英国人民费尽了力量逼着国王召集的民意机关，它的目的就在剥夺国王的权力，它和国王之间自难有友谊可说。当初，议员们在巴力门里辩论时，墙上长着耳朵，谁骂了国王，出了门可能就失踪了。所以在巴力门内发生了一种避讳的规矩，在辩论时从不称名道姓。指着辩论的对方时就说"这位议员先生"（The honourable member），若是要指不在眼前的人，可以加上议员所代表的选区的名字。一直到现在还是这样，没有提到别的议员的名字的，虽则议员的保障已是绝对的稳固了。

要有自由言论，人权保障是绝对不能少的。巴力门是个代议机关，是用口头辩论来代替用枪子决胜的保险机构。这避讳名字的传统，虽则已失时效，徒具形式，但是却成了一种有意义的象征。在巴力门内议员的言论须有绝对保障，不论说什么话，都不能引用来构成说话者任何罪名的。我记得在1938年，有一个议员，丘吉尔先生的女婿，同时在防空部队里当军官的，在巴力门里质问政府时列举事实说明伦敦防空准备的空虚。他所引用的数字却和军部秘密文件里的计划完全相合。军部大为震惊，认为秘密文件一定已经泄露，不能不赶紧彻查，所以用命令要这位议员穿了军服（意思是以防空部队军官的身份）出席军事法庭。他拒绝了这命令，一口气跑到巴力门里报告被传经过，认为政府违反了基本宪法精神，干涉了议员在巴力门内言论的自由。那时欧洲风云虽则很紧急，国会却因为这案子停止了其他的讨论，临时划出三天来辩论这违宪案。所有的议员差不多全体认为军部大逆不道，甚至要求张伯伦内阁立刻辞职。结果是政府引咎，但是因为时局关系，准免辞职。这场风波表示了英国政治对于基本民主精神的认真。国会永远不放心政府，片刻不肯轻易疏于防范。这种防范权力被滥用的精神，也充分表现在避讳称名道姓的传统里。

英国人民虽则享有全世界最民主的政治，但是他们却比任何国家的人民都念念不忘民主没有贯彻时的经历。下院和上院间的关系又是一例。在早年，由贵族所组成的上院具有很大的权力，远超过由平民代表所组成的下院。平民和贵族间曾经长期的争斗，结果是平民胜利了。在争斗期间上、下两院形如敌人。他们虽则在威斯敏士特同一个大厦里分别开会，但是互相不相通话的。在下院里说起了上院时只说"那边"，好像一个受气的媳妇用指头指指隔壁代表婆婆的意思。到现在下院在政治上完全制服了上院，而且感情上早已很融洽，但是照例还是用"那边"来指上院。我有一次去找上院的一个议员，不知道战后下院的会议厅被炸在修理，借用了上院的会议厅议事，所以找到了下院的通报室。那位警察看了看我所要见的名字，摇了摇头，向我冷冷地说："我们不管他们的。"把那条子还给了我，不再指点我去向了。后来我问起朋友为什么这位警察这样不客气？他和我说，这是传统，上院和下院在表面上是没有往来的，他们"算"是冤家的呀！

下院的权力尽管已大过了一切，但是他们并不摆在面孔上的。表面上看去下院还是怪可怜的媳妇。每届国会开幕时，国王照例要发表一篇训词。这篇训词其实就是政府的施政方针，是下院多数党领袖，政府里的首相起的草，预备在下院里提出来公开辩论的。但是他们的传统却不是这样简单。在下院没有权力时已定下了规矩。国王到上院，皇后坐在旁边，下面是穿了紫袍的贵族们，靠两面的板凳上坐下。国王开始念他的训词。在贵族们背后站着几个下院的议员，包括他们的主席，是下院派来"窃听"的。他们没有座位。国王念完训词，下院主席急急忙忙赶回下院，登台宣布："我已听到了国王的训词了，而且为了准确起见，我还取得了一份记录——"于是他开始念他的"窃听"来的训词了，其实就是下院多数党领袖所起草的施政方针。

这些富于戏剧性的传统是英国政治里的特色。可能是因为他们喜欢这些花样来点缀这太缺乏趣味的政治，但是这些传统的用处显然并不限于艺术兴趣的满足。他们爱好传统是要人记得，现在生活中所宝贵的一切是经过一番辛苦，付过一笔代价才得来的，这样方能使人对于现有的权利看得重要，不肯轻易放弃。

人民的权利得之不易，而失去却不难。德国人民可以莫名其妙把《魏玛宪法》埋葬，拱手让希特勒来套上锁链。就是以现在美国情形说，只要有人拿了红帽子来一吓人，他们可以安安静静让邻居被政府检查，被检查处诬告，甚至连职业都可以被政府夺去。人权是要争的，争得了还是要时常防着点，一不留心就会被人偷走了。英国人民在这方面是最老练了。这许多传统表面上似乎只是有趣，谁明白它们也是有用的呢？

旧瓶子里装新酒，不是为了装潢好，而是为了要使新酒不变质。我们是用新瓶子装旧酒，自己欺自己说是酒已经不是以前的了。中国的传统在新名目之下腐化、发霉，而英国却能用传统来警惕人民不走回头路。中英两国即使有很多相像的地方，但是绝不是在这上边。英国朋友的好意，我们实在承当不起。

1947 年

第二辑

白首志不移

留英记

我是 1936 年作为清华大学公费生到英国去留学的。进伦敦经济政治学院，读人类学。1938 年毕业回国。这里要追记的是这一段留英生活。但顺着回忆的思路联想到许多和这段生活有关的事，不受题目的拘束，也把它们写了下来。

一

先说我是怎样得到留学的机会的。

30 年代，我在大学里念书时，周围所接触的青年可以说都把留学作为最理想的出路。这种思想正反映了当时半封建半殖民地的旧中国青年们的苦闷。毕业就是失业的威胁越来越严重。单靠一张大学文凭，到社会上去，生活职业都没有保障。要向上爬到生活比较优裕和稳定的那个阶层里去，出了大学的门还得更上一层楼，那就是到外国去跑一趟。不管你在外国出过多少洋相，跑一趟回来，别人也就刮目相视，身价十倍了。留学已多少成了变相的科举。有些大学生着了迷，搞得颠颠倒倒，这些形象对于读过《儒林外史》的人似乎是很熟悉的。

但是以留学和科举相比还有点不同：封建时代有资格大做其金榜题名美梦的人范围似乎广一些，至少传统剧目里足够反映出状元公这个人物在群众的想象中也并不是那么高不可攀的；熬得过十年寒窗，百衲的青衫也会换得成光彩夺目的紫袍。留学却没有这么容易。这是个资本主义的玩意儿，讲投资，比成本。最便宜的是留东洋，一年也得五六百块白洋，要留西洋就得五六千。如果要取得个洋博士学位，至少也得两三年，没有千把万把白洋，只好望洋兴叹了。

留学要花钱，钱从哪里来？这里有"官费""自费""公费"等的不同。初期，清朝政府要培养洋务人才，派留学生出洋，但是当时社会上有地位的人还很多不愿离父母之邦，入鬼子之国，更少愿意自己掏腰包送子弟出洋。因此，留学生的费用全部得由官家负责，此之为官费生。留学回来的人，官运亨通，洋翰林比土翰林更吃香。学而优则仕，原是当时知识分子的守则，留学回来有官可当，群焉趋之。官费留学的机会逐步就被达官贵人所把持，用来培养他们自己的子弟，扶植自己的势力，和这些有权选派留学生的权贵没有关系的就沾不着官费之光。沾不着光而又有钱的人家，要送子弟出洋，就只自己出钱，此之为自费生。

除了政府遣派的官费生和自己家里出钱留学的自费生之外，还有一条让既没有钱又靠不上势的青年可以得到留学机会的路子，这是一条帝国主义安排下的路子。帝国主义者拿钱出来收买中国的青年，为了要培养为它服务的工具。但是它不能太明目张胆地这样做，必须找一些好名好义来掩盖一下。所以这条路子的花样多，走起来也比较曲折。其中最重要的是美国利用"退回庚子赔款"的名义建立起来的"清华学校"（最初叫清华留美预备学校，后来改称清华学堂，又改称清华大学）。这段历史我自己不熟悉，另外有人可以叙述，不必在这里多说。我要在这里指出的是它和官费、自费有所不同。它是采取公开考试的方法来招生的，因而使得许多原来在钱和势上都不足以走上留学道路的青年有了留学的机会，使他们也可以大做其留学美梦。这种通过考试取得别人的钱去留学的则称之为公费生，以别于官费和自费。

我是靠清华的公费出去留学的，但是又不同于经过"留美考试"的公费生。为此，得把清华公费留学的情况简单说明一下。

清华留美预备学校或是后来的清华学堂，都是专门为准备出国留学的学生进行补习的学校，是一个"加工厂"。招收的是十四五岁高小毕业程度的学生，要经过七八年才送去美国留学。凡是考得上这个学堂的就取得了留学资格，加工期满，照例一定放洋（除了招收这种小学毕业生之外，也有少数年龄较大的，在清华园住上几个月就出洋的，此外还有已经在美国的留学生可以申请清华补助等）。1925年这个办法改变了，清华学堂成立了"大学部"，1928年学校的名称也改成了清华大学，意思是不再做加工厂，而是个出成品的工厂了。清华大学毕业本身并不是个公费留学的资格。但是另一方面清华还是每年要为美国遣送一批留学生。于是另外定出了一个留美考试的办法，报考的资格也由小学毕业提高到了大学毕业，而且不仅清华大学毕业生可以报考，其他大学的毕业生也同样可以报考。每年在报上公布当年招考哪些科目，每科多少名额。这叫作"留美考试"。另外，清华还保留一些公费名额给自己研究院的毕业生和各系的助教。我是以研究院毕业生的资格取得公费的。清华的研究院招收大学毕业生，规定至少学习两年，提出论文，经过考试及格就可以毕业。每年在毕业生中按平时的学习成绩和最后毕业考试的分数，经学系的推荐，挑选若干，给予公费留学的机会。

当时这种性质的公费留学，除了清华的留美考试之外，还有中英庚款的留英考试，听说中法大学也有类似的公费遣派留学生的办法。在三十年代下半期，这类公费留学生的数目在留学生的总数中占相当大的比例。

此外，在我国各地所设立的许多教会学校和青年会等团体，也为外国吸收我国学生安排一些路子，但是这些路子并没有上面所说的那样明显，而且也比较分散。因为我在进清华大学的研究院之前在燕京大学读过三年书，所以对这些路子也知道一些。

原来美国各大学里有一种助学金和奖学金制度，钱的来源是私人的捐款。美国这样的资本主义社会，资本家常常要逃避捐税，假冒伪善地捐些钱做做"功德"，帮助清寒学生上学和奖励成绩优秀的学生是其中之一。各大学也以此做广告来招揽学生，每年在"校览"上公布，说明给予助学金和奖学金的条件，符合条件的人都可以申请，受惠的学生不受国籍的限制，甚至也有专门指定给哪一国留学生的。

这一类助奖制度并不采取公开考试的方式，而是由各大学所设的审查委员会根据申请人所提出的机关或个人的推荐书来挑选。推荐书自然都是为申请人说好话的，所以真正起决定作用的是哪个推荐机关或推荐人腰杆子粗和哪个大学的关系深。推荐人也就举足轻重，成了经纪人。美国教会在中国设立的这些学校、青年会等就利用这个经纪人的地位为他们的学生或朋友找留学的机会。由于这种助奖制度本身并不是统一的，也不是固定的，有资格推荐的人可以推荐也可以不推荐，推荐了有没有效也不一定，所以在这些教会学校里虽则表面上并不像清华一样标出留学科目的清单，公开号召角逐，而实际上为了争取留学机会也对师生关系、教师之间和学生之间的关系发生深刻的影响。比如说一个学生想得到推荐，他就得多方接近有势力的教授，博得他的青睐。那些教授就又利用这个经纪人的地位在学生里发展他个人的势力。而且同学之间为了争取这种留学机会，钩心斗角，费尽心机。

当然，除上面所提到的之外，还有自己刻苦积蓄，到外国去半工半读的留学生，以及更有组织的"勤工俭学"等路子，我在这里不再一一去说了。

二

我到英国去学的是人类学。在此可以谈一谈我怎么会选上这一门学科的。

我在燕京大学读的是社会学。从燕京的社会学系，进入清华的社会学与人类学系的研究生院，又到英国去学人类学，虽则是我个人的一个经历，但也反映了中国学术界这一个小小角落里的一段历史，这里把它记下来或许也是有意思的。

燕京大学之有社会学系是一个名字叫甘布尔（Gamble）的美国人创始的。他是"象牙"肥皂公司的老板，到中国来做青年会工作，在北京进行社会调查，后来和伯吉斯（Burgess）合写了一本《北京调查》的书。他进一步，想培养一批中国人能像他一样一面做青年会工作，一面进行社会调查，反正他的"象牙"肥皂在中国所赚去的钱已不少，就拿出一笔来做这件事。拿这笔钱出来还得有个名义。于是拉住他的母校，美国的普林斯顿大学，成立一个叫"普林斯顿在中国"的基金，交给燕京大学，作为培养社会服务的人才之用。燕京大学拿了这笔钱先办社会服务系，后来改称社会学和社会工作系，在这个基础上逐步添设经济学系，政治学系和法律学系，合成为法学院。

这一段历史说明燕京的社会学是从青年会工作和社会调查这两个底子上建立起来的。它是从美国传入的，培养目标是社会服务的人才。这一套字眼在美国人听来很容易懂，因为这是美国资本主义社会的构成部分，但是对于在社会主义社会里生活的人，这些字眼的含义不加以注解也就不会明白。青年会工作是"社会服务"的一种，它的活动表面上看来是电影院、浴室、弹子房、运动场、业余补习学校，一直到旅馆的综合体。青年会是基督教主办的，所以是教会工作的一部分。它实际的作用就是通过满足一些市民社会生活上的需要来进行基督教的宣传，也就是从生活服务入手来进行意识形态上的传教工作。在资本主义的社会里，尤其是在美国，这一类的社会服务特别发达，那是因为在资本家残酷剥削下劳动人民的生活受到了严重的摧残，出现了各式各样的所谓"社会问题"。这些问题如果让它发展下去，就会充分暴露资本主义的罪恶，激起劳动人民的觉悟和反抗。为了缓和阶级矛盾，剥削阶级拿出一些钱来，针对这些"问题"加以"救济"和弥补。要进行这项工作，一方面要有一批人去了解社会情况，发现"社会问题"，这叫作社会调查；一方面又要一批人去发放救济款，去做"思想工作"，去办理儿童教养所等，这叫作社会工作。燕京大学最初传入的"社会学"，就是这些名堂。

我是1930年从苏州的东吴大学转学到燕京社会学系的。当我挑选这个学系时，并不明白社会学是什么东西，我当时抱着了解中国社会的愿望投入了这个学系。我在东吴时读的是医预科，为了鼓动反对校医打人的一次风潮而受到学校当局要我转学的暗示，离开苏州的。当时正是大革命失败，白色恐怖之后，南北军阀混战的时期，在文化战线上正在热烈展开社会史的论战。这许多刺激使我抛弃了当医生的想法，决心要研究一下中国社会。所以到了燕京，注册进了社会学系。

我这个愿望并不是个别的、特殊的，在当时的形势下具有这种愿望的青年人是不少的，而且有许多青年接受党的领导走上了革命的道路。但是也有一些像我一样的人，还不能接受马列主义，又被白色恐怖所吓倒，要求另外寻求一个出路。所以在这时燕京社会学系冒出一种发展理论社会学的要求，现在看来也并不是偶然的。所谓理论社会学是和上面所说的那种社会服务、社会工作的实用社会学相对而言的，实际上指的是那一套进行社会改良的理论。

回想起社会学在西洋的历史也一直有这两个方面，例如19世纪

50 年代写过《社会学原理》和《社会学的研究》（即严复所译《群学肄言》）的英国的斯宾塞就是这种所谓理论社会学的祖师之一。他想尽各种理由来证明社会发展到了资本主义就到了最完善之境，资本主义是不可避免的，而资本主义以前的社会全都不及它的优越。这样就在思想战线上巩固了资本主义的社会。但是资本主义的好景不长，它本身所包含的不可克服的矛盾日益严重，百孔千疮，昭昭在人耳目。为了要缓和阶级矛盾，麻痹无产阶级的意识，不能不对所谓"社会问题"进行"社会调查"。以英国来说，19 世纪末年就有蒲斯（Charles Booth）对伦敦工人生活进行过规模相当大的调查。这一类社会调查的目的一方面是暴露资本主义社会的矛盾，并加以解释；一方面为资本主义的社会设计"改良"的方案。前一方面就形成"社会理论"，后一方面就形成"社会工作"，譬如说，资本主义社会的贫富两极分化，出现了所谓贫穷问题，一些理论家就出面来说工人阶级贫穷并不是出于资产阶级的剥削，而是出于孩子生得太多，话当然要说得更复杂些，但当时的"人口论"骨子里就是这句话。这就算是社会理论。另一方面也就采取了许多所谓"最低工资""人口节制""贫穷救济"等具体措施来减少工人们"铤而走险"闹革命的危险。这就是社会工作。

燕京大学社会学系一部分不满足于社会工作的师生，我也是其中之一，提出了"要理论"的愿望。但是又感到英美资产阶级的"社会理论"不合中国情况，怎么办呢？于是想从"社会调查"入手。但是当时又认为甘布尔、伯吉斯以及清河和定县这类"社会调查"太肤浅，解决不了问题，想另求出路。在摸索中却找到了人类学这个冷门，提出了所谓"社区研究"的新路子。

人类学究竟是一门什么样的学科？它比社会学也许更是模糊。人类学，研究人类之学也。望文生义，凡是和人有关的全可包纳在内。事实也确是这样，上自几十万年前的人猿化石，下到民间传说、风俗习惯，都可以在人类学的教科书中找到它们的地位。但是在第一次世界大战之后，英、美的人类学中专门研究殖民地上土著生活的一部分称作社会人类学的（欧洲大陆称"民族学"），特别发展了起来。燕京社会学系提倡的人类学也只是指这一部分而言。这一部分所谓社会人类学之所以发展也是应形势的需要。第一次世界大战之前帝国主义者分别占据殖民地，对殖民地上的人民摧残掠夺无所不用其极。殖民地分割完毕，帝国主义间发生了一场争夺殖民地的大战。战后面临着一个新的形势：一是帝国主义要在它已占领的地区开发资源供他们掠夺，必须利用土著的劳动；一是殖民地人民开始更有组织的反抗，使帝国主义者想直接单靠武力来统治遇到了困难。如果长期维持着战争状态，不但军费浩大而且不便于进行剥削，这个算盘是打不过来的。因此，老牌殖民主义者的大英帝国带头搞起所谓"间接统治"来了，就是利用当地的部落上层，维持当地社会秩序；吸收当地劳动，开发当地资源。要实行这个殖民政策，不仅需要做资源调查的自然科学工作人员，而且需要懂得当地语言能对当地社会进行深入研究的社会科学工作人员，后者就是所谓人类学者。从第一次世界大战之后，英国的人类学者在殖民部的直接和间接的支持下，对非洲的英国殖民地开展了很广泛和系统的实地调查研究。在这项工作里冒出了人类学中的功能学派。他们搞出一套实地调查研究的方法，做出了许多研究成果，还有一套所谓"理论"，这套理论主要是用来指导他们怎样去调查一个土著部落的一些经验。我们在这里不必去详说，要说的是，他们这一套东西看起来比从美国社会服务里学来的"社会调查"深入得多。原因是美国式的"社会调查"是以资本主义社会为基础发展出来的，着重在数量的统计，各项统计之间的关系在资本主义社会中是不言自喻的，但一应用到非资本主义社会，不但数量统计不易正确，而且各项统计之间的关系不一定相当于资本主义社会，于是这类调查显得支离破碎，不能说明问题。人类学调查着重在不同性质的社会的解剖，用到中国来似乎更适合一些。为了和"社会调查"做出区别，后者称作"社区研究"。

为了发展这种"社区研究",燕京社会学系在1935年还向国外搬了一位当时功能学派的大师布朗（A. Radcliffe-Brown，英国人，后来当牛津大学人类学教授）到中国来讲学，在《社会学界》（燕京社会学系的刊物）连续出了两期专刊，极尽鼓吹之能事。

在说到我留学英国的事之前还得加一个插曲，就是我到清华研究生院去读两年书的原因。我在燕京读书时，可以说是个拥护"社区研究"的积极分子。但是当时社会学系的当权者是社会服务派，所以毕业后想由社会学系推荐去外国留学，还不具备条件。支持我的老师吴文藻先生出了个主意，并且为我奔走，设法送我进清华大学研究生院，使我一则可以在人类学这门学科里打个底；二则可以在研究生院毕业后得到公费去英国直接跟功能派的大师学习。

这个主意是实现了的。只是清华研究生院里收我做学生的人类学教授是个俄国人，名叫史禄国（S. M. Shirokogoroff），他的人类学是帝俄时代的老传统，和英、美很有差别。帝俄的学术是传袭大陆的系统，人类学包括的范围首先是体质，其次是语言，再其次是考古，最后才到社会文化的"民族学"。他为我制定了一个长期计划，第一个时期专门学体质人类学，其实这是门生物科学，幸亏我曾有两年医预科的基础，所以还算衔接得上；一面补习解剖学、动物学，一面向他学人体测量和人体计算学。他打算第三年才教我语言学，谁知清华研究生院改了章程，两年就可以毕业，而且他自己第三年就要休假，所以我在清华只完成了他替我规定的计划的第一阶段。这两年我所学的和上面所说的"社区研究"关系不大，但是由于这两年的学习，满足了清华规定的公费留学的条件，使我能到英国去留学。

三

1937 年夏天，我从上海出发去英国。到英国去留学这一点还得说明一下：按清华的制度，研究生院毕业生符合规定条件，给予公费留学机会的，可以自己提出留学计划，并不一定要到美国去。当时有一种流行的成见，认为真是要讲学术，最好到欧洲国家去留学，对于美国的学术水平不太看得起。这个成见有什么根据很难说，可能是由于美国留学生太多了，物以稀为贵，到欧洲去留学回来身价可以高一些。这是我要去英国的一个原因，但主要的还不在此。上面我已经说过，我的留学计划酝酿已久，是和燕京社会学系里那一批搞"社区研究"的人一起策划出来的，这些人中间带头的是吴文藻先生。他心里有着一个培养徒弟的全盘计划，分别利用各种不同的机会，把他们分送到英、美各个人类学的主要据点去学习，谁到哪个大学，跟谁去学，心里有个谱，后来也是逐步实现了的。他认为我这个人最好是去英国跟功能派的大师马林诺斯基（B. Malinowski）去当徒弟，理由之一据说我这个人的性格和这位老师有点相像。实在的原因是英国没有美国那种助学金制度，派人去留学的机会不多，我当时既然有机会去英国，当然不能错失。去英国的计划就这样决定了。

这里可以提一笔，我这个事例也说明了在三十年代后期，留学制度确是有了一些新的变化。早期的留学生出国时的水平很多是比较低的，在国内只是准备了一般的基础，专业训练比较差，到了国外才选择专业、选择老师。但是到了我出去留学的时候，不论是经过留学考试或是研究生院毕业之后才出去的，都在专业上花过了一番功夫；学什么，跟谁学，这些问题在出国之前都经过一番考虑的。这样加强了目的性和计划性，对于专业培养和提高质量，看来是有帮助的。

为什么要跟马林诺斯基去学呢？这里得介绍一下这个人。他的原籍是波兰，早年在波兰的古都克拉科夫大学学物理和化学，由于体弱多病和精神抑郁，医生劝他摆脱些正科，涉猎些旁门。他挑了本人类学家弗雷泽（Frazer）的名著《金枝》，从此他沉溺在这一门学科里，到德国和英国去留学。世界大战发生前夕他正在美拉尼西亚的一个小岛上做调查研究工作。大战发生，波兰和英国处于敌对地位，他不能自由离开这个小岛，于是他就学习当地的语言，和当地人一起生活，很仔细地记录下他对这个岛上居民生活的观察。就是这样他发展了深入地对一个人口不多的部落亲密观察的调查方法。由于他的活动范围受到限制，不能像过去的人类学者在各地搜集比较材料，他就着重注意一个小部落里政治、经济、宗教信仰、风俗习惯等各方面的相互关系，从而发展了他的功能主义的理论。大战结束，他带了很丰富的第一手资料回到英国，1922 年出版了轰动当时人类学界的《西太平洋航海者》。

他的这套方法、这套理论、这套著作，过去在人类学里并不是没有，但是并没有受到重视，而他却一举成名；所不同者时也，即形势也。我上面已说过，帝国主义第一次世界大战之后在殖民地上碰着了新的问题，如果维持原来的直接统治的政策，殖民地人民的反抗愈来愈不好应付，而且更重要的是无法进一步利用当地劳动力来开发当地资源取得更大的利润；因此，提出了"间接统治"的策略，利用当地原有部落组织和原有统治势力，制造可以依赖的社会支柱，来加强对当地人民的剥削。这是个很毒辣的反动政策。为了执行这个政策，就需要深入了解殖民地各部落的实际情况，考虑怎样去利用原有的制度来为殖民主义服务。马林诺斯基的一套恰巧符合了这个要求。

马林诺斯基在英国学术界一帆风顺地取得了很高的地位，这是很少前例的。英国人对外籍学者的偏见极深，他作为一个波兰人，虽则后来入了英国籍，而能一跃被选为教授，在英国学术界是少有的（英国各大学中设立社会人类学教授的讲座是从他开始的）。不仅如此，他在伦敦经济政治学院培养了不少门生，一个个都成为各大学人类学系的台柱，而且受到英国殖民部和美国罗氏基金会的直接支持，每年掌握着大笔调查经费，调度大批的调查工作者，到非洲各地进行研究。不到10年，功能学派的声势压倒了人类学里任何其他的派别。这一切如果离开了历史背景是无法理解的。

在英国要跟从一个老师学习并不是那么容易。因此先得讲一讲英国学校的制度。英国的大学并没有一个统一的制度。我能讲的是我所进的伦敦经济政治学院。提起这个学校，老一辈的英国绅士们是要摇头的，认为有点"左倾"。这当然完全和事实不符，因为它正是一个社会改良主义的大本营。但是从学制上说，19世纪末年却算是有点"改革"味儿，也就是说它不按传统办事。英国的教育制度阶级路线十分明显。最初只是贵族和有钱人家的子弟能念书，这种学校叫作"公学"，最著名的有伊顿、哈罗等有数的几个，收费极高，限制极严，据说贵族子弟在没有出世之前就得报名。但是这些学校却保留一些名额给殖民地的统治阶级，包括尼赫鲁一类人在内。这些"公学"公开承认是专门培养统治人才的，而且事实上历届内阁阁员除了工党政府外，几乎全是由这几个公学的毕业生所包办。各学校以毕业生进入内阁的人数多少来比赛。我记得我在英国时正碰上鲍尔温上台，他在就职演说里曾说，使他特别高兴的是内阁成员中母校的同学占了多数。从这些"公学"毕业后就可以到实际政治中去活动了，其中一部分要深造的，进牛津、剑桥等大学。这是一个上下相衔接的系统（伊顿毕业的一般升牛津，哈罗毕业的一般升剑桥），平民无与也。一直到了19世纪的70年代，议会里才通过国民普及教育的法案。公家设立的学校却叫作"私学"。凡是英国公民按法律都得进这种"私学"，所以也称

"义务教育"，意思是受教育是一种义务。但是当时一般平民出了"私学"就没有上升的机会了。高等教育还是被上层社会所垄断。到了19世纪末年，一些参加工人运动的知识分子，最著名的如韦柏夫妇、萧伯纳、威尔斯等人组织了费边社，主张为中产阶级和工人阶级办高等学校。费边社是一个社会改良主义的团体，反对马克思主义，妄想通过合法斗争，实现"社会主义"。他们所办的学校就是伦敦经济政治学院，曾培养出许多工党的骨干、工人贵族。

伦敦经济政治学院的校舍也说明了这段历史。到过牛津、剑桥大学参观的人没有不被它们古雅的建筑所吸引的，而这个学院却有如我们解放前上海的弄堂大学。它的大门是在荷尔本商业区的一条小巷里，大门旁就是一些茶馆，学生们可以在这里喝茶和吃饭。这个学院的门面实在没有什么气派可言。英国人却有这个风尚，喜欢保留原来的外形，尽管内部的设备不算坏，而这个门面几十年来一点也不肯改造。

它的学制也不同于牛津、剑桥等老大学。据说创办人是有意吸收了一些美国的大学制度，由于我当时并没有关心大学本科的制度，所以现在也说不出来。我所知道的是它的研究生院的那一部分。我说本科和研究生院其实是已经用了我们自己的学制来说话了。在他们不是这样说法的。按他们的说法是读什么学位，自己是什么学位的待位生，注册时就是这样注册的。根据每一种学位规定他应当参加什么考试，提出些什么论文。至于你怎么样才能满足这些条件那又是一回事了。以我所注册的"哲学博士"学位来说，那是最简单了，规定两条：一条是从注册到毕业至少要有两年，一条是提出一篇论文，经过考试认为合格就可以取得那个学位。这两年里你应当读些什么课程完全不加规定，从章程上说，你交了注册费之后尽管可以不到学校，到期你能提得出论文，考得过，一样可以得学位。这是一方面。另一方面，学院每年公布一系列课程，哪一个系什么教授或讲师开什么课。你既注了册，就可以自己去挑选课程。表面上没有人来管你，你爱听就听，不爱听就不听。名教授开讲时，整个大教室坐得满满的，甚至窗台上都坐满和站满了学生。我是个爱串课的人，毫不相关的课，只要按公布的时间、地点，坐在教室里就可以听上一堂课。当然，如果都是这样自由散漫地搞，也就不成其局面了。实际的关键不在章程上，而是在一套不成文的习惯上。你注册时入哪一个系，读什么学位之后，注册科就介绍你去找系里的一位负责人，他就给你指定一个业师，这位业师就是有责任帮助你去取得学位的人〔我用业师这个名字因为要和导师有所区别。英国的导师制（tutorial system）有它专门的意义。导师是 tutor，实行于大学本科。业师是指指导写论文的老师，称 director；被指导的学生可说是门生，业师和门生之间存在着学术上的师承关系〕。他根据你的具体情况，建议你去听什么课，参加谁的席明纳（即讨论会），怎样写论文。通过这种业师制，做得好，确是可以因人施教的。这也有点像我们的师徒制度，师徒之间的关系，一般是十分亲密的。英国社会上特别注重私人关系，这可能是封建的残余，介绍一个人的时候常常要搬出一系列的关系来，这位是谁的儿子、谁的学生、谁的朋友等，而这样的介绍也就说明了这个人的社会地位。在学术界里最重要的就是"谁的学生"，意思是"他是在谁的指导下学出师的"。另一方面当老师的也以自己有好的徒弟为荣，谈话时也常会听到用"他是你的学生"来作为一种恭维的话。

伦敦经济政治学院在这一点上并没有学美国，而保持了英国的传统。我并不太知道美国的情形，听起来其师生关系也富于资本主义性质，就是花钱买教师，而英国多少还有一点封建，光是花钱不成，师徒关系的建立比较曲折。收不收一个徒弟是师傅的权利，你在学校里注了册，系里有责任替你指定一位业师，但是如果被指定的业师对你不满意，随时可以要系里另外换人来指导你，一个一个地换，永远出不了师，这是一方面。另一方面，一个系里的教师学问地位不同，通常一个新来的学生，总是由一个讲师或比讲师高一级的"读者"（相当于副教授）来指导。经过一个时候，如果这个学生表现得好，有培养前途，给教授看中了，也可以换业师，由教授自己来做业师。

能拜得上有名的教授做业师，好处可大了。且不说学术上的受益，只说取得学位这件事也就有了把握。按英国的制度，给学位是大学的事，譬如在伦敦经济政治学院读书，取得的学位是由伦敦大学给的。当你的业师认为你的论文有资格可以提出来申请考试时，伦敦大学就为你组织一个委员会来考你。这个委员会里的人是从各方面请来的，你要向他们答辩，答辩过后，投票决定。否决一篇论文并不稀奇。否决后你可以下次再申请。被否决一篇论文，对学生固然是件倒霉的事，对业师也不很光彩，因为学生申请考试总是先要得到业师同意的。自己的业师在这个学科中如果地位高，他的眼光当然也准些，他认为过得去的论文，在他的同行中也不容易有不同意见，而且必要的时候，他还可以出来为学生辩护一下。在答辩时"考官"之间引起争论也不是稀奇的事。所以，业师腰杆子粗，学生也容易过关。学生最怕的是"考官"中有自己业师的老师，祖师爷发起脾气来，那就完蛋。

英国这套制度也是他们从经验中积累出来的，其中也有些怪有意思的东西，业师制是其中的一个，在促进学生学习的积极性和老师的责任心上都有它的长处。但是，这也是造成学术界里宗派主义的根源之一。

言归正传。我到英国去是有目的的，目的很明确，要跟马林诺斯基去学他的那一套社会人类学。但是在英国这个制度之下，怎样拜得到这个业师呢？

我在清华研究生院里是跟史禄国学习的，他对于欧洲学术界的情况比较熟悉。他原来的计划是想一手把我培养成他的学生，所以制订过一个长期计划，但是后来他也明白客观条件并不容许他贯彻这个计划了，主要是他在清华待不下去了。他同意我在清华的学习告一个段落之后到英国去。但是他坚持一点，我在出国之前必须先在国内做一年实地调查，带了材料出国。这些有欧洲传统的学者都有一种怕他自己的学生在他同行面前丢脸的顾虑。我出去一定会说是跟史禄国读过书，他不能否认这一点，如果我大出洋相，他的面子也就不很好看。所以最后他得补救一下，要我"临时上轿穿耳朵"，为出国多做一些准备。我听他的话，1935年清华研究生院毕业后，请假一年到广西瑶山去调查了一次。这次调查是失败了的，和我一起去的我的爱人死在山里，我也负了伤。转回家乡，看看手边调查所得的材料很不充实，心里很难过。恰巧这时我有个姊姊在我家乡一带的农村里推广蚕丝业的改良工作，我去看她，她劝我在乡下住一个时候，一则恢复一下情绪，一则休养一下身体。我在乡下，住在她帮助农民办的一个小型合作丝厂里。反正没有别的事，开始问长问短，搞起"社区研究"来了。

这里不妨附带说说这个插曲。我这个学蚕丝的姊姊，在苏州附近的浒墅关的一个蚕业学校毕业后，到日本去留学，留学回来就在这个学校的推广部做工作。推广部的工作就是在附近农村中推广改良养蚕制丝的新方法。江浙太湖流域原是"上有天堂，下有苏杭"的好地方，其所以富庶的原因之一就是农村里的丝绸业十分发达。有些农村，农业只够供给农民一些日用的粮食，其他生活费用全是从养蚕、制丝、织绸以及有关的手工业中得来。这地方出产的生丝闻名海外。海关报告上有一项叫辑里丝，就是这地方的产品，在对外贸易中一直占着重要地位，但是在20年代却受到了日本丝业严重的竞争，出口锐减。主要原因是土法生产质量太差，这也就影响了广大农民的生活，同时也影响了出口商人和用质量差的蚕茧来制丝的工厂老板。所以从制种、养蚕、制丝每一个环节都需要用洋法来代替土法，这就是蚕丝业的改良运动。这个运动固然是农民所需要的，但是如果只有这需要在当时还是无法实现的，其所以能开展起来，还是由于民族资本家的利益所在，蚕业学校提供了一批技术人员。这些因素的结合，使30年代蚕丝业的改良运动在江浙这个地区确是做出了不小成绩。我在了解这些地区的农民生活时，特别引起我兴趣的是农村的生丝制造和运销合作社，这种合作社是这个改良运动的产物。为了要采用比较科学的养蚕技术，在幼蚕时期要控制温度和湿度，最方便的是稚蚕公育，就是各家在一起养幼蚕，这就是集体化。收了茧，如果不把蚕蛹烘死，就不能储藏，必须脱手出售，这样就会吃中间茧商的压价。为了要卖好价钱，农民自然会愿意一起来解决烘茧的问题。茧子既然可以储藏了，为什么不自己制丝呢？合作的方法一引进，很自然地发展了起来，因为这样做的利益是十分具体的。同时，民族资本家也乐于鼓励农民这样做，因为这样做被挤掉的是一些中间小商人、收茧商和土丝行，而另一方面农民生产积极性一起来，民族工业的原料问题、出口丝商的进货问题都得到了解决。换一句话说，在资本主义社会里发展合作事业，和大资本家的利益并不矛盾，而且替大资本去挤小资本，给大资本更多的剥削机会。我当时当然没有看得这样远，只看到农民收入有所增加，生活有所改善，就沾沾自喜，认为找到了解决农民问题的门路。我就在这个农村里把这个过程记录了下来，搜集了一些有关的资料。在从上海到伦敦的路上，把这些资料整理出了一个草稿。

我到了伦敦，就投奔伦敦经济政治学院，被介绍去见人类学系的弗思博士（R. Firth）。他是马林诺斯基的第一个徒弟，所谓第一个徒弟者就是在马氏手上第一个得博士学位的人。他当时在系里当"读者"（即副教授），是新西兰人，为人很和蔼，但具有英国传统的拘谨。我手上并没有私人的介绍信。私人介绍信是英国社会上建立关系的必需品，没有这个就只能公事公办。我相信我给他最初的印象是很不妙的。那时，由于伦敦的气候关系，我的背伤又发作，精神很不振作。一口苏州音的英文，加上了紧张，大概话都说不清楚。他和我交谈之后，第二天注册处给我一个通知要我去参加一次英文测验。我的英文程度固然低，但用笔来回答还可以敷衍过去。大概根据测验成绩，他认为还可以接受，所以又约我去谈。这次才谈到我在中国的学习情形，史禄国的名字还算吃香。我又大体上把在瑶山的调查讲了一遍。因为我估计既然要读人类学，而人类学主要是研究当时被侮称作"原始"的部落，我这些材料也许更符合于要求。讲完了，才谈起我在出国前还在农村里住了一个时候，也搜集一些关于中国农民生活的材料。这一通话却引起了他的注意。他是个含蓄的英国绅士，毫不激动地要我把这两方面的材料都给他写一个节略，但是他的口气里面，注意的却是我第二个题目。后来果然经过几次谈话，他替我把论文题目肯定了下来，写《中国农民的生活》。

看来这是一件很平常的事，后来才明白，他这个决定有着更深一层的意义，这里值得提一笔。从人类学本身来说，当时正在酝酿一个趋势，要扩大它的范围，从简单和落后的部落突入所谓"文明社区"，就是要用深入和亲密的观察方法来研究农村、市镇，甚至都市的生活。在地区上讲，过去人类学家研究的范围大都是在非洲、大洋洲和北美，新的趋势是想扩大到亚洲和拉丁美洲，而这些地区主要是文化较高的农民。第二次世界大战前夕和初期，在人类学的出版物里就可以看到许多关于中国、日本、印度、南洋以及拉美农民生活的调查报告，说明正在我编写《中国农民的生活》的同时，各地都有人在进行类似的调查工作。这个趋势是当时人类学的一个新的动向。拿弗思本人来说，他原来是以研究太平洋里的一个小岛上的土著起家的，但是在第二次世界大战之后却也转入了马来亚的农民生活的研究。所以当时他决定不要我写瑶山调查而写农民生活作论文，绝不是偶然的。导师，论文，都这样决定了，但是我还没有见到马林诺斯基的面。

四

我第一次看见马林诺斯基是在他的席明纳[1]里。

提起席明纳，我得先说说这个东西。席明纳是欧洲传统的一种教学组织，也是一种教学方法，在欧洲各大学指导高年级学生时常被采用。英国大学里教师们怎样去教他们的功课，完全由他们自己做主，他们愿意怎样教就怎样教，很有点八仙过海，各显神通的味道。以我自己接触到的来说，大家熟悉的罗素也在伦敦经济政治学院开过课，他是登台念讲稿，一字不漏，讲完一个课程就出一本书。我就听过他的"权力论"。我也旁听过一门逻辑课，这位教师的名字忘了，但是我的印象很深，因为有点像我们的小学，许多公式要学生大家一起念，还要指着学生的名字站起来答复问题。我看情形不对，第二堂就没有敢再去。马林诺斯基不喜登台讲课而善于搞席明纳，当然搞席明纳的不止他一人，但是他的席明纳有它的特点，而且在伦敦经济政治学院相当有名，在人类学界当时也是为大家所推崇的。席明纳简单的可以译作讨论会，但是讨论会这个名称还传达不出它的精神，所以用这个音译的名词。

他树立了这样一个不成文的习惯，每逢星期五（除了假期），他总是坐在伦敦经济政治学院那间门上标着他名字的大房间里。这间房说是办公室不很合适，因为满墙、满桌，甚至满地是书籍、杂志、文稿，到处是形式不同的沙发、靠椅、板凳。到了那个规定的时候，他的朋友们、同事们、学生们就陆陆续续地来了，相当拥挤。这批人中

---

[1] Seminar 的音译。

有来自各国的人类学家，有毕业了已有多年的老徒弟，也有刚刚注册的小伙子。他有他一定的座位，其他人就各自就座，年轻的大多躲在墙角里。这里没有禁止吸烟的告示，因而烟雾腾腾，加上这位老先生最怕风，不准开窗，所以烟雾之浓常常和窗外有名的伦敦大雾相媲美。

为什么有这么多人来呢？有些是马林诺斯基自己邀请来的，凡是要和他谈学术的朋友就在这时候到这里来。其他场合当然也可以谈学术，但是在这里是公开的谈，大家一起谈。绝大部分是自动来的，凡是他的门徒到了伦敦，逢到那一天就争着要来此会会老师，主要的目的是要在这里闻闻人类学的新气息。这个席明纳作为一门功课，名称就叫"今天的人类学"。在当时人类学范围里来说，这个名称倒也不能说不名副其实，因为在这里讨论的，是不但是书本上还没有写，课堂上还没有讲，甚至一般的人类学家还没有想到的问题。这类问题为什么在这里会提得出来，与其说是靠这个老头子学问高，倒不如说靠参加的人多，他们四面八方从实地研究中带了新问题。他们遇到困难，或有了心得，在老师的席明纳里发言，经过讨论得到了启发，又回去工作，解决问题，提高质量。大家得到好处。不知马林诺斯基哪里学来的这一套办法，使他的席明纳成了他这一门弟子所喜爱的东西。

马林诺斯基自己在席明纳里不多说话。他主要是起组织作用，就是事先安排一两个主要发言人。这个发言人首先念一篇准备好了的文章，有的是调查报告，有的是对于一个问题的意见。换一句话说，这个老头子首先抓的是在席明纳里要提出什么问题，大体上有一个方向。我在伦敦的第一年，席明纳里主要是讨论怎样解剖一个文化的问题，他称之为文化表格，内容后来翻译成中文在燕京的《社会学界》发表过。第二年主要讨论的是文化变动。他死了之后，有位学生把这些讨论整理出来，也已经出版。他的特点是不喜欢讲空理论，什么时候都不许离开调查的"事实"说话，所以讨论时，都是那些亲身做过调查的人摆材料。老头子听得高兴时，插上一段话，这些插话就是大家所希望的"指导"了。他写的文章和写的书中有不少就是当时插话的记录。

我最初参加这种场合，真是连话都听不懂。听不懂的原因有二：一是这里的人虽则都是在说英文，但是来自世界各地，澳洲的、加拿大的、美国的、欧洲大陆的之外，还有亚洲的、非洲的，口音各有不同，而且在席明纳里都是即兴发的言，不是文言，而是土话。其次是材料具体，富有地域性，地理不熟，人类学知识不足，常常会听得不知所云。我们这些小伙子就躲在墙角里喷烟，喷喷就慢慢喷得懂了一些，也觉得它的味道不薄了。

回头来讲我第一次见这位老先生的事。那天席明纳里照例已坐满了许多人，马林诺斯基坐在他的大椅子里在和别人讲话。他是一个高度近视、光头、瘦削、感觉很敏锐、六十开外的老头。弗思把我叫到他的跟前，替我做了介绍。他对我注视一下，说了几句引人发笑的话，这也是他的特长；接着说，休息时跟他一起去喝茶，说完他又去和别人说话了。

喝茶是英国社会生活里的一个重要制度，每天下午 4 点～5 点都要喝茶。喝茶是引子，社交是实质。学校里也是这样。到了这时候，教师和学生都停止工作到茶室里去聊天。教师有自己的茶室，就在这时交换意见，互相通气；有时教师也约学生去一起喝茶，增进感情。

喝茶时才知道他刚从美国回来，他是去参加哈佛大学 300 周年纪念会的，在会上还得了个荣誉学位。他在美国遇见了吴文藻先生，已经知道我到了英国。过了不久，又有一次约我去喝茶，这次不是在大茶室里，雅座中只有我们两个人，他问了问我到伦敦以后的情况，我告诉他已经跟弗思定下了论文题目。他随手拿起电话，找弗思说话，话很简单，只是说以后我的事由他来管了。这是说他从弗思手上把我接收了过去，他当我的业师了。接着回头问我住在哪里，我把情况说了之后，他立刻说：赶快搬个家，他有一个朋友可以招呼我。我当时觉得很高兴，终于达到了跟这个著名的学者学习的愿望了，但是为什么他这样看得起我，不大清楚；同学们听到了这个消息都为我道贺，也觉得不平常，因为要这个老师收徒弟是不容易的。据说多少年来，在我之前，在他手上得学位的不过十几个。我的幸运当然引起同学们的羡慕。

马林诺斯基主动地承担起做我业师的任务，并不是我在他面前表现出了什么特别的才能，我那时连席明纳里讨论都跟不上，话也听不太懂，正是躲在墙角里抽烟的时候。原因是他在美国和吴文藻先生会了面。吴文藻先生是代表燕京去参加哈佛 300 周年纪念会的，有着司徒雷登给罗氏基金会的介绍信。马林诺斯基一直是罗氏基金培养的人物，他的学生们在非洲进行的大部分调查就是罗氏基金给的钱。吴文藻先生到美国去，后来又到英国来，口袋里就有一个在中国开展"社区研究"的计划，我这个人是计划中的一部分。这个计划深得罗氏基金的赞许。这些，马林诺斯基都知道。他是个感觉敏锐的人，在这里卖一个人情，正可以迎合老板的用心；而且培养一个自己的学生在东方为他的学派开拓一个新领域，又何乐而不为呢？如果没有这一段背景，他那一双高度近视的眼睛根本可能一直看不到这个其貌不扬、口齿不清的外国学生。

其次要讲一讲搬家的事。伦敦经济政治学院是没有学生宿舍的。学生都在伦敦市内自己找房子住，学校不管。伦敦市内有一种叫"膳宿寄寓"，专门招待单身房客。有些是房主人因为有空闲的房间，租出去可以收一些房钱贴补家用。更多是那些下层的中产人家，以此为业，向房产公司租一幢房屋，招四五个房客。女主人自己管理，煮饭侍候他们，收得房租，除了付去给房产公司的租金外，可以有一笔收入，用以维持生活。我在伦敦的时候，普通一间房，包括家具、床褥在内，早上和晚上两餐，每星期从 11 个先令到 1 英镑。在市内没有家的学生就找这种寄寓住。每个街道角上的杂货店里有一个小小的广告板，板上揭示着附近出租的房屋。住几天到几年都可以，你要搬家，就搬家，很方便。这种下层的中产阶级种族歧视并不显著，特别是学校附近，各国的留学生不少，对不同皮肤颜色的人也看惯了，甚至有些特别欢迎中国学生，因为中国学生很讲人情，和房东会拉交情，平时送些东西，很能讨得欢心。当然，也碰着过去找房子时吃闭门羹的："对不住，已经租出了。"但是依我的经验说，在这方面受窘的并不常见。这是和房东的阶级成分有关，有钱的剥削阶级不会干这个行业，很多是工人和小职员的家庭，才需要自己的老婆操作招呼房客。这个阶级在种族歧视上成见不深，而且一旦接触到了以平等待人的房客，不论属于哪个国籍或种族，很容易打破那种不合理的成见而交起朋友来。

马林诺斯基要我搬家就是要我改变我在伦敦生活的社会环境。他介绍我去住的是他的一位朋友的家。这位朋友是一位四十多岁的夫人。她父亲是位人类学家，而且是个贵族，写过很有名的著作，名叫 John Lubbock Averbury。她嫁给一位陆军军官，第一次世界大战中当过师长，在前线阵亡，所以她有很丰富的抚恤金。她的儿子在银行里做事，银行老板和她有亲戚关系。女儿是一个有名的新闻记者，写过关于捷克斯洛伐克的报道，风行过一时。家在伦敦的下栖道，下栖道是个文化艺术家聚集之区。一座房屋有四层楼，雇有厨师、女仆和管家。在英国社会里，不算阔绰，属于中上，或是上下的那一阶层。她在经济上并没有出租房屋的需要，但是这位中年寡妇却极喜欢和文化人往来，由于她父亲曾是个人类学家，所以她认识不少印度的学者。她和尼赫鲁也相识，他的女儿来英国留学就拜托她招呼照顾，她也以此为乐。在她家里有些青年人，生活可以更丰富些。马林诺斯基把我介绍去，算是对我的照顾，而其实是要我和这个阶级接触，感染一些英国统治阶级的气息。

这位夫人受了朋友之托，对我管教颇严。她心目中英国文化是最高的，有意识地要我"英国化"。她请客时我得和她的家人一样参与其间；她有朋友来喝茶，我也要侍坐在旁。而我这个人生性就不喜欢这一套，在这种场合里总是别扭得发慌。记得有一次，她约我去她娘家的乡间一个别墅，我听说在那里晚上吃饭要换礼服，而我哪里有这一种东西呢，拒绝她又不成，只能临时托故不去。她竟怒形于色。自从这一次之后，大概她觉得"孺子不可教"了，对我也放松了一些。

我在她家里住，一个星期要交管家两个几内（1 个几内值 1 英镑又1 个先令），较一般"寄寓"高了四倍。这还不算是"房租"，因为我是算那位夫人的客人受招待的。实际上，她在我身上花的可能还要多一些，不但供我膳宿，连社会生活，比如请朋友喝茶、吃饭都不另要我付钱。在她是一片好意，在我却负担很重。清华公费每月 100 美元，学费书费一切包干在内。所以不但精神上感到拘束，经济上也同样不觉得宽裕。后来，卢沟桥事变发生，我托辞经济可能发生问题，才摆脱了这个"好意"，重新回到普通的寄寓里去。

我提到这个插曲，目的是想揭发那个老大帝国主义怎样做殖民地工作的。像尼赫鲁这样的人从骨子里浸透着英帝国的气味，这不是偶然的。殖民主义是整个英国统治阶级的中心活动。一般看得到的是它的军旗和炮舰，而看不到的是无数细致、复杂的社会活动。通过日常的、看来十分平易的社会接触，英帝国把殖民地的上层人士的灵魂勾引了去，也就是说在意识形态的深处收服了这一批在殖民地社会上有势力的阶层。这批人口头上和表面的行动上尽管要求独立，反对英国统治，但是在骨子里是跟着英帝国走的；像被摄了魂的人，不知不觉受着巫师的调遣。英帝国表面上是崩溃了，而一个无形的帝国依然存在，几百年的殖民经验中修炼出来的魔道还在新的躯体上作怪。

五

接着谈谈我这位业师怎样指导我学习的。伦敦经济政治学院人类学系的研究生一般都可以去参加马林诺斯基的席明纳。席明纳是他指导学生学习的主要场合。他在席明纳里从来没有长篇大论地发过议论，但是随时用插话的方法，引导在场人的思路。这些指点固然是很重要的，但是更重要的是在善于组织别人互相启发、互相辩论，他自己也就在这里学习。给人印象最深的是在示范地表演出一个人怎样去分析问题，怎样去发展自己的思想。已经解决了的问题在他的席明纳里是没有地位的。在争论新问题的过程中，他用他自己的思索，带动学生们的思索。这一点是使学生们最佩服他的地方。也就是通过这个方法，他把立场、观点灌输给了学生。

直接受他指导的学生除了参加席明纳之外，还有机会"登堂入室"，那就是到他家里去，参加他自己的著作生活。师傅是在他自己作坊里带徒弟的。这位老先生是个鳏夫，他的妻子已经死了好几年。他一个人住着一所普通的住宅，生活很孤独，而且没有规律。想到要吃东西时，自己开个罐头，烤些面包也算一顿。大多时间是在外边吃的。工作时有一个女秘书帮助他。我们这些学生到他家里去，有时也替他搞搞卫生工作，清理一下厨房，把瓶瓶罐罐扔出去一些。他的书房卧室更是乱得叫人难于插足，不但桌子上，连地板上都是一叠叠的稿纸。不准人乱动，只有他知道要什么到哪里去摸。我已说过他是个高度近视眼，事实上他的眼睛已经不能用来工作。他的秘书和学生有义务给他念稿子。他闭了眼睛听，听了就说，说的时候，有秘书替他速记下来。

他同时在写好几本稿纸，有时拿这一本念念，改一段，添一节；有时又拿另一本出来念念。这些稿本很多到他死的时候还没有定稿。有些后来经过他学生编辑出版了，有些可能还没有。

在旁听他怎样修改他自己的著作，对一个学生是很有好处的。普通我们读的书，都是成品，从成品看不到制造的过程，而一项手艺的巧妙之处就在制造过程里。成品可以欣赏，却难于学习，但是谁有机会看到一个学者创造思想成品时的过程呢？上面所说的席明纳是创造思想成品的一个步骤，单靠这个步骤还是完不成成品。"登堂入室"又看到了这个过程的另一工序。他有时也要征求学生的意见，这样说成不成，那样说好不好，一字一句全不放松。这样的学者尽管立场、观点有很多可以批判之处，但是在做学问时，严谨刻实的态度确有值得学习的地方。

还有一种场合他也要打电话把学生叫去，凡是有朋友来和他讨论问题，他觉得哪个学生旁听一下有益处时，他就要把他传呼去。有一次，他和一个波兰学者谈得高兴了，忘记旁边还有异乡人，大讲其波兰话。他曾和我说，学术这个东西不是只用脑筋来记的，主要是浸在这个空气里。话不懂，闻闻这种气味也有好处。不管这种说法对不对，他所用力的地方确是在这里。他是在培养一个人的生活、气味、思想意识。在我身上，他可能是失败了的，但是有不少学生是受到了他这种影响。他从来没有指定什么书要我念，念书在他看来是每个学生自己的事。他也从来不考问我任何书本上的知识，他似乎假定学生都已经知道了似的。但是当他追问一个人在调查时所观察的"事实"时，却一点也不饶人，甚至有时拍着他的手提皮箱（英国大学生和教授们手里提的是一种小型的皮箱），大发雷霆。他对我可能是有点另眼相看，但是被他呵责也不止一两次。当我写论文时，写完了一章就到他床前去念，他用白布把双眼蒙起，躺在床上，我在旁边念，有时我想他是睡着了，但是还是不敢停。他有时突然从床上跳了起来，说我哪一段写得不够，哪一段说得不对头，直把我吓得不知所措。总的说来他不是一个暴躁的人，最善诙谐，谈笑风生。他用的字，据说比一般英国人还俏皮和尖刻。他最恼我的是文字写不好。他骂我懒汉。其实我已尽我所能了，但总是不能使他满意。他实在拿我没有办法，又似乎一定要保我过关，只好叮嘱一位讲师，替我把论文在文字上加了一次工。现在回想起来，如果不是另有着眼的大处，肯这样"培养"一个学生实在是太难为了他。

现在回想起我身受到的那一套马林诺斯基的"教育"，如果要找它的关键，也许可以说在于从各方面来影响我的世界观和方法论。所用的方法不只是靠说服，而是通过社会生活、学术实践，并且用他自己做具体的榜样，"潜移默化"地从思想感情上逐渐浸染进去的。因之我想，任何人世界观的形成和改造，也必须通过生活和学术的实践才能见效。

最后，到了1938年的春天，他催促我，要我赶快把论文写完。他是个性格很矛盾的人，表面上有说有笑，而骨子里却抑郁深沉。据说他有一种恐惧死亡的精神病症，所以当欧洲的战云密布的气氛袭来的时候，他紧张得受不住，准备去美国了。行前打算让我考过了，好告一结束，所以为我举行的考试完全是一种形式。伦敦大学只派来了一个"考官"，记得是叫丹尼森·罗斯爵士，是一个著名的"东方学者"。考试是在马林诺斯基的家里举行。他为这次仪式预备了几种酒。这位"考官"一到，就喝起酒来，举杯为这位老师道喜，说他的这位门生在学术上做出了贡献。接下去使我吃惊的是，他说他的老婆已细细读过这篇论文，一口气把它读完，足见具有很大的吸引力。这句话也可能表示，他自己根本没有看过这篇论文。他说完了这段话，就谈起别的事来了。在他要告辞时，还是马林诺斯基记起还有考试这回事，就问他是不是在他离开之前完成一点手续，在一张印得很考究的学位考试审定书上签个字。他欣然同意，又喝了一杯酒，结束了这幕喜剧。

送走了这位考官，马林诺斯基就留我在他家里吃晚饭。在吃饭的时候，他又想起了一件事，在电话上找到了伦敦的一家出版公司的老板。他开门见山地说，这里有他的一个学生写了一本论文，问他愿意不愿意出版。这位老板回答得很妙：如果他能为这本书写一篇序，立刻拿去付印。马林诺斯基回答了"当然"二字，这件事也就定下了。书店的效率并不坏，在我回国之前，清样都打了出来。这本书就叫《中国农民的生活》，还加上一个中文书名《江村经济》。

一个作家在英国要出版一本书并不是容易的事。我在下栖道住的时候，认识过一些角楼里的作家，他们带我去参加过一些经纪人的酒会，所以也知道一些内情，在这里不妨附带说一下。在英国，作家和书店之间有一种经纪人。一个作家不通过经纪人而想找到出版的机会是近于不可能的事。经纪人每星期有一个定期的酒会，凡是经过介绍的作家都可以去参加。在这个酒会上许多作家在这里碰头会谈，经纪人就在这种会里放出现在需要哪一种稿子的暗示。经纪人是熟悉行市的专家，他有眼光可以看得出市面上要哪一种书。作家受到这种暗示就琢磨怎样能迎合这种需要，在这种酒会上他也放出风声，自己在写什么。经纪人听得对头就来接头，他提出各种意见，怎样写法才能畅销。作家有了稿本就交给经纪人，由经纪人去考虑送哪个书店出版。如果这本书出版了，经纪人照例扣作家所得的10％。一个经纪人如果能经手10本销路广的书，就抵得上一个名作家的收入，他所花的成本只是每星期一次酒会的开销。作家是离不开经纪人的，因为作家不知道市场的行情，写出的书不合市场要求，根本找不到出版商的门。出版商也离不开经纪人，因为经纪人掌握一批作家，能出产所要的成品。经纪人其实不仅懂行情，而且是操纵行情的人，他们有手法可制造畅销书，可以奴役作家。作家如果不听经纪人的建议，多少岁月的劳动可以一文不值。所以住在角楼上的无名作家见了经纪人是又恨又气，背地里什么咒语都说得出，但是每逢酒会的时候还是要抱着一举成名的侥幸心理，打扮得整齐一些，陪着笑容，在那里消磨一个午夜。

我那天晚上，听着老师挂电话，出版一本书那么容易，又想到下栖区里啃硬面包的朋友，觉得天下真是有幸与不幸。当时我哪里懂得就是这个"幸与不幸"的计较，多少人把自己的灵魂押给了魔鬼。

放下电话，马林诺斯基沉思了一下，说这本书叫什么名字呢？他嘴里吐出一个字来，Earthbound，后来又摇了摇头说："你下本书用这个名字也好。"Earthbound直译起来是"土地所限制的"，后来果真我第二本书就用了这个名字叫Earthbound China，用中文说，意思可以翻译为"乡土的中国"。他这短短的一句话，不是在为我第二本书提名，而是在指引我今后的方向，他要我回国之后再去调查，再去写书。我的确在他所指引的道上又走了好几年。这是后话，不在这篇《留英记》里说了。

1962 年 4 月 3 日于北京

赴美访学观感点滴

今年四五月间，我随中国社会科学院代表团赴美访学一月，历经10城。飞机旅行似蜻蜓点水，短期中接触面颇广，拉手道乏，举杯祝酒的人数，每城以百计，数量冲淡了质量，思想交流少于礼仪交欢。即在专业座谈会上，话题方启，思路方通，散场之刻已到，如谓访学则难入堂奥，因此，这次访问实际上只起了个重建联系的作用。

我个人的特殊条件更使上述情况较为突出。一是社会学和人类学在美国是两门学科，一般是各自设系，井水河水各有其道。我却是个两栖类，两门学者都以同行相视，不宜轩轾，因而须兼顾双方，任务加倍，未免顾此失彼。二是少壮好写作，狂言拙作流传海外已有40年，同行后起者大多读过这些书，加上20年来有关我个人的谣传颇多，此次出访，多少有一点新闻人物的味道，要求一见之人为数较众，难免应接不暇。三是我三十多年来和国外学术界实已隔绝，最近几年虽然接触一些外文书刊，也没有时间精心阅读。接到访美任务后，佛脚都抱不及，仓促启行，心中无数。新名词、新概念时时令人抓瞎。四是旧时相识，多入鬼录；幸存者众多退休。现在这两门学科的主力几乎全是我同辈的学生。后辈之歌，曲调舛异，领会费神。五是两种文化、两种社会，在讲文化、讲社会的学科里要找一套能相互达意的语词原已匪易，而我又得借用本来没有学好，又是荒疏已久的英语作为交流工具，当然难上加难。

以上是这次赴美访问个人所处的不利条件。为了克服这些困难，我想唯有找个我认为可靠的引路人当向导。他是我在燕京大学读书时（1930～1933 年）的同班同室的老同学杨庆堃。他是美籍华人，从 40 年代起即在美国各大学里任社会学教授，现在匹兹堡大学任教，是该校六个荣誉教授之一，在美国社会学界有一定地位，认识的人多，堪当识途老马。由于美国大学教授退休年龄延到 70 以后，所以和我年岁相若的这位朋友还能在这门学科中活动（退休后就不同）。我在出发前就把我要了解美国社会近年来的变化及当前美国社会学的基本情况的问题提纲寄给了他。他为我向我所要访问的各大学里的同行熟人进行了联系（为此他打了一百多次长途电话），使一些学界同行能事先安排和我会晤的日程和根据我的要求进行准备。

我在结束华府访问的序幕后，即同薛葆鼎同志同去匹兹堡（他是匹兹堡大学毕业生），各就老关系，摸索门道。我找到杨庆堃，在三天中，除受到该大学隆重款待外，向该校社会学系诸教授深入长谈。杨又怕我年老记忆力衰退，约请相熟的教授三人分别为我编写备忘录，其中有关美国社会变化部分长达 160 多页。这样热心相待，在美国是少见的。这三天的集中学习为我这次访学打下了有益的底子。

同时也得到一条经验，在调查研究的工作中，必须找到熟悉调研对象的向导，依靠他去建立群众关系，发动他们的积极性提供资料。学术访问也应采取这个方法。

重点访问

通过老杨的事先联系，我抓了三个重点（匹兹堡除外）进行比较深入的了解。每个重点都抓住一个人，他们是：纽约，哥伦比亚大学的弗里德教授（Merton H. Fried）；波士顿，MIT（麻省理工学院）的皮蒂教授（Lisa Redfield Peattie）；芝加哥大学的特克斯教授（Sol Tax）。

弗里德解放前曾在中国研究中国社会，能讲中国话，懂汉文。他现在任哥伦比亚大学人类学系主任，他的著作以概论著名。关于中国社会的研究有一本 *Fabric of Chinese Society*（1953 年初版，1970 年再印）。我是两三年前在一次招待某一美国学术代表团的宴会上初次和他相见的。他当时就送了几本著作给我，这次我到纽约，适逢他去加拿大出席一个学术会议。为了要和我见面和组织一次讨论会，特地请假返回纽约。我跟他在一起有一个上午和半个下午。我在他主持的一个较大型的座谈会上发了一次言，主要是根据我去年在京都（日本）的发言稿朗诵的，接着答复听众提问。会后反映答复问题印象比发言为深，但感到时间不够（实际上答复问题时间长于发言）。以后，我吸取这个经验，发言以少而明确为上，多留讨论时间，可加强针对性，效果好。弗里德总结时说这是三十多年来中国社会学者向美国学术界第一次的学术演讲，说明了中国社会科学是有成绩的，值得学习的。《华侨日报》对这次座谈会有连载两天的报道。会后，弗里德约了几个教授请我吃中国馆子，在亲切的气氛中交换意见，并于饭后驱车巡视有名的纽约黑人聚居区哈兰姆，为我讲述黑人问题，坦率诚恳，得益匪浅。

皮蒂教授是前芝加哥大学社会科学院院长，美国社会科学研究理事会主席雷德斐尔德（Robert Redfield）的女儿。雷氏是美国人类学界从 40 年代～60 年代初期的挂帅人物。在学术上倡导对农村的乡土社区进行实地调查研究，卓有成绩。他的调查基地是拉美的农村。不幸早死。我和皮蒂可说是有三代的交谊，皮蒂的外祖父派克（Robert Park）是建立芝加哥社会学派的主帅，1933 年到燕京大学讲学，我听了他的课，受他的影响，开始提出实地调查中国社区的主张，和杨庆堃等同学一起编印《派克社会学论文集》。1943～1944 年我初访美国，在芝加哥见到派克的女儿，即雷德斐尔德的夫人，皮蒂的母亲。雷夫人自告奋勇，帮我编写 *Earthbound China* 一书，当时我根据中文底稿逐句口译，她边记边问，然后写成英文，半年脱稿。我又在雷氏的乡间旧居写该书最后一章，日夕相处，情谊颇笃。当时皮蒂还是个中学里的小姑娘。1949 年雷德斐尔德应约到清华讲学，携眷及幼儿詹姆斯住在燕京大学招待所。我又和他夫人口述我当时在各刊物发表的文章。她回国后，汇编一书即 China's Gentry（《中国的士绅》）。当时詹姆斯还在小学。解放后，我和他们断绝来往，其间雷氏夫妇相继逝世。雷夫人经常向其子女及友人表示对我的怀念，并于死前遗嘱将我在芝加哥大学出版社出版的两书版税保存，中美复交后归还我。其女皮蒂继承父学，是 MIT 第一个女教授，曾在拉丁美洲调查研究，著作受到人类学界的重视，主要是研究第三世界工业化所引起的社会问题。现在 MIT 人类学系研究波士顿的公助住宅问题。她把人类学研究开展到现代城市规划中的人事工程的领域，是一棵人类学里的新苗。其弟詹姆斯已在芝加哥大学任古典文学教授，有著作，用人类学观点研究古代希腊文学，别树一帜。

　　我到达波士顿，皮蒂即来寓所相访，驱车到她所研究的地区巡视，一路介绍研究经过和她的见解。我向她说：我在三十年代没有认识她的父亲，天各一方，但是到 40 年代一见面，却发现我们平行地在研究同一个领域，得到很相近的体会。现在又见到她，30 年的分隔，又走到一处去了。但是，现在是她已走在我的前面，对第三世界现代化过程中社会问题研究已经做了有十多年了，目前又开始研究美国都市问题。我还说，她的治学像她的爸爸，她的文采像她的妈妈，写一手简洁流利的好文章，在幽默处胜爹娘一手。她又带我去拜访退休中的美国社会学老辈，我初访美国时的名教授，休斯（Everett Hughes），派克的接班人。他送了我一本他写序、跋的《派克传》。皮蒂的谈话使我对美国社会多了一些较深的认识。

　　特克斯教授早年是雷德斐尔德的助手，继承后者的学业，60 年代是美国人类学界的挂帅人物，历任美国及国际人类学会的主席和国际性权威刊物《当代人类学》的主编，现年 73 岁，已退休。我过去没有见过他的面，1943～1944 年我在芝加哥时，他正在拉丁美洲调查。但由于我和雷氏一家的关系，他对我是十分熟悉的。这次见面分外热情。我和他在芝大召开的人类学座谈会上相见，当即约我于下一天到家相叙。翌日，一早，他偕夫人及女儿女婿四人亲自来迎接我到他女儿家做客。他的女婿弗里曼（S.Freeman）是芝大人类学系教授，年轻健谈，议论新颖，常不苟同其翁之论。其女苏姗是另一个大学的人类学教授，当天收到一本她新出版的著作，就送给我，作为纪念。我坐定后，陆续有他相约的知交来到，包括和特克斯齐名的同事伊根（F.Eggan）。这次家叙，谈得透彻。弗里曼夫妇分析尖锐，如指出"行为科学"这名词的产生是由于美国社会科学者想拿福特基金的钱，而这个基金的董事们却认为"社会科学"这个名词和"社会主义"太接近，这些人因而制造了这一新名词。他也同意我的看法，社会科学中许多新名词是旧货上贴上的新牌子。他很痛快地点出：美国人类学的理论是通过英国输入的大陆货，特别是法国产品。这些都是一针见血的提法，给人启发。

特克斯是年老持重的人，他的一生以提倡行动人类学（Action Anthropology）出名。其实这并不是一种新的理论，而要求人类学必须为其研究对象即文化较落后的民族，起建设性的作用。他反对把这些民族作为"掠夺"学术资料的对象。因此，他听我介绍我国的民族研究时，十分兴奋。我讲完了，他接着就向我提到一件事，就是美国的一些人类学者已商量要在明年 3 月份召开的应用人类学会议上给我"马林诺斯基纪念奖"。马氏就是我在英国读书时的老师，我表示这是过奖，我这些年来实在没有什么学术成就可言，而且要在会上发表一篇论文，我也准备不好。他立刻说："你今天讲的就很好，再讲一遍就行。"

这次家叙还有一个意外的收获值得一提。我的一位燕京时代的老同学卢懿庄（女），现在芝大任社会学系副教授，也被邀参加这次家叙。她一进门，苏姗抱住她，高兴地向她说："费教授已经来了，他一个人独自来的。"原来在美国的国民党报纸放出谣言说我在美访问是受人监督的。苏姗发现这是谣言，所以高兴得在卢懿庄面前跳了起来。有特克斯这位有名望的教授做证，此事传出，是对国民党最有力的一个驳斥。

几点体会

从访问的面来说，历经 10 个城市，大学有匹兹堡、哥伦比亚、耶鲁、哈佛、MIT、密执安、芝加哥、加州、斯坦福、夏威夷等。每到一校，除全校性负责人接待外，分别就专业组织座谈会，以我为主宾的社会学与人类学各一次，每次一般是半天，亦有加班达一天的。大学之外还有以研究机构为主人约请座谈的，计有社会科学研究理事会、全国科学院、美国学术团体理事会、威尔逊研究中心、布鲁金斯研究所、国会图书馆、兰德公司等。研究机构的座谈会以听取主方报告为主，各大学的座谈会一般是宾主对话；而在社会学及人类学座谈会上却常是主问宾答的局面，因此宣传较多而了解较少。从点滴的观感中得到一些不全面的体会，略述如下：

理论烦琐，各家分立。这种基本情况可以从老杨替我翻译问题提纲时提出的一个意见说起，我在问题提纲里用了"学派"一词，老杨来信中说美国已无"学派"，只有不同"理论"，所以建议不用 school 而用 theory 来翻译。这触起我的注意。原来"学派"被用来指我所熟悉的 30 年代以来英国人类学的传统，指的是一个师徒相承的门户，有祖师立说，掌握学坛，在理论上有一套，在学术界有一派势力，代有主帅。一个学派是一个职业性的垄断集团，可说是学阀，如功能学派就是以马林诺斯基及拉德克利夫－布朗前后为主，把持英国各大学的讲座达30年之久，几乎是独霸天下。直到60年代才发生世代交替，马、布及门弟子（第二代）于70年代几乎全部退休，告一段落。在美国并无此种情况，40年代我初访美国，各校分别有名教授，各树一帜；如哥伦比亚的林顿（Linton）、哈佛的克拉克洪（Kluckhohn）、芝加哥的雷德斐尔德、加州的克罗伯（Kroeber），还有两位能干的女将：本尼迪克特（Benedict）和米德（Mead），这些人都已去世。70岁以上的人物尚为学界所尊重的，惟特克斯和伊根等少数宿儒而已。现在各大学任教的像上述哥伦比亚弗里德一样的人已经不多，大多是第二次世界大战中复员军人。战后美国实行的办法是复员军人按入伍年数公费入学，为学术界培养了一批新生力量，构成当前社会科学界的主力，现在是50岁上下。这一代似乎和上一代不同，理论修养底子浅些，学究气少，善于标新立异，各言其是。特克斯说，现在美国开人类学会有点像置身于联合国会议的气氛。百家争鸣，群龙无首。这是老杨之所以不愿用 school 而想用 theory 来译"学派"一词的客观背景，也提示了美国社会科学的一项基本情况。

所谓工业化之后的时期，其特征之一就是知识的应用。在工业里，科技知识成了生产中决定性的要素。影响所及，社会科学里也出现"知识生产"（knowledge production）的概念，和"知识企业"（knowledge business）的组织，兰德公司就是典型例子。这就是把知识作为商品，公开接受订货，进行生产的公司组织。这种新型的服务行业的出现，为社会科学工作者开辟了一条就业的渠道，也就影响了学科的本身。过去大学里的社会学课程是作为公民必修的常识而得到普及的。1978年美国设立社会系的大学有215个，教授、副教授共4582人。这是各大学研究院销售博士级毕业生的主要市场，在上述新型服务行业出现之前，大学教师是这些社会学博士的主要出路。为了培养这些每周要登台讲上三小时以上的教师，必须具备一套言之成理的学说，也就是所谓"理论"。设立研究院的大型大学或称高级学府，为了维持其自身的存在和发展，也有必要占领一批大学，容纳它们的毕业生。有点像不同工厂生产的货物各有其垄断的市场，其产品也须标上不同牌号，同是饮料，可口可乐之外还有 7-up 等。这是各大学的社会科学要制定一些特别的配方，即所谓"理论"的原因所在。在商品经济的社会里，竞争是推动力，标新立异，贬人誉己也就相率成风。自从"知识企业"发展以来，显然又产生了一种变化，那就是崇尚"应用"。大量学者，如匹兹堡大学里给我上课的几位教授，都在致力于所谓效果测定学（各种 assessment）。在兰德公司我曾听一个专业小组讲他们怎样测定对贫民公费医助的效果（这是向政府承包的一项订货）。围绕这些研究工作，大量利用电子计算机，发挥所谓"模式论"。

所谓模式论（model）是指规定一些作为前提的事实条件，然后演算其对社会发生作用的程序和规律。这套作为前提的条件并不完全是主观假设，但也不是客观上已出现的现实，而是各种可能出现的事实，演算是根据被证实的事物间存在的关系，如果这种关系尚未证实，就得按各种可能性来推测。演算的程序和可变因素的处理十分繁重和复杂，电子计算机的运用使这些演算成为可能。就其演算表演来说，确会使人有神妙之感，但看完之后，对其结论来说，却又会使人有故弄玄虚之讥，因为不经过这一番电子世界里的折腾，似乎单凭人体思维，甚至已有常识，也可以得出同样结论。对此，我是门外汉、乡巴佬，不敢多赘一词。

这种模式论在我看来可以认为是实用主义的产物，和通过实践，总结经验，提高理性认识的唯物辩证法是不同的。还应当指出的是由于转移了相当大的一部分力量到了这种应用社会学，已经相当贫乏的理论园地，更显得萧条萎靡了。特克斯为我组织的"家叙"中，有一位女人类学教授为我解释当前流行的所谓"象征理论"（symbolic theory），我听完后，发生了一个问题：这理论在哪些方面突破了马

林诺斯基在 *Coral Gardens and Their Magic* 一书里关于语言的作用论呢？在我听来，在这一套新的名词的装潢下，还存在着似曾相识的燕影。

　　事物必须一分为二，美国社会学和人类学还是有值得我们学习的地方。其实它的弱点里也包含着它的长处。它的弱点是见木不见林，抓战术而忽略战略，但从见木和战术上讲确是认真，锲而不舍，颇有成就的。知识之有别于空想是在其反映客观事实，在学术工作上，就是理论必须从实际出发，具体说来必须充分掌握资料（data）或"情报"（information），这里包括资料的搜集、核实、整理、归类、储存、应用。我们旧时的考据之学也就是当前广义资料学中的一部分。美国社会科学在资料工作上有很大的发展。其所以能大发展者一是由于现代科技的飞跃，二是由于尊重直接观察得来可以考核的事实的精神。他们能不惜工本地大量搜集实物、文字、口头记录等第一手资料，反复核对考证，系统分类，归档储存，随时可以提供查阅应用。近年来电子计算机的发展更使这方面的工作得到惊人的飞跃。我参观了许多图书馆、博物馆，印象极深。不说别的，只就我们一般研究工作而言，大量时间耗费在查找资料，为了一段话要找个出处，就可以费上一天，甚至几个月都借不到所要的那本书。而在美国现代化的研究机关里，凡是已经储存在情报系统里的资料，在几秒钟或几分钟之内，就可以显示在案头的荧光屏上。

　　从资料到结论的分析综合过程又是美国社会科学者着意重视的焦点之一。不妨举几个我这次访问中听到的实例来说。4月24日在华府参加社会科学研究理事会的座谈会上听到一篇关于中国人口问题的研究报告，这篇报告的主题是怎样利用已有的不太准确的资料来取得接近于实际的结论。研究者细致地分析这些资料可能发生错误的因素并提出误差程度，然后逐一校正这些资料。其洞察入微、思考周详处令人折服。这种治学精神和所循的方法值得我学习，我过去同样接触过这些资料，每每因其不太准确而丢弃不理。物尽其用，在于用之者的水平，我愧不如。

在密执安大学社会研究所座谈会上基希（Kish）教授讲统计中的选样法的运用和效果。统计中的选样法是要解决以点概面的问题，要了解全国的情况，不可能一一调查，只有选择少数重点作为样本，根据这些样本的情况，用统计方法来取得反映全面的结论。如民意测验，他们只在两亿人口中选取几千个样本，测验结果往往是很符合全面情况。怎样选择是大有讲究的，对此基希教授颇有研究，而又津津乐道。一再表示愿意接受中国学生，推广这种方法于社会研究工作。我也表示在幅员广阔、人口众多的中国，社会调查中点面问题是必须重视的，选样法值得我们学习。

在旧金山加州大学遇到人类学系的施坚雅（G.W.Skinner）教授，他是以研究中国传统市集组织著名，进一步根据中文历史资料研究历代城市的发展过程。乡村市集组织最早是杨庆堃在1933年调查山东农村时的研究对象，后来我在江苏和云南农村调查也接触到这个题目，但都未能继续，也没有用这些直接观察到的资料联系到历史资料来分析，探求它对中国社会经济发展所起的作用。施坚雅花了十多年的时间和精力钻研这个问题，成就也就超过了我们。值得提到的是他向我提出一张开列有十多种我国的地方志，每本书后注明现在中国何地和哪个图书馆。他说这几本书，中国之外是没有的，希望我能帮他看到这几本书，允许他照相，作为研究资料。我答应他向有关方面反映他的要求，同时，使我佩服的是他那种探索资料锲而不舍的精神；显然，他对中国地方志的目录是谙熟的，不但知道书名，而且知道在哪里。不下功夫哪里能做到这一点。他能超过我们就是在于这种精神。由于他在搜集资料上花尽力量，得之不易，也自然会珍惜资料，想尽办法，加以利用。这也就促进了研究方法的发展。

接着可以讲几句关于对中国的研究。美国学术界对中国的研究是多方面的。最早所谓"汉学"着重的是语言、文学和古代历史和哲学。对当代中国社会的调查研究不是重点。最早在中国教会大学教书的学者们做过一些这类工作，如北京市调查的甘布尔（Gamble）、南京金陵大学巴克（Buck）的农业调查等。中国学者早年也有用英文发表有关当代中国社会调查的著作，我那本1939年出版的 *Peasant Life in China* 就是其中之一。《中国农民的生活》（《江村经济》）这本书被美国各大学的人类学系定为入门必读参考书之一，因而这一代的人类学者都知道我的名字。这本书受到重视的原因，在我自己看来并不是在理论上有什么创新（这是我的博士论文，处处跟着老师的方向走），而是为人类学研究开辟了一个新的园地。30年代及其之前的人类学都是以殖民地的土著民族为研究对象的（在美国早期主要是研究北美的印第安人，30年代后期扩展到拉丁美洲；英国早期是研究印度洋及南太平洋各岛屿的土著，30年代起主要研究非洲民族，50年代扩及南亚但重点还是在非洲）。第二次世界大战后原来的殖民地人民纷纷独立，民族主义高涨，西方人类学者可以进行实地调查的地区日益缩小。他们迫于形势不得不走上研究经济比较发展的社区，也不得不把眼光投向自己的社会。当前美国人类学里就有所谓都市人类学、医疗人类学，以及上面提到过的参与城市规划的人事工程研究等。而我早年的著作都是以中国人类学者的身份研究中国农村社区的，所以也就被认为起了先驱的作用。另一方面，又因为我国人民得到解放后，国际地位蒸蒸日上，在国际形势中举足轻重，加上我们社会主义的革命和建设引起了全世界的重视，不论出于什么目的，都想要了解中国的社会情况。记载着解放前中国农民生活的那些书，也就成了有助于了解当前社会的历史背景的重要参考资料了。这种书在西方为数不多，有关的著作也就容易受到注目了。

中美关系中断时期那些想研究当前中国社会的人只有到台湾和香港去进行调查。在过去10年里出版过不少这类的调查报告，在方法上大多以我那本书为样本，但立论上却有不少是以批评我的姿态出现的，有一部分是要驳倒我"中国农村的经济衰落是出于帝国主义经济势力的入侵"的论点。比如不久将来我国作为交流的研究人员的波特（Potter）就是如此，他强调西方工业的影响对中国农村带来了繁荣和发展。不论他的立论怎样，他见到我时曾说，他过去就是用我这本书作为模本，并唱反调的。这些在台湾学中文和汉语，和在台湾或香港进行过研究的人，确是不免受台湾的影响，加上当时美国反对我国，这新的一代对我国的感情和上一代是有所不同的。我们除了要注意这种情况外，我认为，有必要主动培养立场公正的学者来研究中国社会。这是一个值得切实研究的课题。关键应当是在加强我们自己的调查研究，才能吸收别人正确的观点和资料，反驳别人错误的观点和资料。学术战线上只有以学术来取胜，别无他途。

我还感觉到美国的社会学者和人类学者向我提出的希望和要求有所不同。社会学者不少是希望在中国找到服务的机会，如表示在人口调查、社会效果测定等方面他们能出力，提供新技术。也许可以说是想开辟一个应用社会学的新市场。有不少大学和研究机构提出为我们训练使用计算机的技术及研究人员，这是开辟新市场的第一步。我认为这也符合我们的需要，可以考虑的。很少社会学者向我提出要求研究中国社会。提出这类要求大多是人类学者。而人类学者提出的要求又很少属于研究少数民族的问题，绝大多数是要研究汉族的农村、家庭、人口以及老年人问题等社会学方面的问题。

1979 年 5 月 29 日

访加巡回讲学纪要

　　我于 1979 年 10 月 5 日离首都去加拿大访问，共六个星期，于 11 月 18 日离温哥华返国，21 日到达北京。这次访问加拿大的任务，主要是到各大学讲学，所以称作巡回讲学，顺便了解加拿大社会的基本情况及其社会学的特点。

一

　　这次访问是应加拿大麦吉尔大学的邀请。麦大在若干年前接受柯明斯氏的捐助设立"柯明斯讲座"，每年聘请社会科学方面有国际名望的学者到该校做公开演讲，以加强加拿大与国外的学术联系。1979 年经该校东亚研究中心主任加籍华人教授林达光博士的推荐，决定聘请我担任本学年度柯明斯讲座。经我院领导批准，接受了此项聘约。这不仅是对我个人的鼓励与督策，亦是表示加拿大社会科学界对加强中加文化交流的愿望。

　　麦吉尔大学宣布聘约我访加讲学后，加拿大各大学纷纷与麦大联系要求我便道到各校访问讲学。麦大东亚研究中心取得我的同意后安排了另外 10 个大学的巡回讲学，按序是：蒙特利尔、魁北克、圭尔夫、约克、多伦多、曼尼托巴、里贾纳、卡尔加里、不列颠哥伦比亚、维多利亚。从麦吉尔起到维多利亚止，公开演讲共 11 次，听众共约 1100 人（从 300 多人到几十人）；座谈会 15 次共约 125 人；讲课 17 次，共约 650 人；同行会餐 46 次，接触外国教授进行交谈的 100 多人，华人教授 36 人，美国来加约晤的 9 人。

我到加后，即得到我国驻加大使王栋同志邀约到渥太华大使馆会晤及便宴；并由一秘刘靖华同志到蒙特利尔参与我在麦吉尔大学首次公开演讲，体现了我国政府重视中加两国学术交流，影响良好。

加拿大各大学亦重视我这次巡回讲学，招待规格较高，公开演讲时一般由校长或学术上有地位的教授主持，设宴与各校负责人及主要教授会晤，同行学者分别约定工作会餐及邀我到他们教室替他们讲课与学生见面交谈。圭尔夫大学授予我该校客座教授名誉，短期内享受该校教授的一切权利，并邀请美国知名学者，如美国社会学会会长怀特教授，前来参加公开讨论会。里贾纳大学安排加拿大电视台记录和放映该校经济学系教授与我的电视谈话。在约克大学被约参加正在该校举行的安大略省的社会学会年会，讲中国社会学研究的情况和设想。萨斯喀彻温省特别重视民族问题，省政府设宴招待，由公共福利部部长主持并发表欢迎词，颇为隆重。

公开演讲的论文题目是"中国的现代化与少数民族的发展"。内容讨论中国现代化过程中所要缩小以至消灭的在农业、工业、国防、科技等方面的两个差距：对外是我国和发达国家之间的差距，对内是国内各民族之间的差距，并指出这两个差距之间的关系和缩小以至消灭民族之间的差距过程中存在的问题。这些问题正触及加拿大在现代化过程中所遭到的困难，因而引起了加拿大听众的切身兴趣。有人在听讲后立即在场提出加拿大应向中国学习并交流有关解决民族问题的经验教训。

公开演讲的听众，除各校师生外，还有各地的侨胞，有些甚至从几十里外赶来参加，大多是来自台湾、香港、东南亚各国，尽管过去政治立场有所不同，但一致热烈要求知道国内情况，又因为很多人听过我的名字很想一见此人，并且为了我国学者登上加拿大学府的讲坛而感到振奋，他们增添了会场兴高采烈的气氛，并且在曼尼托巴大学公开演讲会上压住了预先在校刊上发表挑战性"读者来信"的极左分子企图捣乱会场及恶意提问的阴谋，充分表明了侨胞的爱国高于一切的感情。这种学术交流活动事实上确可发生增加侨胞向心力的作用。我这次访问得到各校华人教师的殷勤招待，至为感人。而我到各校讲学也被认为给华人教师撑了腰，对他们今后在各校的地位有一定的帮助。

二

这是我初次访问加拿大，过去对加拿大所知极少。访问前也没有时间准备。所以在了解加拿大情况这方面是很不够全面和深刻的，只是一些旅游观感罢了。

加拿大处于西方世界的边缘，发展的历史比较短，地广人稀，资源丰富，从农业、工业、科技等方面来说是现代先进的国家。70 年代国民生产总值居世界第八位，1976 年每人平均国民生产总值达 7510 美元，略次于美国。幅员广大占北美洲的一半，近 1000 万平方公里，1 平方公里平均只有两人，而事实上已经开发的地区只是沿加美边界 3000 英里宽、200 英里纵深的一条地带。在这片土地上只用总劳动力的 7.2%，出产 1300 万吨粮食（1971 年），而国内消费 400 万吨已经足够。农场平均面积，除纽芬兰以外，东部在 150 英亩上下，中部平原诸省从 420～686 英亩。近年来石油、铀、钾等重要矿产的大量发现和采掘又展开了广阔的前景。但是这个农工科技发达的国家，在经济上却并没有摆脱殖民地的烙印，它的生产主要是采掘的初级工业，重要的制造业相形见绌。它依然主要是工业原料的提供者和工业制成品的输入者。就是以它已发展的工业而言，也没有取得独立自主的性质，当前至少一半以上的工业是受美资控制的（汽车业96％、石油90％、橡胶90％、化工80％、电气66％、机械60％）。而且设立在加拿大的许多公司和工厂是在美国注册的子公司和分厂，受美国法律的限制如禁运条例。这些公司、工厂的职员和工人参加美国的工会。这一切说明了加拿大在经济上的依附性和在政治上缺乏独立性。在这里我才初次看到第二世界的国家的特点，这些特点在加拿大表现得甚为突出。

加拿大的民族情况相当复杂，问题也很严重。从历史上说，北美这块大陆并不是人类的发祥地，这块大陆上的人都是从别处移入的。大约在2.5万年到2万年前开始有人类从西伯利亚越今白令海峡（冬季是可以步行通过的）进入北美，他们的后裔就是现在的印第安人。大约在2000年前，又有一些从亚洲大陆进入美洲北极地区，他们的后裔是现在的爱斯基摩人（近来因他们不愿被称为这个名字，改为伊纳伊特人）。大约在1000年前，欧洲的诺斯曼人在加拿大东部的纽芬兰岛建立过居民区。但是，欧洲近代的移民进入加拿大开始于16世纪中叶，17世纪初才有较大的白人移民居住区。这些移民主要是以收购毛皮为业的。他们依靠当地善于狩猎的印第安人取得野兽的毛皮，贩运于欧洲市场。移民人数增长繁殖，才从事农业，生产粮食，当时采取了与印第安人"立约购地"的办法来占领北美土地。按这办法，印第安人把他们原来居住的土地"卖"给殖民者的国王，并由买主指定一块土地留给他们称"保留地"；此外，每年给他们一定的津贴以维持他们的生活。因此，至今法律上，印第安人并不是加拿大的公民，而是与英国国王订约的对手。这种关系既不同于奴隶社会的奴属关系，又不同于封建社会的臣属关系。它形式上是资本主义社会里的一种契约关系。实质上，最初是白人利用土人去猎取毛皮，低价收购，然后以"购买"名义掠夺了他们的土地，把他们圈在无从发展其经济的保留地里，给予微薄的救济金，让他们自生自灭。在实现这种民族绝灭政策的过程中，曾发生过印第安人的武装反抗，大量遭到镇压和屠杀。在过去200年中，原是这块广大土地的主人，现在已接近于消亡的边缘。据估计与白人最初接触时，印第安人总数约为20万，随后人口下降，直到近年来才有所增长，1974年登记为印第安人的共276436人。这些人分属在2200多个"保留地"中。按加拿大法律，凡与外族通婚即丧失其印第安人的成分，不得享受政府津贴。所以现有的人口统计数字只限于法定印第安人。

我曾访问过两个保留地。这些保留地既无农业、又无工业，保留地里居住的印第安人全靠政府微薄的津贴过活。我所接触到的"头人"和"干部"，精神状态都十分衰颓失望。据说，由于失去劳动生产的权利，保留地里的印第安人的酗酒和自杀已成为当前的严重问题。

印第安人的唯一出路就是脱离保留地，到城镇去谋生。虽然加拿大并不像美国那样歧视有色人种，但是在竞争的社会里，印第安人的就业机会很有限，安家立业更是不易。至于被称作Meti的混血，一般不被认为是印第安人，在白人社会里低人一等，处境困难。

近年来，由于移民中民族意识的高涨，加拿大政府不得不注意民族问题，因而对印第安人也采取了一些积极措施，尤其是一些印第安人较多的省，如萨斯喀彻温（印第安人占12％），对印第安人的教育与福利方面正在探讨一些较开明的政策。

当前，加拿大在民族问题方面感到最严重的，是法语居民要求分离独立的问题。这问题具有较深的历史根源。早期欧洲向北美移民主要来自西欧靠海的英、法两国，从法国去的移民以今加拿大的圣劳伦斯河流域为中心，后来称为"新法兰西"。英国去的移民大多聚居在其南，今美国波士顿一带，称"新英格兰"。英语移民逐步向北扩张，争夺毛皮资源，与法语移民发生矛盾。

北美欧洲移民间的地位是按各自祖国在欧洲势力的消长为转移。

尽管法语移民在加拿大中心地区占有主要地位，由于法国在欧洲大陆上被英国击败，1763 年的《巴黎条约》把法国在北美的领土全部划归英国统治。英语移民大批北上，进入今加拿大境内。1776 年北美发生独立运动，今加拿大地区的居民并未参加，而独立战争中美国的保皇派在失败后纷纷北徙，为数达 4 万人，进入加境，在加境内增加了英语居民的势力，与当地法语居民旗鼓相当。法语居民大多聚居于今魁北克省（当时亦称"下加拿大"），英语居民大多聚居于今安大略省（当时称"上加拿大"）。北美合众国独立后，上、下加拿大依然是英国统治下的殖民地，法语居民在政治、经济、社会上受到歧视，他们又不像后来移入的欧洲其他国家的移民甘心改归英语，而竭力保存其法语特点，因而构成了一个加拿大境内的少数民族。

自从第一次世界大战后英帝国力量削弱后，加拿大的自治权利日益扩大，于 1926 年获得自治领地位，在经济上法语居民的民族资本逐步成长，他们在其经济实力的基础上提出了政治上平等的要求。第二次世界大战结束，英国的势力实际上退出了美洲。加拿大在其纪念建成统一的联邦百周年的 1967 年，采用以枫叶为标志的国旗，象征了它政治上获得主权国家的成熟。但是，在经济上却是前门驱狼后门引虎，比英帝国实力更强大的美帝国却接替了控制加拿大的地位，形成上面所提出的加拿大对美国的依附性。这个新的霸权有别于旧的帝国，因为它是无形的。表面上，加拿大保持着独立主权的地位，社会上繁荣景象无逊于美国。但实际上受控制的地位是令人窒息的，特别是历受遏制方的抬头的法语资产阶级对此反感更为深刻。这种形势助长了他们的"民族意识"。他们先是争取法语与英语的平等地位。70 年代，加拿大联邦政府提出了所谓双重语言和多元文化的政策。但是，国内语言和文化在法律上的平等，并不能摆脱政治上、经济上所受霸权的控制，达到民族独立发展的要求。近年来，在法语居民占 80% 的魁北克省发生了较严重的分离主义。据说，明年该省将举行公民投票决定是否继续留在加拿大联邦之内，将是 80 年代加拿大面临尖锐的民族问题。这是霸权主义控制下的第二世界民族问题日益严重的一个典型例子。

三

加拿大在地理上和文化上处于西方世界的边区和在政治上、经济上属于第二世界的事实，也反映在学术上的依赖性和最近正在兴起的独立自主的要求。这种趋势，至少在我所接触到的社会学界，是比较明显的。

加拿大的学术界，最早是受英国的影响，许多高等院校完全是英国式的，现在还留着一些如多伦多附近的皇后学院，保持着一定的贵族气氛。但随着英帝国势力的退出，加拿大的教育表现了明显的美国色彩。第二次世界大战后，加拿大高等教育有一度大幅度的扩张，当时各大学所增聘的大批教师几乎都是从美国请来的，课堂上用的也都是美国大学的教科书。直到现在，加拿大大学里当教授的学者绝大多数是美国大学里培养出来的、具有美国大学授予学位的，即使是加拿大土生土长的学者也须到美国去镀一下金，在美国学术杂志上发表论文，才能在加拿大学术界立足。这充分表现了加拿大学术的依赖性。

自然科学方面的情况我不太清楚，上述的依赖性似乎也是存在的。但在某些学科，加拿大是能和美国比美的，如麦吉尔大学的医学院在北美负有盛名，多伦多大学的理学院有若干专业也是受到称誉的。在社会科学，则似乎相形见绌了。以社会学来说，和在英国一样，它在早期并不受重视；到了 60 年代，在美国的影响下，才日见发达。现在加拿大各大学里的社会学教授，很多是美国芝加哥学派直接或间接培养出来的，这一学派至今还占有相当大的势力。最近已有一部分社会学者提出了建立"加拿大社会学"的口号，反映了加拿大当前反对霸权控制的倾向。他们已逐渐在社会学界里受到重视。这派的积极分子、不列颠哥伦比亚大学社会学女教授马尔查克，已当选为加拿大社会学会会长。她向我表示，今后各国社会学者应当研究本国社会的特殊性来发展自己的社会学。她赞扬我国联系本国的少数民族的实际开展民族学的研究。有些社会学者在讨论会上发言，认为加拿大社会学者研究加拿大社会所存在的问题时，中国的经验具有重要的借鉴意义，所以应当扩大两国之间的交流。这说明他们已经意识到第二世界和第三世界存在着共同的问题，这是反霸统一战线的客观基础。

加拿大各大学里现在还没有专门研究中国的机构，但在若干大学，如麦吉尔、多伦多、约克、蒙特利尔、不列颠哥伦比亚、维多利亚等，设有包括中国研究在内的东亚或东方研究中心。在其他大学，如曼尼托巴、卡尔加里等，都有专门研究及讲授中国历史或社会的学者。研究中国的学者中有些是华人。华人教授中较有地位的，除麦吉尔的林达光外，还是不多的。

加拿大的大学里，华人教师不少，但一般说来，他们的地位过去是受压制的，最近几年来才有一些华人教授受到重视，如圭尔夫大学地理系的陈国相、里贾纳大学政治系的谢培智、曼尼托巴大学社会系的黄泽倩、卡尔加里大学数学系的章国华等。他们十分热忱地接待我们，使我们意识到他们渴望祖国学者的联系和支持。我们也确实需要有计划地扶植一批华人教授，帮助他们提高在当地学术界的地位，使他们在两国学术交流中起更大的作用。

现在加拿大的华人教师大多数从台湾、香港、南洋各地来的。他们绝大多数也是爱国的，有许多已经有了良好的表现。近年来，华侨中知识分子的人数及影响已大为增加，在加强对外友好关系和争取华侨为祖国现代化做出贡献上，这些华人教师是可以起重要作用的。

1979 年 12 月

访澳杂记

一夜过了一夏

人们运动速度加快，地球似乎越来越小了。澳大利亚已不像我过去想象中的那样遥远和偏僻了。我这次访澳，从香港起程，直航飞行9小时，到达澳东海岸的布里斯班。我在澳期间打听过：如果坐船，这个旅程要花多少日子？有意思的是，我所问过的人竟然没有一个回答得出这个问题。对他们来说，这似乎已经是个历史研究的课题了。回国后我偶然遇见一位40年代在澳留学的朋友，他还记得那时从上海到悉尼一共坐了18天船。如果用时间来计算中澳之间的距离，不到半个世纪缩短了50倍。昔日的天涯海角已成了今天的比邻街坊了。

我这几年来虽则曾经在这个地球上打过几个圈，但总是跟着赤道平行的方位环行的。东西方向的高速旅行，对于我这种有了点年纪的人，时差所引起的"日夜颠倒"，还是难于习惯。这次到澳大利亚主要是由北向南的旅行。澳洲西海岸和我们北京在一条经度上。澳洲东西岸相距300多英里，时差是两小时，估计对我的作息习惯影响不会太大。南北方向的高速旅行，我还是第一次，不料又发生了"季差"问题。

我们中国和澳洲分别坐落在两半球，我们在北，澳洲在南，中隔

167

赤道。同一时间，季节不同。北半球的春天是南半球的秋天，这就是季差。

我是4月11日离开北京的，正是山桃刚谢、丁香待放的晚春。在香港停了8天，有朋友邀我去郊游，曾在杜鹃花丛留念照相，应说是初夏时节。19日起程去澳，一夜9小时在飞机上度过了一个夏季。我在布里斯班入境，继续飞到悉尼，再转机到澳大利亚首都堪培拉。这个公园式的都市，沿街的枫树正在转色，淡黄到深紫，点缀得层叠多彩，一片秋色宜人。

时差和季差都会跟我们生活习惯所养成的生理规律发生矛盾，引起适应的问题。高速旅行去美国，初到那几天难免白天打瞌、黑夜难眠之苦，这是出于我们作息习惯养成的"生物钟"和当地时钟对不上号的结果。季差的周期比时差大，时差是日夜之别，季差是春秋或冬夏之别。由此而产生的问题也比较复杂，不仅是生理上要适应，还包括心理上和社会行为上的适应。这些问题我过去是不明白的。

当朋友们邀请我去澳大利亚访问时，特别在时间上为我花费了一番心计。最初约我去年秋天，大约9月份去，我因事不得不延期。他们就把我的访问改到1981年的4月下半个月。他们规定这两个时期，因为在这两个时期北京和堪培拉的气温是相当的。他们知道如果我1月份去，就会从冰雪盖地的北国骤然进入烈日当空的南天，这种变化估计我未必吃得消。我这次访问确是避开了气温骤变的袭击。

当然，我还不敢说，季差对人的生理影响只是一个气温的因素。我在这个世界上经历了70多个寒暑，总是通过春夏秋冬这个时序活过来的。这个时序无疑是已成了我生理活动的习惯。现在我突然在空调的飞机里用了9个小时度过了一个夏季，这可说是对这习惯周期的严重突破。它能在生理上不引起反应吗？这个问题我回答不了。有一点我感受到的是初到那几天，筋骨酸痛大有"变节气"时的味道。这在年轻人也许是不会发生的。

季差在我心理上却常常引起一种异样的感觉。比如说，明明日历上写着是 5 月，而在我寄寓的宾馆窗头正挂着长得丰满可爱的石榴，有些已经开裂，露出红喷喷的子实。我每次见到这种景象总有点困惑、迷惘，好像 5 月里不该有石榴结实的事。事实既然摆在眼前，那就一定在什么地方发生了点错失了。我得转一下念头才清醒过来，自己对自己说，怎又忘了季差。接着，耳边却似乎又听到了我幼年时妈妈常常喜唱的小调：《五月里来榴花红》。

在一本澳大利亚历史书上我读到有一段记载，说是早年欧洲来的移民埋怨这个没有诗意的地方。我经过了 5 月里石榴结实的启发，才懂得移民埋怨的根子。他们所埋怨的大概不是这地方出不了诗人。澳大利亚的土著居民里有的是诗人。移民们所苦恼的原是他们本乡所熟悉的许多诗篇，在这个大陆上格格不入，发生了一种无名的反感，竟错怪这地方没有诗意。

这种埋怨在澳大利亚土著居民里是找不到的。我并没有打听过在他们的日历中季节是怎样安排的。我并不知道他们有没有新年，把新年放在哪个季节里。他们根据本土的生活条件安排他们自己的日历，长期在一定区域里生活，感觉不到地理上的季差，也发生不了 5 月里石榴结实的异常之感。从北半球来的移民却不同，他们带着原有的日历来到这个大陆。英国的年月日全都搬到了澳大利亚。英国的 1 月 1 日也是澳大利亚的 1 月 1 日。不这样也不行，他们和本国还是千丝万缕地联系着，必须有一个共同计算年月日的历本。但是这么一来就发生了一年中季节的序列问题了。

南北半球要在年月日上取得一致，北半球一年中的季序是春夏秋冬，南半球就成了秋冬春夏了。当然也可以硬性规定继续使用一年从春季开始的序列，但是看来这样做法实际上会引起种种的不方便，原因在于人们的生活很多方面是紧密和气候联系的。把春夏秋冬等季节名称抽掉气候内容那就没有多大意义了。如果把春天作为大地苏醒，植物开始生长的季节，那么要在年月日的历法上和北半球取得一致的话，南半球不得不一年之始在于秋了。5月里不是榴花红，而是石榴结实绽晶珠了。

我没有时间去研究澳大利亚的欧洲移民由于季差而引起的种种问题。我心头常有这一个疑问：澳洲的儿童过圣诞节时正值高温的大热天，而他们的圣诞老人是不是还穿着皮袍呢？如果没有改装，儿童们心目中的这个老人会是怎样的一个怪物呢？朋友们好意地安排我在躲得开气候骤变的时期中去访问澳洲，也因此而使我对那些像圣诞老人装束的问题丧失了直接观察的机会了。

时差也好，季差也好，原本是亘古以来一直存在的自然现象。但是这些现象成为我们生活中必须予以适应的因素却是近年来的新事物。我在这随笔里首先记下我对这些新事物的感受，无非是想说明我们目前所处的世界和几十年前大不相同了。我们的思想必须跟得上这世界的变化。

我还记得当我在初小里念书时，老师用海面上先见船桅后见船身的事实来讲明地球是个球体，我那时的想象力实在跟不上去。后来还是靠我的哥哥用了个大皮球做实验，我才领会过来，我们所居住的这块土地并不像我奶妈所说的有个大乌龟背着的。但是那时我还觉得住在球面上没有让乌龟背着比较安全。说实话，相信这块土地是个球还是相信由乌龟背着，对我那时的实际生活并没有什么关系。现在这已不是信不信由你的问题了。大地是球形的事实已进入了我们日常生活了。你不在生活中记住这个事实，就会在午后打电话去纽约把你的朋友在半夜里叫起床来通话，打扰他的安眠休息；或者就会在澳大利亚的5月里见到石榴结实而错怪这地方没有诗意了。

要在这个变动的世界里生活下去，我们需要适应的不只是时差和季差这些旅行上的新问题。我们还得打开眼界，清醒地多看看这个似乎越来越小的地球上，人们越挤越紧的新世界的真实面目。我就抱着这个愿望，在澳大利亚访问了三个星期。

在世界中心之外

过去我对澳大利亚确是很陌生的。世界史的教科书里很少提到它。有关它的消息经常占不到头条新闻的地位。我总觉得它是在世界中心之外。这次访澳，上程时心里不免有点嘀咕。对这个陌生的地方，短短三个星期的访问能认识多少呢？如果单靠自己摸索，恐怕连边都沾不上，所以想，还不如先找个入门之道。我见到对这地方比较熟悉的朋友，一有机会就提出一个要求，要他们告诉我，怎样用简短的几个字说出澳大利亚的特点来。

有位朋友听了我的问题和为什么提出这个问题的原因后，反口问我："你倒说说，为什么你们这样忽略这个大陆呢？"我顺口回答说："它太偏了点，不在交通要道上，它是个世外桃源呀！"他说："对了，这是个 lucky appendage。"我高兴地记下了这两个字。

要把这两个字翻译出来不大容易。查字典，lucky 是运气好的、侥幸的；appendage 是附属品、悬挂物。把这两个字连在一起来形容澳大利亚，不加说明难以理解。至于提出这两个字来的朋友用意何在，我并没有细问。但是这两个字对我来说，却成了一把钥匙，用它去开门理解这个陌生的大陆。

让我为这两个字做一点注解，而且先从第二个字说起，第一个字留在下几篇再讲。

一说澳大利亚是个附属品、悬挂物，我眼前就出现了它在地图上的形象。它是有点像挂在欧亚大陆下面的一块不大不小的陆地。如果要讨好主人，说一些奉承的话，不妨把它比作垂悬在项链下的一块宝玉。一头从马来半岛起沿着印尼 [1] 到帝汶，一头从我国台湾起沿着菲律宾到新几内亚，不正是构成了粒粒明珠的一个项链吗？

可是提出这个字的人心目中并不一定把它作为一个褒义词用，可能多少还带着无关重要、可有可无的意思，可说是个附件、题外之文、副册上的名目，总之是入不了正传，处于次等末座的东西，更坏一些就成多余的赘疣了。我说它不在交通要道上，引不起人的注目和关心，并不带有轻视之意，而且这种说法也许已不能反映它当前的情况。以过去的历史而论，我想有一个相当长的时期是可以这样说的。

澳大利亚原是从欧亚大陆漂流出去的飞地，据说在四五万年前，上面所说的那条项链穿得比较密，它和欧亚大陆还是藕断丝连。后来冰山融化，海水上升，把那些可以步行的堤岸般的桥梁淹没了，澳大利亚才成了四面环海的大岛。这块大陆上最早的居民据说是 4 万多年前（有人还说得更确切些，是 3.8 万年前）从亚洲大陆，走路加摆渡，陆续移入的。这样说的根据是澳大利亚和美洲一样至今没有发现过原人的遗骸。最早移民到达这大陆的时期是由考古学者从已经发现的这些移民所用的石器测定的。在那个时候，马来半岛向南过印尼，再向西到新几内亚入澳大利亚，可能是一条"交通要道"。后来这条要道却断了。在几万年里，欧亚大陆的居民所创造的文化并没有继续被引进澳大利亚。在 200 年前欧洲人移入时，当地的居民还在用简单的石器，保持着他们祖先的生活方式。这说明了他们已经有很长的时期被隔绝于欧亚大陆了。它曾经是个超级的桃花源。

早期的人类怎样从亚洲大陆移入澳洲的呢？中间为什么又隔断了几万年？这段故事的内容留着将来的历史学家去补写吧。说澳大利亚是个"超级世外桃源"，那是因为在这段时期里，人类历史最热闹的舞台是欧亚大陆。被隔绝在这热闹舞台之外的澳大利亚是不是个桃花源，

---

[1] 即印度尼西亚，下同。

下面还要讲。在文化上发展得很慢是事实，相对地说他们是落后了。他们的后代似乎已忘了本。我还没有听说，现在澳洲土著居民中流行着向往"遗失了的故乡"的传说。但是欧亚的居民却一直流传着南方大洋里有个财宝遍地的大岛的"海外奇谈"。这些民间的奇谈在我们中国一定早已有之，后来才有人用来写成了《镜花缘》这部小说。在欧洲，那个"香岛"从希腊时代起一直成为人们梦想中的财源宝地。著名的托勒玫（Ptolemy）在他所画的地图上，在相当于今印度洋的"大池"南面留着一片空白的陆地称作 Terra Incognita（未明之地）。欧亚居民从不同的动机去探索这南方大陆的人也许历来并没有断过。到现在令人费解的，倒是为什么在 18 世纪以前，除了已成澳洲土著的早期移民外，一直没有外地的人进入过澳洲。在这几万年中，这个大陆的大门确实是关得紧紧的。

不妨回头看一看，有人说 4000 年前就开始有马来人从亚洲南部向南洋各岛移殖。但是澳洲大陆上却没有马来人的踪迹。大约 2000 年前印度南部信仰印度教的人为了寻找黄金和香料进入印尼诸岛，逐步西进，15 世纪已到达今印尼的龙目地方。在接近澳大利亚的大门时，国内受到了伊斯兰教徒的袭击，从此停止前进。

我们中国人也是很早就向南洋移殖的，可惜很少留下文字的记录。到了明代初年，我国的科技条件已发展到了能作大规模的远洋航行。15 世纪初"三宝太监"郑和率领的舰队活跃在我们的南海和印度洋上。我在堪培拉遇到一位澳大利亚的历史学家。他说，那时有许多中国人在南洋捕捞海参，到 15 世纪 30 年代，因为今印尼望加锡一带的海参供不应求，正要派人到被他们称作"海参之地"（Marega）的澳洲北岸扩大捕捞区域时，接到了北京下达的海禁命令，以致只能作罢。否则，亚澳间经过几万年的隔绝恢复交通的首功就会写在我们中国人的账上了。

历史学家喜欢作这类带着惋惜口气的推想，令人意味到某种偶然事件似乎会改变历史的轨迹。事实上未必如是。无论如何，历史并没有照顾到后人的惋惜，选择了它自己的道路，又给了澳大利亚200年不受外界的干扰。

把澳大利亚重新和外界沟通的首功终于在1606年落入悬着荷兰旗帜的"小鸽号"的水手们手上。这条船到达澳大利亚北岸约克半岛海角的日子较哥伦布到达美洲的1492年晚了114年。澳洲这个地名在航海史上出现得是比较晚的。欧洲航海者的到达澳洲并没有立即给澳洲带来什么变化。这些航海者不畏惊风险浪，出没于浩瀚的大洋之中，不能不引起我们的敬佩，但是他们之所以这样不怕死，主要还是为了黄金和香料。当"小鸽号"的水手们登上澳大利亚海岸发现既无黄金又无香料时，不禁大失所望，弃之如敝屣，回去说这地方"一无可取"。

"一无可取"一时竟成了欧洲人对澳大利亚流行的定论。如果说这是对澳大利亚的冤屈，这冤案又使它封闭了180多年。后来欧洲人移入澳大利亚并不是出于这"新大陆"的引诱，相反的，正是因为它是个"一无可取"的化外之区，才把一些无处安置的囚犯押送至此。关于这一点还得补说几句。

美国、加拿大、澳大利亚开始时都是欧洲移民把原来的土著居民赶走后建立起的隶属于欧洲国家的"殖民地"，后来都成为英帝国的一部分。这三个地方的早期移民性质上却有些不同。大体上说来，美国的早期移民中很多是在本乡受到当时政治、宗教的压迫，想到新大陆来"自由自主"生活的人，还有更多的是在欧洲各地生活不下去的农民。加拿大早年的移民大多是收买毛皮的法国商人和政府派去为这些商人做后勤工作的人。后来法国在大陆上被英国打败了，把加拿大割让给了英国，英国移民逐步从美国扩张到加拿大。当美国人闹独立时，加拿大没有参加，于是成千上万主张保皇的英国移民从美国北上进入了加拿大。美国获得了独立，加拿大还是英帝国的属地。

美洲 13 个"殖民地"对英帝国的独立宣言是 1776 年发表的。美国的独立对英帝国的影响当然很大，其中出现了一个小小的新问题，就是英国有许多原来可以流放到美洲殖民地上去的囚犯没处流放了。英国的监狱里越来越拥挤，舆论哗然。1779 年就有人提出在澳大利亚开辟流放地，收容这些囚犯。1786 年英国政府才决定接受这个建议。1787 年 5 月 750 个囚犯共乘 11 条船，由 280 个官兵和扈从人员押送，航行 8 个月，于 1788 年 1 月 26 日到达澳洲东岸的"博塔内湾"（植物湾），不久就落脚在附近的杰克逊港，建立了澳洲第一个囚犯流放地，后来发展成澳洲的最大都市悉尼。

囚犯流放在法学上说是一种刑罚，把一些定了罪的囚犯输送到外地去进行劳动，一方面是把一些破坏社会秩序的人和原来的社会隔离，免得这些人再捣乱；一方面使犯人能从劳动中得到改造。这种刑法古已有之，名为流刑，俗言发配。实际上，这又是一种统治阶级获取无偿劳动的剥削手段。在欧洲移民开发美洲的过程中，产生了剥削黑人劳动的奴隶制度。在他们开发澳洲时，开始就采用了剥削囚犯的流放制度。对象和名义尽管不同，无偿劳动的实质是一样的。

看一看那些被判流刑的囚犯所犯的罪就可以明白这种制度的实质了。有记录可据的，1790 年有个流放到澳大利亚去的囚犯是因为他偷了价值 6 便士的棉布和价值 4 便士的印花布。这种小偷小摸在资本主义初期的城市里到处都是。英国政府就根据殖民地提出的要求，给他们输送这类囚犯去做无偿劳动。流放地起初是用这些囚犯建筑房屋，开垦土地。但是澳洲这个流放地经营无方，奴隶劳动效率不高，粮食都不能自给，还得靠外来的接济。后来以节省政府开支为名把囚犯发配给私家去使用，也就出现了变相的奴隶买卖。这个制度当然是相当复杂的，我不能在这里多说了。

为了要说明澳大利亚早期的社会特点，引用一些数字也许是有帮助的。1819 年，欧洲人移入澳大利亚大约 30 年之后，新南威尔士州的人口达到 2.6 万人，其中 1 万人是囚犯。占总人口的 38.3%；在现今的塔斯马尼亚岛（当时称"万典曼"的地方）的人口达到 4270 人，其中 2190 人是囚犯，占总人口的 47.1%。1828 年，新南威尔士的人口增加到 3.6 万人，囚犯比例高达 48%；塔斯马尼亚人口增加到 2 万，囚犯比例是 38%。如果加上刑满释放的囚犯和囚犯的子女，这个数目要占总人口的 3/4，恰巧和 1788 年最初这批移民中囚犯和押送人员的比例相当。

用强迫性的无偿劳动来进行生产，效率是很低的，而且又由于囚犯中的男女比例悬殊（1828 年，新南威尔士囚犯中男女的比例略低于 10：1）引起了严重的社会问题。这不是一个有发展前途的经济，也不是一个健全的社会。也许这时的澳大利亚才真的适用得上"一无可取"的评语。

与此同时，19 世纪的 20 年代，英伦三岛，特别是爱尔兰，出现了大量失业现象，而澳大利亚利用囚犯劳动的弊病在实践里已充分暴露。所以从 30 年代开始，英国政府就资助那些愿意到海外谋生的人移居澳大利亚，在 20 年里达到 20 万人，大大超过澳大利亚已有的居民。就是这股移民的浪潮冲垮了囚犯劳动制，改变了澳大利亚的经济基础。英国政府宣布停止输送囚犯到澳大利亚是 1840 年，但是事实上到 1868 年才全部落实，与美国解放黑奴（1863 年）几乎是同时。但这不能说是巧合。这类历史前进的步伐并不是出于某些人的慈善和高明，主要还是社会经济条件所决定的。用权力强迫人进行无偿劳动的剥削制度在澳大利亚移民社会里实行了半个多世纪，一共从英国输入了 10 万个囚犯。这个历史事实给澳大利亚留下的烙印，可能到今天还不能说已经完全消失。

上面我说了一段澳大利亚的早期历史，目的是想找出为什么它很早就没有成为人类活动和发展中心之一的由来。这段历史很容易使人得出一个印象：它似乎是悬挂在某一个主体上的附件。我那位朋友选用 appendage 这个字来点出澳大利亚的特性，至少对我来说是富有启发的。

这是好运带来的吗？

Lucky appendage 是招待我的那位朋友用来描绘澳大利亚的谑词。它曾使我联想起陶渊明的《桃花源记》。但细味一番，还是联得不切。陶渊明对遗世独立的世界，淳朴真挚的民情，具有虔诚的向往。而给澳大利亚的这个谑词却不然。一口把它说成是个独立不了的附件，又在前面加上了个"侥幸得到了好运"的形容词。当然，现在用了简笔字，侥幸不分，这个形容词的尖刻性也冲淡了些。全词之意等于是说：这是个不知怎么地交上了好运的小子，是句酸溜溜的话。汰去酸味，说的是澳大利亚靠它地处偏僻，不搅在这多事的漩涡里，倒能独善其身，免遭灾祸，享到了康泰之福。经过了两次世界战争之后，这种看法在澳大利亚据说是相当普遍的。

这种看法在肯定澳大利亚当前的繁荣这方面说是带着甜味的。这似乎也反映澳大利亚人对当前的生活相当满意的意思。我在去澳之前，曾问过香港的朋友对澳大利亚的观感。他说："澳大利亚没有香港那么紧张，人们似乎很安于其位，不那么热衷于向上爬。说得不好听一些，有点懒洋洋的劲儿。"这个考语的前半句澳大利亚的朋友们大多能表示同意，后半句引起的议论却不少。从我这个第三者看来，那种你死我活、不进即退的气氛在澳大利亚似乎是轻淡些。我在澳大利亚的大学里没有听到过中年教师为保不住讲席而发愁。这是和美国不同的。我私下里也向华人教授询问过，他们同意澳大利亚的生活比较稳定。至少社会的中上层对现状一般是满意的。也许正因为他们看到物质生活比他们为优裕的世界没有他们自己的社会那么安定，所以发生了身在福中之感，说自己的运道不坏。幸与不幸原是出于比较的。

甜味背后常存在着苦味。他们把当前相当满意的生活看成得之于消极性的条件，地理上的偏僻，幸免于劫难等。这些当然是事实。以澳大利亚的欧洲移民来说，除了1942年2月19日日本空军轰炸达尔文港之外，并没有在这个大陆上遭到过敌人的袭击。有人把澳大利亚说成是免受入侵的大陆，这当然是不符合历史事实的。200年前英国大批移民来到这个大陆，把原来在这土地上居住的土人，赶走的赶走，打死的打死，不是入侵是什么？自从欧洲移民侵入以后的200年里确是没有任何人用武力打进过这个大陆，占领过这个大陆。日本人在空中扔了炸弹，并没有下降到地面上来。

苦味是来自这一个问题：保得住今后澳大利亚一直是个免受入侵的大陆吗？即使我们不提战争的事，澳大利亚能一直保持它这样的好运道吗？如果把澳大利亚的今天只看成侥幸的结果，那么对未来的澳大利亚就难免忧心忡忡了。这种被动的、消极的看法如果确是相当普遍的话，这里也就存在着甜味变成苦味的可能了。

为什么会有这种看法呢？容许我顺着我的想象力说下去。我首先想到的是澳大利亚特有的历史烙印。我在上篇提到现代的澳大利亚是从200年前建立的囚犯流放地上发展起来的。在早年的欧洲人心目中，美洲和澳洲是不同的；前者是个充满着自由的新大陆，而后者是个被迫劳动的受罪地。在受罪地上能生存下来，能生活下去，能得到好过的日子，对那些不敢对前途存有希望的囚犯们来说，除了"侥幸"二字之外，还能说什么呢？侥幸是预料不到的收获、喜出望外的好事。

说到喜出望外，让我复述一个澳大利亚人所乐道的历史事件：最初在澳大利亚建立的流放地有一千多人。他们的粮食原是指望能靠囚犯们开垦土地来自给的。但是强迫劳动效率太差，过了两年还得靠从英国运粮接济。1790年3月，一艘运粮船半途触礁，已经储粮不足的流放地发生了断粮的威胁。该年4月每人每星期只能配给4磅面粉。

正在这绝望的关头，6 月 3 日，远在地平线上出现了一艘挂着英国旗帜的粮船。这条救命船的到达，真正使饿得快死的人喜出望外，永远留在澳大利亚人的记忆中。这条粮船名"朱立阿娜夫人"。

"朱立阿娜夫人"是个救星，但是她之成为救星，正因为那个流放地不能自力更生。救星的背后就是灾难。这应当作为历史的教训传给后代。但囚犯们看不到此，他们额手相庆的是"运道真好"——lucky appendage 这个谑词能说不是同样流露出这种得之天助的心情，反映了这流亡地的历史烙印吗？

事实上，澳大利亚的历史当然不是一连串好运的累积，它和其他地方一样，一切成就都是劳动人民双手创造的。但是回头看看，澳大利亚的历史上却并不缺少像在地平线上出现"朱立阿娜夫人"号那种山穷水尽疑无路，柳暗花明又一村的事迹。这是说，澳大利亚的经济发展的过程中在困境里出现过多次及时的突破。

先说第一个突破。欧洲移民在澳洲东海岸登陆建立了囚犯流亡地之后，要生存下去，不能老是靠外来的粮船接济。发展农业种庄稼要土地，而东海岸宜于种植的土地却不多。紧靠东部的海岸线有一条山脉，名叫大青山，离海岸近的不到 50 公里，远的也不过 400 公里。人口日增的移民被这高墙关闭在狭长的海边上，越来越感到窒息。1813 年，定居后 25 年，终于在悉尼山坳找到了越过大青山的缺口。1815 年道路筑通。这是经济上的一个重要突破。山外的沃地千里不仅提供了粮食的产地，而且为第二个突破提供了必要的条件。

第二个突破是在解决用什么特产去换取海外供应的生活必需品。最初澳大利亚输出的只是些像鲸鱼、海豹一类的海产，不仅数量有限，而且也不易持久。移民的社区在 30 年里增长到了 3 万多人，靠自力来制造日常用品是有困难的，要到老家去购买又用什么东西去换呢？正在两难之际，他们试验成功了有名的"美利奴"绵羊。这种羊是非洲种和欧洲种杂交成的，特别适应于澳洲内地干旱高温地区，毛厚质高。

大青山通道开辟后，山外这片平原正是放羊的好地方。所以到 1831 年，每年输出的羊毛达到了 134 万公斤。至今羊毛还在澳大利亚输出品中占着首位，1978～1979 年达 15 亿澳元，占输出的 11.2%。19 世纪的第一个 50 年里这两项突破，使人口从 1820 年的 3.4 万发展到 1850 年的 40 万，增加了十倍多。

刚刚踏进 19 世纪的 50 年代，又发生了第三个突破。那就是在新南威尔士的巴瑟斯特发现了金矿。这是紧接着美洲加利福尼亚发现金矿之后震动当时世界的特大消息。这消息传到我国，成千上万的闽广农民远涉重洋，投身到这个淘金热浪中去。由于澳洲出了个“新金山”，美洲的金山加上个“旧”字。至今美国加州的圣弗朗西斯科还用旧金山作为它的中文地名。其实新旧之间，只差了三年。关于到新金山去的侨胞，我还要另写专篇，在此不多说了。

据说澳大利亚的金矿确是会令人着迷的。从岩石里迸出来的金块有的可以和石卵一般大。当然有多少人拾得到这样的金块谁也不知道，但是只要有人拾到了，那就会激动着人们去碰运气了。四面八方、成千上万的人奔向有人拾到金子的地方，形成一股热潮，所以被称为淘金热。金矿的发现在经济上的突破，可能还没有它所引起人口流动的影响为大。澳洲金矿分布较广，1892 年西部的卡尔古利金矿的发现对澳洲西部的开发起着很大作用。

19 世纪的淘金热并不能看作科技发达的结果，所以它总是裹着一层浪漫的色彩。真正在澳大利亚经济上发生突破作用的矿产发现是发生在本世纪的 50 年代。这个突破却没有造成什么热，而是静悄悄地在改变澳大利亚的经济结构，事实上形成澳大利亚人“运道不坏”的物质基础，也可能会成为由甜转苦的引线。

50 年代以来，澳大利亚通过科学的地质勘查，逐年发现了许多丰富的矿藏，有煤、铁、铜、镍、镁，特别是原子能的原料铀等。矿产总值，1978 年比 1966 年增加了七倍。现在矿产品已占输出总额的

30%，而 60 年代只占 7%。单以铁矿石的输出额来说，澳大利亚已占世界第一位，1978 年达 9 亿澳元；以产量来说是世界第三位，1978 年达 8300 万吨。澳大利亚的铁矿是日本钢产原料的主要来源。现在在澳大利亚流行着的诽语说，这些矿井都已成了日本的飞地。

澳大利亚经过这几次经济上的突破，人民的生活一步步地提高。它曾经在各国每人平均国民收入的比较表上占过领先的地位。那是从 1860 年，发现金矿后的 10 年开始的。这个地位它保持了半个世纪，到 1910 年才被美国和加拿大超过。到 70 年代又被法国抢了先。目前在这些大国的行列里，它还站在联邦德国、日本和英国的前面。这样看来，澳大利亚的中上人家一般感到生活不坏是有物质基础的。而几次经济上的突破又比较来得及时，容易使人们感到时来运到。这样也就产生了那种顺运遂生的心理，给人家一种懒洋洋安于其位的印象。

谑语有如漫画，一针见血，点出了当前澳大利亚人的那种特有的心理，也就在听者的心头挑起了一个问号，用澳大利亚的话说是，Will she be right？——这样下去，她还行吗？这问题正在绞澳大利亚人的脑筋。我相信问题一旦提出，答案总会有的。

翻过这不光彩的一页

如果按历史顺序写澳大利亚，讲到这个大陆上的人，就得先写土著居民，他们是最早居住在这地方和最早开发这地方的人。我是写旅游随笔，当然可以不必拘泥于这个顺序。同时，我做客方回，澳洲给我的美好印象犹历历在目，加上主人们对我的殷勤优待，余情未已；到了家，自然不会开口就提不愉快的旧事。这是人情之常。

这也许是出于我的多心。我在介绍澳大利亚时，写下这段不愉快的旧事，很可能非但不会引起朋友们的见怪，而且会得到他们的鼓励。他们的先人和我们的先人一样都在历史上留下过值得纪念的功绩，但也做过许多令后人惋惜的错事。前人之过，后事之师，用不着掩饰。在这次访问中，只要一提到澳洲土著过去的遭遇，我所接触到的朋友们没有不深感痛心的。事实上，自从第二次世界大战以来，澳大利亚人民在对待土著居民的态度上已有很大改变，反映在政治上的是政府对土著居民开始采取所谓"保护政策"。这种改变无论怎样应当肯定它是进步的。在这种情况下，对土著居民问题提出意见，进行讨论，会受到群众的欢迎和注意。一般来说，澳大利亚人民存在着一种对不起土著居民的心理，愿意做一些多少带一点赎罪味道的事，来减轻自己的内疚。这是近年来议会里通过不少对土著居民救济措施的背景。

写到这里，我想起了我的老同学斯坦楠教授。1936 年～1938 年我和他一起在伦敦经济政治学院读人类学。课后在茶室里聊天时，他喜欢讲澳洲土著的情况。他经常用最尖刻、猛烈的言辞攻击当时澳洲的民族绝灭政策。他不仅在茶室里高谈阔论，而且写文章在报纸上暴露当地的实情，还向伦敦政府提出申诉。这个为被压迫民族抱不平的青年学者受到班里同学的赞许。我们这个班里的"老大哥"是后来被誉为非洲肯尼亚"国父"的肯尼雅塔。我和斯坦楠于 1938 年分别后一直没有过联系。我只是知道他回到澳大利亚去了。

这次我访问澳大利亚，一到堪培拉就打听我这位老同学的下落。他在澳大利亚学术界是个老前辈，已退休好几年了。朋友们告诉我，他从伦敦回国后没有几年就发生日本轰炸达尔文港的事件。他投笔从戎，参与北部领地的防御工作。这并不是偶然的，因为在北部领地土著居民在国防上还占一定的重要地位。他多年在土著居民中调查研究，同他们建立了友好关系。他在团结土著，共同抗日的工作上做出了贡献。战后，他回到学术工作岗位，在澳大利亚国立大学任人类学教授。他以学术上已有的权威地位和在抗战中赢得的声望，为土著居民争取平等权利数十年如一日。几年前在一次讨论土著问题的学术会议上，他突然中风，虽经医治，但说话和行动至今不能恢复自如。

我和这位老同学相隔43年，能再度握手言欢，对双方都是喜出望外。他潮润的眼睛、哆嗦的双手、喃喃的语音，流露着激动的心情。他的话很多我并不能辨别，但是这并不妨碍我们相互的心领神会。我明白他要告诉我的是当年他在伦敦茶室里许的愿，现已成了历史事实。他确是为澳洲土著工作了一生。值得安慰的是，他的辛勤劳动取得了一定的效果。临别时，他赠送我一本新出版的论文选集《他们没有梦想》。这本书记录下了澳洲土著的苦难遭遇，同时也记录下了澳大利亚各族人民在民族关系上的觉醒。《他们没有梦想》是土著居民对白种移民的深刻评语。这个评语对斯坦楠说是不适用的，因为他是有梦想的，想要实现一个民族平等的澳大利亚。当然这只是个梦想呢，还是将实现的前景，现在还不是做出答复的时候。

有些为澳洲土著抱不平的朋友倾向于把他们在和白种人接触之前的生活描写得美好些，以此来突出白种人所做的坏事是有意义的；但是实事求是地分析这个悲剧，我们也应当看到澳洲土著社会长期不发展，以致在骤然和西方的现代文明相接触时，无以自保的一面。我们固然反对人和人之间讲"优胜劣败"，但同时也要提倡自强不息。我这样说是因为我认为在当今世界上要真正消灭以强凌弱的局面，弱者必须团结起来自力更生地赶上强者；只有在各民族达到事实上的平等时，才能实现一个各民族共同繁荣的和平世界。我们在澳大利亚土著的遭遇里应当得到这个教训。

澳洲土著在这块大陆上已经有3万年的历史。学者们一般都同意，他们是最后冰川期从亚洲移居这个地方的。这时他们已进入了石器时期。这就是说，当他们的祖先到达这个地方时，已经懂得制造石器来进行简单的生产活动，经营狩猎和采集的经济。到目前还没有令人满意解释的是，为什么自从澳大利亚这块大陆和欧亚大陆之间交通断绝后，在这样长的时期里，澳洲土著社会经济基本上没有发展。17世纪初欧洲的航海者"发现"这个大陆时，他们还是"用石器生活的人"。19世纪英国有一千多人到这里建立囚犯流放地时，他们依然用石器生活。以一个个人说，澳洲土著天赋的智力并不低于其他民族，他们传统的艺术更表现了深厚的造诣。但是由于现在我们还没有明白的原因，他们的农业、工业、科学技术都停滞在原始的阶段，结果在现代火器面前他们无力保卫自己而走上了绝灭的道路。

据估计，在白种人来到之前，澳大利亚的土著大概有30万人，到1901年只剩6.6万人，1921年又减少了0.6万人。从第二次世界大战后才开始回升：1947年是7.3万人，1971年达到10.6万人。最近1976年的普查达16万人，占澳大利亚总人口的1.2%。他们的人口增长率目前是0.2%，如果按这个速率增长，大约32年后可以达到32万，恢复200年前的数字。

在人类学的课堂上讲到民族绝灭时经常被引用的例子是澳大利亚南端的大岛塔斯马尼亚岛（这岛在澳大利亚的位置，有点类似海南岛之在我国）。该岛在1804年英国人建立囚犯流放地时有土著2500人。大约30年后，当地政府决定把这岛上的土著集中起来送到另一个小岛上去，这时只找到了200人。这些人中最后一个是在1876年死去的，正是白种人移民澳洲百年纪念的前12年。

大体上说来，澳洲土著在和白种人接触后的150年中死亡了4/5。如果澳大利亚对土著的政策一直不变，按过去的消亡率计算，现在应当已经绝灭了。

澳洲土著绝灭的过程和北美印第安人似乎有点区别。在北美印第安人和入侵的白种人打过仗，硬是一批一批地死在战场上。在澳大利亚据说没有发生过类似的情形。他们的土地是一寸一寸地被白种人侵占去的；他们是一个人一个人被枪杀或是自己贫病而死的。这是一场没有声音的战争，一年一年地到处是战场，到处是死亡。

澳大利亚土著怎样会发生这种形式的绝灭过程的呢？话得分两头说起。澳洲的自然条件，对只能利用石器进行生产的土著来说，既不富裕，也不贫瘠。这大陆的大部分地区比较干旱，以狩猎和采集为生的土著并不能长期定居在一个地方，他们经常要按水源的变动而移动。天然的蔬菜和果实可以随地采集，加上不难捕捉袋鼠和鸵鸟等可充野味，一般说来，日子是容易过的。但是这种经济基础不可能发生人数众多的群居生活。他们分成无数小群，每群不过十人到百人上下，占有一定的土地。随地理上的山川河流的形势，若干小群松松散散地联系成一个地方性的大群。这种大群并没有集中的权力，所以实际上并不能说是一个有组织的、能发挥集体力量的部落。这几万个小群分散在768万平方公里的大陆上，确是地广人稀。他们和平共处，各自谋生，形成了一个帝力于我何有哉的世界。就是这种建立在极低的生产力基础上的原始共产主义社会引起过许多在现代资本主义社会里搞得焦头烂额的人们的无穷幻想，把他们形容得像陶渊明所描写的桃花源那样美妙。

　　澳洲土著对他们传统生活是否满意那是另一回事。白种移民一进入这个大陆，他们就遇到了一种使他们这种生活无法继续下去的压力，而且这种压力也显然不是他们原有的传统社会组织和保卫力量所能抵得住的。

　　据说，押送因犯到澳大利亚来建立流放地的长官们在出发前受到过训令，必须与当地土人和平相处。但是这些外来的移民不是些自带粮食的游客，他们不但要在这地方自谋生活，而且还要世代代繁殖下去。他们不能没有土地。主客之间发生了土地之争。土著居民跟他们生于斯、长于斯的土地是分不开的，离开了他们原来的土地就不能按熟悉的方式生活下去。如果他们有较强大的社会组织，他们必然会用武力来保卫他们的土地，因而发生战争，和我们在北美和南美所见到的一样。但是澳大利亚的土人没有这样强大的组织，他们一小群一小群地被外来的白种人从他们原有的土地上撵走了。个别的人企图抵抗，被枪杀了。大多是被抛在陌生的地方，漂泊无依，饥寒贫困，一个个无声无息地折磨死去。

最近的 30 年，澳大利亚人民已有所觉醒，否定了过去那种对土著的民族绝灭政策。澳大利亚的联邦政府和还有较多土著居民的北方领土的地方政府已采取了一系列"保护"政策，保证土著居民对他们现在居住的保留地具有土地所有权，就是说防止有人再掠夺土著的土地。同时还拨款配给他们生活必需品和允许他们享受澳大利亚一般的公民权利，不加歧视。

在法律上承认土著的平等权利并且能在政府收入中拨出一部分经费，用来维持他们的生活，当然应当说是件好事，特别是对照了过去那种民族绝灭政策，更应当欢迎这 30 年来的转变。但是从长远看这些慈善性质的"保护政策"果真能使土著居民在澳大利亚社会里取得平等地位和发展机会吗？这是值得考虑的问题。

现在澳大利亚土著里有两种人：一种人是还在偏僻的地方保持他们小群的聚居生活，留恋他们原有的生活方式，但生活上已经日益西化，依靠政府的配给和资助过日子；另一种人是已经散居在城市里，脱离了他们原有的社会，但事实上也进入不了白种人的社会，在就业上竞争不过白种人，只能以廉价出卖劳动，成为目前澳大利亚都市社会里最贫困的底层。

我的澳大利亚朋友中有不少怀疑政府执行的政策能根本扭转土著绝灭或同化的趋向，认为不靠自己的劳动而依赖救济过日子只能造成一些寄生虫，对个人和对社会都没有好处。但是怎样才能帮助土著居民克服当前文化和经济上的差距，自力更生地发展起来呢？那就是既要帮助又不要包办代替地为土著居民建立起一个经济上能自给，政治上能自治的基础，一个向前发展的台阶，用我们的话说，就是一个民族自治地方。至于怎样实现这个目标，那正是斯坦楠教授下一代人的任务了。我相信澳大利亚的朋友们中一定会有人勇于把澳大利亚历史上这不光彩的一页真正地翻过去。

尽是他乡之客

如果想用"尽是他乡之客"这句成语来表达澳大利亚社会的一个特点，前面还必须加上半句限制词，那就是"除了少数土著居民之外"。澳大利亚土著其实也是外来移民的后裔，但几万年究竟为时太久了。他们被称为土著就意味着土生土长的本地产物。土著是客籍的对称，我在上篇所写的是一回喧宾夺主的故事。所以从现在说来，除了只占总人口1%的土著外，澳大利亚是个移民及其后裔所组成的社会。

这话如果说到这里为止，很难说已道出了澳大利亚这个社会的特点。现代社会哪个不是由来自五湖四海的人聚集在一地子子孙孙繁殖起来的呢？我们如果要说出澳大利亚这个移民社会的特点，还得表明它为期尚短，他乡之客还在不断进入。这是个既年轻又尚未成熟的移民社会。

澳大利亚的历史好就好在起讫分明，段落清楚。以欧洲人进入澳大利亚这个大陆来说，第一批定居的移民到达的日期，有记录可查，毫不含糊：1788年1月26日，共1030人。有了这个日期，我们就可以推算：以30年为一代，最早的这一批传到现在还不到七代，那就是说当前60岁以上的老辈还可以听到他们的老祖父传达初建囚犯地的人的亲身经历。这等于我在幼年听老祖母讲她的老辈所目睹的乾隆皇帝下江南的故事，绘形绘色，絮絮入微，至今难忘。

在澳大利亚要找个早期移民的后裔，是不容易的事。我在这次短期访问中所遇到的朋友们，如果计算一下，出生在澳大利亚的竟占少数。这固然是我的特殊条件使然，我接触到的大多数是大学里的学者，其中还有不少华人,许多是从国外请去的。但是以人口统计来说,现在的澳大利亚人,出生于海外的,也就是说本人是移民,竟占人口总数的1/5,大约300万人。这些移民的儿女(父母中有一人是移民的),大约有150万人,占过去25年出生的600万人中的1/4。

澳大利亚现有的人口99%是在过去大约200年里从外地来的移民和这些移民的子孙。从1788年起,以后的150年中,入境的移民超过740万人。有计划地大规模吸收移民则是从第二次世界大战结束后开始的。从1947年起入境移民达350万人。澳大利亚从这年起人口增长率是1.8%,其中0.8%是得自移民。

我在上面几篇里已经讲过早年澳大利亚并不是一块具有吸引力的乐土,甚至被说成"一无可取"的地方。欧洲人移入后30年还只有3万人。到了19世纪中叶才第一次出现移民高潮,20年中达20万人。20世纪初年人口总数不过370万;又过了半个世纪,增加一倍多一些,1950年是800万;直到60年代才超过1000万的大关。由于人口基数过低,所以澳大利亚的人口增长在绝对数字上讲是很慢的。到目前,768万平方公里的这个广阔的大陆上,平均1平方公里不到两人。

澳大利亚和加拿大一样确是称得上现代发达国家中地广人稀的突出例子,但是这片可以容纳大量人口的地方,却并不是人人可以搬进去的旷野。英国人把它们的国旗插上了这片大陆,英帝国就认为有权占有,守着门、把着关,放多少人和放哪些人进去都得由它决定了。后来澳大利亚成了独立自治的国家,移民入境一直受着政府的控制。

我在前几篇里已经讲过,澳大利亚早年曾是英国流放囚犯的地方。这时的移民是强迫进入的。后来英帝国的统治阶级利用囚犯的无偿劳动开辟了这个"殖民地";又改良羊种,发展牧业,为英国本土毛纺工业提供优质原料,加上金矿的发现,澳大利亚开始需要更多积极性较高的劳动力进入这个地区。这样才让英国大量普通老百姓移居这个地方,并给他们一部分旅费和谋生的土地。移民人数因此大增,使它的人口从 1851 年的 43 万，在 10 年中增加了一倍多，突破百万大关。但是从百万大关到千万大关却用了 100 年。这就表明了移民的多少是决定于门开得多大；门开得多大又决定于把门的人的利益。地广人稀只是移民的潜在条件罢了。

英帝国的和后来澳大利亚的统治阶级把守着澳大利亚的大门，放进来的首先是英伦三岛的人，其次是帝国属地的人。在第二次世界大战结束之前，从这些地方来的人占澳大利亚总人口的 90％以上，其余的人中除去大约 1％的土著外，是从门缝里挤入的非盎格鲁－萨克逊人，包括我国去的华人。华人最多时超过 3 万人。他们大多是在 19 世纪中叶淘金高潮里，被当地矿厂主人转折拐骗来的。中间经过了半个世纪不愉快的历史，到 1901 年澳大利亚议会公开实行白澳政策，排斥有色人种移入这个大陆。

第二次世界大战的结束，在澳大利亚历史上是一条重大的分期线。移民政策也从那时起发生了重大的改变。普通都说，日本在达尔文港投下的炸弹惊醒了澳大利亚人安心自处世界中心之外不受干扰的美梦。睁开眼睛一看，北面尽是些人口拥挤的国家，而自己却以这样少的人拥有这样多的土地。他们不禁要问，这还能保得住多久？再一看，替澳大利亚守了有一个半世纪门的"大英帝国"，在这次战争中已经自顾不暇了。这时他们才觉得人太少了。在舆论界发生了一片告急之声。加快移民成了议会里的主调。

表面上看来澳大利业在移民问题上从关闭到开放，又在移民的种族成分上放宽尺度，是出于它的安全感。但是仔细看看，却并不尽然，甚至主要原因并不在此。用武力破门而入的做法，在澳大利亚确是发生过，但这已是 200 年前的事了，在以后的历史里重演的可能性是极小的。但是这个题目是唬得住人的，所以容易不翼而飞，成为舆论之风。在这种舆论背后还有更实际的原因使一些人感到澳大利亚需要更多的人口，那就是战后的经济发展。

澳大利亚在第二次世界大战中固然受到一定的损害，在战场上和俘虏营里死亡的达 5 万个指战员。这数目不能算大。由于澳大利亚本身不是战场，所以也说不上物质上的破坏。另一方面为了支援盟国的军备和受破坏的国家的日用品，它成了一个盟国的供应基地，那就促进了当地的工业发展。我们可以不说他们发了"战争财"，却也不应否认这次战争推动了他们的经济成长。在这个基础上，澳大利亚的经济在战后确是繁荣过一时的。它的经济结构起了根本变化。农业从 1946年～ 1979 年增产 78％，但是农业人口却逐年降低，现在只占总人口的15％。工业也迅速现代化。战后 30 年里采掘工业从 20％～ 30％降到10％，制造工业提高到 25％，特别是服务性工业达到了 65％。这样的发展必然引起劳动结构相应的变化。原来的劳动队伍随着工业的发展大量的被吸收到技术性和收入都较高的工种中去，留下许多非技术的和需要重体力劳动的工种要人接替。这些劳动力不可能单靠人口自然增长来供应，所以必须到海外去招工。应用外来的成年工人是件占便宜的事，因为这个国家并不要负担培养这些工人成长的费用。在本国培养一个工人的成本远较到别国去招一个工人为高。那些大量吸收移民的国家都在这方面沾了别国的光。澳大利亚的企业老板们对此颇有经验。

澳大利亚的工业底子薄，在技术上竞争不过欧美先进国家，在劳动成本上又较东方那些小老虎高，所以在国际市场上，澳大利亚的工业品势必处于劣势。他们只有靠保护关税来开展国内市场，但人少油水就不大。这也是为什么新兴的工业势力不顾国内还有失业队伍而依旧高唱要吸引移民的另一个动机。

这些新兴的经济势力打着国防安全的旗帜把澳大利亚移民的门开大了。1969 ～ 1970 年度移民人数达到了历史上的最高纪录，18.5 万人。嗣后，虽则逐年下降，去年度还是 7 万人。这是澳大利亚按计划引入的数目，说明了用移民来加速人口增长还是他们的政策，看来还要继续下去，所以我说澳大利亚这个移民社会还在生长中，尚未成熟。

战后的移民在民族成分上出现了新的特点。战前澳大利亚移民主要来自英伦三岛和英帝国的属地。战后，这些地方供应不上澳大利亚的移民要求了，因此不能不向其他地区吸收移民。首先还是向欧洲的白种人开门，接着也向亚洲有色人种开了一点门缝。以人口统计来看，从1947年～1974年的移民中只有45%来自原属英帝国的白人国家；从欧洲其他地方移入的人占46.3%，其余的8.7%是从亚非拉地区来的。现在澳大利亚人中有140个不同的民族成分，90种不同的语言。

移民的民族成分的变化使澳大利亚人对待移民的态度也相应地发生了变化。过去的移民中虽则有少数信天主教的爱尔兰人一直感到受信基督教的英格兰人的歧视，成为澳大利亚内部政治上不协调的因素，但是他们的生活方式基本上是一致的，所以澳大利亚人总是把他们看成一个澳洲的盎格鲁－萨克逊国家。他们要排除有色人种，而且对一切移入澳大利亚的人都要进行同化，同化于90%以上的英国人，使所有在澳大利亚的白种人都成为Dinkum Aussie（好样的澳仔）。

战后大批不同语言、不同风俗习惯的人涌入澳大利亚，情况也就不同了。这些人并不像浮萍一样一个个不相联系地漂进来的。他们进入后也不像过去一样很多分散在乡村里各自谋生的。他们入境后往往和自己同一地方来的人几十家几百家地一起住在城市里的一个地区。立住了脚跟就到本国去招引亲戚朋友，人数因之越来越多，形成一个保持自己原来语言和生活习惯的社区。现在澳人利亚每一个大的城市里都有同一民族成分聚居的区域。悉尼的马耳他人的聚居区从1947年的750人，现在已超过1.5万人，意大利人聚居区从1000人达到了2万人，南斯拉夫人聚居区也从300人达到2万人。墨尔本的情形也是这样，马耳他人、意大利人和南斯拉夫人都是从几百人发展到了两三万人。战后移入的各个民族的350万人大多就是这样分别聚居在各大城市里。在这种情况下要再提"同化"，那就不太容易了。

1966 年有个名叫 James Jupp 的作家写了一本书《进入的和离去的人们》，公开承认对移民进行同化是做不通了。他提出了澳大利亚面临的是"少数民族问题"。澳大利亚已经不是个民族熔炉，而是个民族拼盘，那就不能再讲民族同化，不得不找一个不同民族和平共处的办法了。

澳大利亚政府适应新情况的要求，1977 年成立了澳大利亚民族事务局，作为移民和民族事务部的顾问机构，以促进和发展澳大利亚各民族成分之间的团结。各政府部门设民族联络员处理有关民族关系的事务，雇用翻译人员提供语言服务，帮助不能使用英语的移民。广播电台有多种民族语言广播，我在布里斯班就遇到一位华人教授在协助广播电台播送华语新闻。

澳大利亚这个移民社会还正在发展之中。

1981 年 5 月

英伦杂感

我这次到英国去，主要是接受赫胥黎纪念奖章。赫胥黎一生捍卫达尔文的进化论。达尔文发现了进化论，但由于当时宗教的势力很大，他还不敢明目张胆地讲人不是上帝造的。赫胥黎年轻，出来公开和主教辩论，是历史上一次有名的论战，奠定了以科学态度对待人类的基础。进化论传到中国相当早，赫胥黎的名著 *Evolution and Ethics* 是严幾道先生翻译过来的，他译作《天演论》，译名也很好。在此我们回想一下严复的一生很有意思，有许多经验教训。严复早年和伊藤博文都是在英国学海军的，伊藤博文回国后建立日本海军，使日本成了强国；严复回中国没有建军打仗，却翻译了一套书。他翻译这套书，看来是有选择的：亚当·斯密的《原富》、孟德斯鸠的《法意》、穆勒的《名学》、斯宾塞的《群学肄言》和赫胥黎的《天演论》，这一套著作奠定了人类历史的一个时代——资本主义时代的理论基础。赫胥黎《天演论》里讲的"优胜劣败，物竞天择"，用现在的话来说，就是我们不能落后，落后了就要被淘汰。这个很简单的道理，鼓动了我们上一辈的知识分子，如梁启超等，发扬民主意识，探索强国之道，从而引起了中国的维新运动。再过 50 年全面回顾我国的现代化过程时，我们应该把这些知识分子掀起的维新运动也写进去。赫胥黎的学说对我们中国是有相当大的影响的。

赫胥黎在世时，正是大英帝国到各处殖民之时，接触到各地的非白种民族。那时，对这些非白种民族有两种态度，一种是看不起，要消灭他们；一种是要平等相待，帮助他们发展起来。赫胥黎虽然对于生物发展史认为是优胜劣败，但对于现有的人类却主张平等相待。他的教育主张是承认差别，再消灭差别。在这个问题上，本来英国有个种族主义的学会，赫胥黎起来反对，另外成立了英国皇家人类学会，主张种族平等，这在当时是个进步的力量。

1900年，为了纪念第一个会长赫胥黎，创立了一个纪念演讲，并颁发了奖章。人类学会是会员们自己掏腰包来办的，请我吃饭还得由大家凑份子。为了我去领奖章的费用就商量了好久，后来还是把它作为英国科学院同中国社会科学院交流计划的一部分，让我到伦敦去访问两周，路费还得由我国自理。

皇家人类学会每年由理事会选出一位赫胥黎纪念讲演员接受奖章。为此要专门召开一次讲演会。1900年以来接受奖章的，早年如戈尔登、《金枝》的作者弗雷泽、赫顿等都是著名的英国学者；后来才有法、德、美等国的学者，东方学者只在60年代有一位印度的人类学者，去年他们才又选举了我这个东方学者去接受1981年的奖章。

我这次到英国住了半个月，中间有一个周末，他们让我到曼彻斯特和利物浦附近——英国的腰部地方去休息两天。这里是英国的农业发达地区，早年文化比较高，有点儿像我国的苏杭。我以前认识一位英国的学者林赛勋爵，他原是牛津大学贝利奥学院的院长，在我国抗日战争和解放战争时期一直反对当时国民党的独裁，所以，我1946年去英国时，他对我特别殷勤。他在上议院发表过一篇有名的关于中国问题的发言。上院进行辩论之前，他曾约我到他家里去商量过这件事，所以我对他的印象很深。战后他主张英国教育制度必须改革，不能走老路，也不能走美国的路，要走出自己的新路子来。他在牛羊成群、绿草如茵的农牧地区——基尔办了一所大学。我的主人在这个周末休息期间特别为我安排到这个大学去访问。我虽没有进行调查研究，但也感觉到这所大学与别的大学的确有所不同。

在基尔大学附近有个市镇，是英国传统的陶瓷之乡。镇上有许多陶瓷制造厂，其中最大的是埃奇伍德公司，据说也是世界最大的陶瓷公司。我的主人为我安排去参观这个公司。他们对我的欢迎仪式很隆重，还升了中国国旗。

这个地区原来是污染最严重的地方，现在烧瓷禁止用煤，全部用电，所以空气已变得很干净了。他们带我看陶瓷公司的陈列室，表现这家公司从创办至今的变化。一个橱里陈列着早年英国普通日用粗瓷，和我们家乡农村里所用的土制碗碟很相似。第二橱一看就知道英国早年的细瓷完全是模仿中国的。这里陈列的茶壶同我老家的完全一样，画的也是一个公子、一个娘子，只是画中人穿上了洋服罢了。可见英国制造瓷器的技术原是从我国引进的，所以至今英语瓷器还是叫China（中国）。

接着陈列的是公司创业人埃奇伍德一生改进英国陶瓷的经过，从模仿中国到自出心裁，创造独特风格，从日用品发展到高级的艺术品。这里还展出了他的日记，记着一次一次做的实验。他开始应用温度计，清清楚楚记下每次实验的温度、加料的成分、出品的颜色等。后来，埃奇伍德丢了一条腿，像潘光旦先生一样，但瓷器实验和研究工作还是继续进行，一直到死。这个公司的陈列室的橱窗记录下他一生的事业。

最后展出的是一幅大油画，画着埃奇伍德的合家欢。他的大女儿是达尔文的妈妈。埃奇伍德家族不仅有陶瓷专家，而且有科学家和人类学家。听说埃奇伍德、达尔文、高尔登等英国18和19世纪的知识界名人，大多是亲亲戚戚。他们都是英国士大夫阶级，从埃奇伍德到赫胥黎四代人，相当于中国的乾嘉时代。中国的乾嘉时代也是我们中国人聪明才智开花的时代，是中国人引以为骄傲的盛世。我们乾嘉盛世的士大夫搞些什么呢？他们继承了明末清初大学者王夫之与顾亭林等人的搞考据、搞版本的传统，最后修成了四库全书。我们那时的学者同他们的学者一样都是封建制度里出来的人物，他们那里出埃奇伍德、达尔文、赫胥黎等。他们重实验、重调查、周游世界、知识渊博，形成一股风气。这个风气开了花。我们也有一个风气，书中出书，"万事惟有读书高"，"书中自有颜如玉"，"书香人家"，书，书，书，离不开书，很少到实践里去。我很崇拜的严畿道先生也没有脱离这么个传统，他没有把真正科学的、实践的精神带回来，带回来的是资本主义最上层的意识形态的东西。当然这也是应当引进的，但只有理论破不了封建。

我从这里想开去，想了很多问题：我们知识分子中间，要真正做到眼睛从书里边转出来很不容易，到现在有多少人是转出来了？看见了经典著作就崇拜，觉得引几句别人的结论就可以解决问题，这样的风气，似乎还没有结束。中英两国的知识分子，在这个上面有点分道扬镳了。这一分道扬镳，不过两三百年，就出了这么大的差距！

对这个问题，我们还应当多想一想。他们有这样的学风，有这样的人物，才能从封建主义发展出资本主义，把人类带进新的阶段。很多人曾为它花了功夫，有很多人曾为它而死，才创造出一种新的社会制度。这个制度现在已进入消亡的阶段了。历史在向前发展，我们要进入一个新的社会主义的社会了。但是社会主义的社会不会从天上掉下来，一定要经过人们去创造。这个过程比从封建到资本主义还要复杂。因此，我们还得要学习他们早年的这一批人所代表的学风，搞实验，搞调查研究，不能靠坐在房里说话，不能靠书本来解决问题。这是我参观了英国的陶瓷之乡的感想。

在英国科学院的招待宴会上，我的老师雷蒙德·弗思问我：你1946年来后写过一本《重访英伦》，拿现在同那时比一比，你有什么感想。我说：这本书我已没有了，但我还记得这本书的第一句话："这是很痛苦的，当一个骄傲的灵魂，活在一个瘫痪的躯体里。"我指的就是当时的英国。1946年世界大战刚结束，英国疮痍满目，许多事要做而不能做，丘吉尔说他主持的是一个为完成帝国解体的内阁。到现在为止，英国能一直在维持着安定的局面之下结束西方最庞大的帝国，这是不容易的。那位教授插话道："不，没有麻痹！"我一听，直觉地接口："是呀，这不是骄傲灵魂的声音吗？"这一点是值得骄傲的。他们没有服输啊！你看他们还在埋头苦干。

有一天我去拜访一位92岁的老太太。当我28岁写完论文后，曾请她给我润饰原稿。当时她是讲师，49岁，现已退休。我们谈了一上午，她留我吃午餐，自己烧菜给我吃。她给我一本刚出版的书——《维多利亚时代的童年》，描写她早年的英国社会情况，凭她的记忆，刻画入微，细腻惊人，对当时印象写得历历在目。她这样的脑筋是罕见的。我的老师弗思，81岁，现在他已封了爵位，在上议院里有他的座位。他每年要出一本书。不久要出一本大洋洲他早年调查过的一个民族的字典，是硬功夫。我还去看过一位80多岁的老太太，也是我当学生时的讲师。她行动已经不大方便，但是她又送了我几本新出版的著作，而且说她要把她所知道的一切都留在这个世界上。

这个盛着骄傲的灵魂的躯体，的确不能说已经麻痹了。它的情况怎样呢？当然，不能不承认：不那么灵活了，不那么强壮了。在上面提到过的陶瓷之乡，过去一直没有过失业问题，但是最近三年却不行了。那个城市的市长请我吃饭时，就抱怨政府允许台湾的瓷器进口，以致他们的市里也发生了工人失业。我又遇到一位社会工作者，告诉我说他们现在发生了和我们同样的待业青年问题。在英国，失业不要紧，失业工人有救济金，每月有40～60英镑，生活可以过得去。但是如果一个青年找不到职业的话，他就得不到社会保险和社会福利，也就成了"待业青年"，现在社会上出现许多严重问题，不少就是这一种青年搞的。因为紧缩教育经费的缘故，今年大学教师要有上千个失业，因此我在那里的时候，电视里出现了教师上街的镜头。在他们那里，过去社会上有不少没有固定职业的知识分子，靠写稿、画画等过着自由自在的生活。我有个表弟，40年代是徐悲鸿的学生，去英国留学，没有回国，靠一支笔，每年开开展览会就可以活下来了，不要什么职业。可是他说现在不行了，他的画不容易卖出去了。不用再找很多数字，就可说明是经济萧条的缘故。整个社会是这样的空气。

英国在战后搞"福利国家"，财政负担很重。失业救济、医疗津贴、儿童免费教育，以及各式各样的社会保险，甚至老年公民坐公共汽车都免费。这一切都得要国家负担下来。财政越来越紧，工党政府搞不下去了。保守党"铁夫人"上台，要想改变这种情况，但改变不容易。所以他们是在一个入不敷出的严重局面之下过日子的。民族问题也搞得很紧张，爱尔兰问题是大家知道的。"北爱尔兰民族自卫军"，杀人、闹事、搞恐怖活动。我在那里时，一个议员被北爱尔兰民族自卫军暗杀了。政府的保安人员怕他们有一天会搞到女王头上，所以劝女王出门不要再坐马车了，换个防弹汽车吧。女王回答说："我们英国王室不能在恐吓面前低头。"这不又是骄傲的灵魂在说话吗？话是不错的，有气魄。可是能行吗？无论怎样，英国骄傲的灵魂的确还存在，她的躯体却究竟不如当年了。

"骄傲"二字在英文里并不是坏名词，也可以译作有志气。英国人民是有志气的。他们比以前是穷了，至少也可以说紧了。但这30年，有一点我觉得值得佩服的是他们的社会秩序一直很平稳、很安定。美国固然比英国有钱，但是在社会安定上差得远。两国的地下铁道、电车的对比就很明显，英国的地下铁道，今天还是我在英国做学生时候的样子，一切如故，好像四五十年前就是昨天一样。可是，美国纽约的地铁，乱得不成话，乌七八糟，简直不敢去坐了。英国的海德公园还是照样可以随意出入，随意讲话；美国纽约的中心公园你就不能去，去了可能出不来啦。英国的特雷福高广场，照样鸽子满天飞，而美国的时代广场呢？我也不好意思说了。

所以英国同美国还是有点不同，究竟是老牌。"老牌"不是在经济上，而在有个骄傲的灵魂。在知识分子里边表现得很清楚，像我的老师们，80 岁、90 岁还在刻苦钻研。他们没有生命快要结束、世界就要完了的感叹。他们不是为个人一世的虚荣，而是要为人类积聚知识。他们要通过实验去观察，去理论联系实际。这些方面我觉得我们不如他们，我们要向他们学习。

　　这次在英国只有两个礼拜，观察不深，就是同一些朋友谈谈话。可是碰着的人，很多方面还是我的老师。

1982 年 1 月于北京

脚　勤

　　三年前我重访美国时，有一件当时觉得怪新鲜的事，那就是常常看到大小城市不太热闹的街道两旁的行人道上，三三两两，男男女女，络绎不绝，缓快不同地在跑步；不是比赛，不是赶路，是怎么一回事呢？旁人告诉我，这叫 jogging。查字典这个字的意思是轻撞、颠簸、磨蹭、缓进。用它来指这种活动是原意的衍生，指的是为了健身而进行经常性的慢跑快步。中文里没有现成的对词，翻译困难，我试用"脚勤"二字，以其音近，义亦可通。

　　在美国脚勤成为时行的风尚，据说是近二十多年来的事。40 年代我初访美国时没有见过，难怪我觉得新鲜，引起了我不少想法。首先使我高兴的是"我道不孤"。近年来我一直主张慢跑快步的经常锻炼。脚勤和慢跑快步相类似，但它是以跑为主，不是快跑，是一种快慢自由的跑步。年岁增长，我近来已步多于跑了。我养成这种习惯，可以溯源于十年动乱时期的"牛棚"生活。那时一清早就得起来跑步，起初对这种带着放风性质的强制活动颇有反感。但也无可奈何，日子久了，习以为常。出了"牛棚"，并没有放弃这个习惯，觉得清晨跑步确能使人神清气爽，做起事来劲头足些。这样，反感变成了好感，被动变成了主动，坏事变成了好事。当然，我虽然没有风雨无阻地坚持不断，可只要有条件时总要跑一跑，甚至出差在外住旅馆也要找机会小跑一阵。效果如何固然难说，我臃肿身态并未因此改形，但这些年来病假确实很少。说不上延年益寿，也不能不说有助健康。当我看到美国近年来风行脚勤，不免联系上我自己的经验，更增加对这种健身之道的偏好了。

为什么此道在美国会风行起来？我问过不少美国人，回答是一致的，都说是为了锻炼身体。作为健身之道，脚勤有它方便易行的长处。早晨也好，傍晚也好，甚至工间休息时刻，无时不能上街脚勤。一般城市，除了闹市，不乏林荫大道，宽阔平坦，都是为脚勤准备下的优良跑道。脚勤的人既可个别行动，不受牵扯，也可邀个伴侣，并肩而行，或三五成群，鱼贯成队。他们可以快慢自如，无妨落后，不必争先，既不紧张又不迫促。脚勤并无一定服饰，天热则背心短裤，天寒则绒衫线裤，并无规格。其实，脱下上衣，解除领带，卷卷袖子，开步就跑，亦无不可。

方便易行固然是脚勤容易普及的长处，但是要能普及成风，却还要脚勤者具备主观条件，那就是要有锻炼身体的决心。脚勤之异于普通跑步者在于它是经常性的体育活动，不是一时兴起，跑它一阵，也不是季节性的运动，跑一时，停一时。脚勤的人都说，"贵在坚持"。我试用"脚勤"二字作这种活动的译文，着重就在这个"勤"字。勤就是坚持某种活动，脚勤指的是"两脚坚持经常跑路"。没有决心就坚持不了。是什么使那么多人自觉地要用这个方法来锻炼身体的呢？

作为一个学社会学的人，我总是会先想到美国这些年来社会结构的变化，而且想看一看这些变化和脚勤的风行有没有联系。这一看，对我来说，看出了不少道理。美国从第二次世界大战结束以来，社会结构上起了很大的变化，就是从事第三产业即服务行业的人越来越多了。而且就是在第一产业，即采掘业，和第二产业，即制造业，设计和管理等第二线的人员也是越来越多。总的说来，在整个生产活动中体力劳动的比例越来越少了，脑力劳动已取代体力劳动在生产活动中的优先地位了。

如果套用我们的老话来说，美国这种社会里"四体不勤"的人在总人口中所占的比例日益上升。他们出门坐车，工作中坐多站少，全身活动更少。回家，家务劳动有机器作助手。吃饱了，在沙发里一坐，看看报、读读书，谈谈天。房里有收音机、电视机，要听音乐、看影片，扭扭开关——如果按这种生活模式活下去，结果是体形臃肿，百病丛生，文明的好处向反面转化。

人原是动物，动物要动才能活，动得少就活不了。这是生物规律。但是人要发展生产，不能停留在靠体力劳动来谋生的水平上。很早交通耕作就用"犬马之劳"，行船张帆就借风力，接下去用机械帮助体力，再进一步就只要看看仪表，扭扭开关就能指挥庞大机器。这是一个以脑力劳动代替体力劳动的历史过程，文明的表现。这个历史过程和基本的生物规律发生了矛盾。四体不勤，身心羸弱，其后果不是会导致人类体质的退化了吗？

在这个矛盾上出现了人们自觉锻炼身体的体育活动。体育活动是为了健身的目的而进行的体力活动，用来防止以脑力劳动为主的人们因四体不勤而发生身体上的各种不健康的后果。

美国当时那种社会劳动中体力部分越来越少的情形正是激起广大人民以体育活动来作为健身之道的社会背景。在体育活动成为群众的迫切需要时，脚勤这种方便易行的方法也就不胫而走，蔚然成风了。

我也曾把这个意思征求过美国朋友们的意见。他们说，一般脚勤的人固然可以说是自觉的要锻炼身体，而促进这种锻炼的动机却很多是在"怕生病"。在美国这种社会里，医疗是件极为费钱的事。门诊挂一次号就得几十美元，而且在诊断之前要做各种检查，项目繁多，价格昂贵。住院动手术可以成为一个普通劳动者倾家荡产的大事。我多次出国，在朋友们面前一提起生病，总觉得有谈虎色变之感。在学校里工作的人，都要在工资里扣除医疗保险费。保了险的人生病时由保险公司付医疗费用。但是保险公司目的是在赚钱，所以规定的条件十分苛刻，结账时结果病人还是要贴上不少钱才能出院。于是疾病成了生活的威胁。脚勤是在这种威胁之下逼出来的"自觉"活动，怪惨的。

还有一些朋友更尖刻地指出：现在美国人已经发现最可靠的只有自己这个肉体了，其他的东西全靠不住，全不会为自己的好处着想的。这话也许带着一种气愤味道的夸大之词，但在像美国那样的资本主义社会里，一个异化于社会的个人到了极端免不了会有这种人生观的。如果说"人不为己，天诛地灭"，真的成了处世立命的箴言，那个社会里的人自然不能相信身外任何一个人是可靠的了，那么可靠的不只有自己这个肉体了吗？怎样保持这个唯一可靠的宝贝也就成了这种人的注意焦点了。这样说就可以更深一层明白为什么美国风行脚勤的原因了。

这种说法固然有点对美国社会的讽刺，有如漫画，却不失为一针见血之论。我听来，却另有启发，就是我们讲健身也确有一个动机问题。我不应当"无限上纲"，把好事偏要"搞臭"。一个人肯经常锻炼，搞好身体，不论怎样总是件好事。不能硬扣"自私""为己"等帽子。另一方面，我们也应当提高一点来想一想：我们究竟为什么要有个健康的身体？有些人是怕生病，生了病经济上会遭受打击；有人认为身体健康可以多享受些生活的乐趣；当妈的，怕自己病了，孩子没有人照顾；还有不少人怕身体软弱不能坚持职务，工作做不好，我想这些不同的想法表现了不同的人生境界，后者比前者要高。那是因为人是靠社会才能生活的，社会是由能"推己及人"的成员组成的。社会的成员人人能为了别人的好处去健全自己的身体和思想，这个社会的团结就强了，力量就大了，发展就快了。社会主义社会里讲求健身之道，应当站得高一点，身体好是为了工作好。

我们不应当因为社会主义社会没有那种生了病会倾家荡产的经济威胁，就觉得不必强迫自己每天锻炼。我们身在福中要知福，必须爱惜我们社会主义制度里的公费医疗，因而要多多锻炼身体，以少花公费而心里感到平安。

看得长远一些，在我们中国城市里，生产工作中脱离体力劳动的脑力劳动者也会日益增加的。随着城市的现代化，我想，脚勤一类方便易行的体育锻炼也会逐渐传播开来。我偶然在早上路经大学区的公路两旁也看到有不少青年人在跑步，这就是脚勤的开始。整天趴在书桌上或是办公桌上的人养成一种类似脚勤的习惯，我想是大有裨益的。

　　至于我们这些老年人，脚勤只能取其意而行之，以步代跑为宜。我们传统的健身之道就有一条是"多步行"。每天有时间就动动腿，走走路，这种平凡的运动对身心健康可能比激烈的运动强得多。老年人最忌怕动。脚勤正是治理怕动的对症良药。在这个意义上我想脚勤是值得提倡的。

1982 年 10 月

访日杂咏

    1984 年 12 月，由中国对外友好协会安排，我应日中文化交流协会的邀请去日本访问。从该月 1 日出发，同月 15 日返京，一共半个月。同行者有张君秋、谢铁骊、浩然等同志共八人，各有专长，行当不同，所以自称"八仙过海"。时间虽短，所到的地方不少，这固然由于现代交通便利，节省了航时，增加了幅地，但也因此比走马看花更是过眼烟花，稍纵即逝。调查研究自然谈不到，甚至记日记的时间也很不易得到。为了记下一些印象，我采取了利用在候客或在车上、机中的片刻，随口即景写下一些顺口溜，称之为杂咏。归来后，趁记忆犹新，按所积 12 首为纲，略加记述，以留鸿爪。

12 月 1 日　于赴日飞机途中

    清晨，尚未破晓，即赴机场。夜雾迷茫，逐渐开朗。同行"七仙"均已先到，干劲很足。记得幼年常听先父讲早日留学日本时，从离家时起，到达东京，一路经过，就以口述也要半天。现在上了飞机，一个小时就到了上海，办过出国手续，再坐两小时就在成田机场降落。只隔一代人，科技发达的结果，已有异世之感。而这些国际旅行现在已是家常便饭，不足奇怪了。星际旅行的时代即将来临，我在机上，看着窗外像地毯一样软绵绵的白云，一望无际，写下：

朝辞京国雾方开，穿透云层似出埃。

乘风九天揽日月，瞬间瀛岛会友来。

12月2日

抵东京后，住新大谷旅馆。我国与日本复交后，我国的大使馆在馆址肯定前，曾暂住此旅馆，因此双方关系友善，国内代表团到东京大多寄寓于此。我在1979年初次访日亦住此旅馆，所以感到很熟悉。晨起，踞窗下望，正是该馆的后花园。入冬以来树叶色泽变化不同，有青翠如故的松柏，艳红如血的枫叶，还有橙黄深浅不同的其他树木，织成一片锦缎似的画面。小桥架在碧绿的池塘上，还添上人工瀑布，潺潺流水。我举目瞭望，层楼高耸，远接天际。据说这一片建筑，尽是30年里从清理了废墟堆的基地上造起来的，感触特深。

橙黄红绿冬园景，日照池塘波皱轻。

莫道卅年如过隙，羡他先我得中兴。

12月4～5日　访能登半岛姬村

在东京住一晚，得东京大学教授中根千枝的协助，为我安排去日本内地参观。她知道我近两年来在故乡江苏进行农村与小城镇调查，所以特地介绍我到日本传统农村面貌保留较多的能登半岛去观光。能登半岛在日本中部，面西向日本海，突出海中，较为偏僻。由于它传统古迹较多，又不属军事要地，所以上次战争中，免于美军轰炸。这个半岛属石川县，县城在金泽市。金泽市在日本也是以"鱼米之乡"闻名，沿海产鱼，平原及山地均出五谷，而以大米著名。近年已与我家乡苏州市结为姊妹城，因此多了一道关系。

从东京去金泽，乘电气火车需 5 小时 16 分，但乘飞机从东京羽田机场到石川县小松机场只需 1 小时 05 分。我们于 2 日下午乘飞机至小松，转公路去金泽，已晚。歇该市。翌晨乘面包车访能登半岛。一路参观羽咋农村，晚达姬村。

姬村是一个小渔村。背山靠海，实际上是利用一个狭小的山坡筑村，背山面海，有良好的渔港。全村现在还不到 100 户人家，几乎全是农民。传说是一个贵族带了家属漂流至此。其女艳丽，因而被称为姬村，即美人村之意。早年这个渔村有山坡作障，出入不便，有如世外桃源，近年凿通了一个隧道，交通方便，汽车可以直达海边。50 年代经济发展，人口也增加了 1/3。这固然是局部的现象，而实际上也代表了日本起飞的一般情况。换一句话说，至少在 50 年代日本和我国在经济水平上还是差不多，差距不大。

这次去姬村条件是很好的，中根教授有两位学生在金泽大学当教师，他们都在姬村调查过，对当地情况很熟悉，而且和当地的人有了交情。另外还有一位中国留学生跟他们在姬村一起工作过。当地的人对他印象很好，对中国人也就不感到陌生了。这次中根教授亲自陪同我们去访问，受到当地政府分外的重视，不仅和我们礼尚往来，而且还加上一点尊重的味道。我和中根是英国伦敦经济学院前后同学，论年次我长她近 20 年，所以当得"学长"。日本人也讲究辈分，而且对学者是敬重的，石川县知事是中根的熟人，她事前已和他联系，他特地派了一位助理，一路照料，十分礼貌周到。

在姬村我们过了两天"日本日"，就是一切按照日本生活进行。到达时已近晚，稍坐，就进日本式的浴室洗澡。说起来并不完全是"日本式"，因为男女是分两班入浴的。浴后穿和服，晚上举行日本式的宴会。这次宴会是乡村风格，也许也已和传统形式有别，是大家围着一个大桌子席地而坐的。这与后来在回程中，路过和仓温泉时，在加贺屋旅馆的午餐排场就不同，按古老的规矩各人有各人的小桌子，不搞大桌面的，吃的几乎全是海味，而且有一半是生的：生鱼生虾，还有生海参。关于日本的"食道"在这里不细说了。当晚我们全体睡榻榻米，即地铺。睡得很香，但我肚子太大，早上要从地上爬起来却十分狼狈。

翌晨告别，主人准备了笔砚，要我留书，我写了条幅，以答雅意。

晨霞出水访姬村，"榻米"鱼鲜待客情。

远海渔航归正早，满载欢乐入新春。

12月5日　赠金泽大学社会学系师生

从姬村返金泽路上，我们又参观了一些小工厂。这些工厂和我国的乡镇工业一样办在乡村里或小镇上，有些是"夫妻厂"，比如我们看到的有一家织布厂，十多台自动的织布机，只由夫妇二人轮流照顾。但是这些小工厂实际上都是大企业下的蛋，原料和市场都是由大企业包下的。

我们回到金泽访问了金泽大学。陪同我们去姬村访问的两位教师和一位中国留学生，都是该大学文化人类学系的师生。我们就在一个没有受过美军轰炸、还保留了百年古树的公园里聚餐。这个公园就在金泽大学的对门。金泽大学的大门也就是原有古城的城门。这个公园原是这地方领主的后花园，一望而知是我们苏州亭园的翻版。金泽凭这些亭园和苏州结拜姊妹多少是够得上的。

席间，主人要我留字，我写了下面一首：

祖龙早岁觅神仙，东海瀛蓬渺若烟。

震泽而今友金泽，丝绸鱼米兄弟间。

太湖旧时只称震泽，后来曾是今吴江县一部分的县名。今松陵镇的城内过去曾经有两个县衙门，一是吴江，一是震泽。现在只有靠近太湖的一个市镇还称震泽。我用此名指苏州一带。

12月6日　在京都访周总理纪念碑

周恩来总理早年在日本时曾经在京都小住，两访该市郊外的岚山。1919年4月5日写了一首诗，后来流传甚广。1978年11月，廖承志同志写了这首诗，镌刻在岚山的一块大卵石上。翌年4月，邓颖超同志亲自去日本参加竖立这块周恩来总理纪念碑的开幕式。我们来到京都，驱车到岚山龟山公园瞻仰敬爱的总理的诗句刻石。山下有一桥，桥名渡月。归程上我写了一首：

总理雨中访岚山，我辈骄阳再度攀。

红叶成诗浑如画，松风徐渡月桥还。

12月7日　云仙山景

主人建议在访问期中去一风景区游览休息。因之我们离开京都飞抵长崎机场后，不立即进市，而岔道到云仙一游。云仙这名称就很雅，是国家保护的森林区。而且以高温的温泉著名。泉水几达沸点，所以四处泉源蒸气腾升，实属奇景。到达后，同人都争出游山，而我因体胖丧失爬山条件，只能在室内静坐观山景。多日奔波有此半日闲逸，亦属难得，口占一绝：

> 温泉云起出深岫，翠柏青松绕四周。
> 闻道云仙红叶俏，犹留残艳过深秋。

12月8日　赴长崎途中登仁田台远眺

在云仙住一宵，翌日坐车绕山赴长崎市。途中遇风景绝胜处即停车眺赏。山青海绿，远山出云上。岛屿点点，白浪滔滔，确似仙境。导游在仁田台远眺时，遥指一岛，名汤岛，如浮海一叶，绕以浪花。说是早年西方传入天主教，当时执政者，犹想闭关自守，对这些天主教徒进行迫害。日本首先对外开放的长崎，成了矛盾的中心。矛盾激化，实行武斗。抗暴的群众最后据汤岛不屈，以致全部被屠杀。我没有机会查对史实，作为传说，亦颇动人。日本导游每到此处，必说此故事，亦足发人深思。在车上得四句：

> 云浮海上峰，缥缈太虚中。
> 汤岛涌波急，当年血染红。

12月9日　访长崎和平公园

日本军国主义的侵略战争受到全世界人民的反对，以失败告终。对日本人民来说并不是一件坏事，因为从这次战争中醒悟了军国主义

210

对外侵略实际上也是对日本人民的侵害。在这次战争中日本人民受到的损失是严重的。即以最后受到两次原子弹的轰炸，其惨状也是骇人听闻的。为了使世世代代铭记这个教训，他们于战争结束后就在长崎受炸的地区建立了一个和平公园，意思是表示反对战争，力保和平的决心。

我们到长崎的翌日，就去访问这个公园。我写了一首五古作纪念：

> 腊月长崎暖，好花迎佳宾。
> 船通寰宇远，市享盛繁名。
> 回首卅年前，黑雨惊人间。
> 万家灯火灭，顷刻成尘烟。
> 扩张非国策，从此弃刀兵。
> 立像记此训，世代永和平。

12月11日　参观冲绳岛水产博物馆

我们从长崎坐飞机去冲绳。冲绳岛即琉球。我们受到当地官民的热烈欢迎，当我们到达的晚上，就邀请我们去出席当地民间歌舞表演会。我们到会略迟，节目告一段落，立即广播中国文化交流的代表团莅会，引起了全场的掌声。主持这表演会的负责人亲自向我们解说，今晚将表演古时迎接天朝使节时的歌舞，言下之意，这是对我们特别安排的欢迎节目。冲绳县知事接见我们时也一再讲到冲绳和我国历史上深刻的文化联系。这一点，即使是我们这些初次来访的客人也很容易体会到的，因为到处都有具体的物证，连知事招待室桌面玻璃下所压着的一张图案，恰巧和我们团里的一位女同志所穿的蓝底白花的花纹一致，都是从我国少数民族蜡染的图案演化来的。

冲绳岛在日本来说是极南的边区。在上次战争中，美军就在这个岛上登陆，一直控制了这个地区的行政，直到 1972 年才归还日本，但是美军基地还占有该岛一半的面积，我们在公路上行车，就能看到坦克大炮和各种飞机。日本为了促进这边区的繁荣，1975 年在该岛举行了一次世界海洋博览会。会后就把已有的建筑和设备开办了个规模很大、水平很高的水族馆，吸引旅游者，每年达几十万人。在馆里陈列着深海里活的大鲨鱼，这据说是世界上仅有的特色。水底琳琅满目，犹如进入了水晶宫。

冲绳岛的首府称那霸，我们就住在这市里。气候近半热带，入冬还是很暖和，沿路有一种名为"扶桑"的鲜花正盛开，我又即景写了一首：

> 八仙飞渡过南海，那霸扶桑正盛开。
> 白浪碧波天际静，琉璃水底玉成堆。

12 月 14 日　与日本社会学同人聚餐

这次出访，以多交朋友，增进友谊为目的，不是学术访问，所以到快结束这次访问，重访东京等待返国的几天里，才和同行的日本社会学家相接触。我即席写了一首，亦所以自嘲也。

> 海外访知己，暮年日益稀。
> 相逢如相问，老骥试霜蹄。

12月14日晚　辞行

时间在旅行中过得特别快，犹如一刹，已到归期。临行前夕，与日中文化交流协会诸位招待我们的工作人员话别告辞。我写了一首辞行词：

中日本同根，叶茂根日深。
一衣带相隔，相见兄弟称。
友谊世代传，永结姊妹城。
八仙同过海，传说竟成真。
把手毋相忘，推心出至诚。
聚会总有期，珍重约来春。

1984年12月17日于北京

能登三日记

　　这是一篇访日杂记。我参加中国对外友好协会组织的访日友好活动，从去年12月1日起到15日返国，共半个月。这是我第三次访日，这次访日主要任务是交朋友、叙友谊。但是我私自有个打算，想趁此机会了解一些日本的农村和乡镇企业的情况。在出国前就给一位老朋友，东京大学的中根千枝教授去了信，请她为我安排一些农村访问。我到达日本的第二天，就由她陪同一起去游访能登半岛。这位教授也和我一样是个忙人，她能在百忙中抽出三天为我们做向导，那是十分令人感激的。

　　中根教授带我们去能登参观是经过考虑的。首先这是一个农业区，有小型乡镇企业，符合我所提出的要求。其次，能登是在日本列岛中最大的那个本州岛西岸，伸向日本海的一个小小的半岛。地属石川县。石川县的首府是金泽市。金泽是我故乡苏州的姊妹市。这样又攀上了一点关系。第三，金泽市有个大学，这所大学里有个社会人类学系，系里有几个中年教授是中根教授的门生。石川县的知事又是中根教授的好友。这样在人际关系上就有了门路。所以中根教授事先已为我们这次短促的"调查"铺好了道路。我们所走的路线是金泽大学那几位教授调查过的熟门熟路，而且这个系里还有一位中国留学生，他曾跟着这几位教授下过乡。乡人对中国人有比较好的印象。最后，也许也得提一下的是这个地区在上次大战中没有遭到破坏，那是美军公开声明保留的日本传统文化区。

从地图上看，东京是在本州岛中部南岸，向西北，飞行一小时就到金泽附近的小松机场。东京、金泽、京都正形成一个三角。我们这次访日的第一步，就是从东京去金泽，参观了能登半岛后，回到京都，一共前后往返包括在内是四天，在能登半岛旅游三天。我来去匆匆，原想在日本时就把这段旅行的观感写下来，但主人太殷勤，朝出晚归，无片刻闲，实难动笔。返国后曾就沿途杂咏，凑成一文，给《中国老年》为老朋友消遣。时隔两个月，我才抓紧补写此记。年老了，有许多事已记不住了。

能登半岛地形像只水鸟的头，嘴伸向东方。金泽在它的喉咽背脊上。我们从小松机场到达金泽已经入晚。第二天就从金泽沿着半岛颈部朝北驶向它的嘴尖。中途在羽咋这个小镇附近的一个农村里停了两次，访问了该地的农协和老贺町的坂井助七家。

羽咋市有2.9万人，是个丘陵地带，山坡上树木密集，入秋来红叶夹杂其间，景色秀丽。坡间平地全是耕地，乡间镇上房屋四周常是农田，不失其为农业地区。我们第一次停车是为了参观一个蔬菜收购站。询问之下，我们得知这地方的农户的农业经营产前产后都依赖农协。农协是农民自己的组合，据说成员是自由参加的，但事实上没有不参加农协的农民，因为农民生产过程中处处要靠农协。农民通过农协取得信息，决定他们种什么作物，而且向农协购取种子，耕作时需要农协的技术指导，机器、农药要委托农协去购置，机器坏了要请农协派技术员来修理，收获后又要由农协去推销，这时按产品价格给农协2%的报酬。

我们参观的是蔬菜收购站，是农协专门收购蔬菜的地方。我们到达时，主要是在收卷心菜，这个市的农协只是为蔬菜就设立了四个收购站。但是这个地区主要农产品不是蔬菜，而是西瓜。西瓜收成后才种上萝卜或卷心菜。也有一部分土地用来种水稻。各种产品分别有农协设立的收购站。普通农户一般种稻田10亩，自给之外有一部分剩余出售。农产品中，西瓜最值钱。但是如果不会经营，也会赔钱。我们随后访问的坂井家，就是这样。今年总的说来是个丰收年。每户平均收入320万日元（约人民币10万元），人均收入约80万日元。每户平均耕地约1公顷。

以我们现在流行的词汇来说，我们在羽咋市看到的农户可说大多是西瓜专业户。西瓜是商品作物，出产后供应各大城市，质量规格要求得十分严格，同时价格变化大。所以如果经营不善，就会赔钱。因此，对集体的农协依赖性很大。在一定意义上，农协操纵着农户的生产活动。这可以说是个体所有制上的集体经济实体。我们没有时间钻研这个问题，但是他们的经验，对我们怎样发展专业户和促进专业户的集体化上是很有参考价值的。

第二次停车是去访问坂井家。主人坂井助七73岁，小我一岁。在战时曾到过中国汉口，老妻65岁。我们去访问时只有老夫妇在家。访问这家的原因是这地方有一种著名的土产，依我们的话说是柿饼，就是把柿子晒干成为干果。他们的柿饼和我国的柿饼有所不同。我们的柿饼是平扁、色黑、外裹一层白色霜花。他们的柿饼保持深黄色，无皮，不那么干，较软，形状也与鲜果相似。味道我觉得不相上下，对我这样牙齿不好的老人来说，日本柿饼略优于我国的土产。坂井家已有几代从事此业了，可能在当地是有点名气的，所以招待我们这些贵宾去参观他家并品尝当地土产。

据说柿饼制作在日本由来已久，是否从中国引进已无从考证。但在维新以前各家大多自己植树，结了柿子，吃不完就穿起来在屋檐前晒干，用以保存。到了这个世纪20年代，才出现专业户，作为商品生产。那是因为城市发达了，城里人自己不种柿子树，吃不到柿饼，而愿意出钱买来吃。过去自给的产品，转化成了商品。因此在老贺町出现了不少柿饼专业户。坂井家是其中之佼佼者。

坂井家成为柿饼专业户是从坂井助七的上一代开始的。战时停了业，到战后1947年才由助七重建旧业。现在已有柿园四亩半，老两口从事经营，去年收成好，达3万斤，扩大了专用晒柿的两层木屋，新建一套，贷款500万日元。他们就在新建的木屋里招待我们。木屋里生着炭火，保持一定温度，使大串大串的柿子得以风干。过去去皮是用手剥的，全家老少都得出动。现在已机械化了，每天可以剥3000个。坂井家也出现了家庭内部的专业分工。柿饼是老夫妇的专业。大儿子和媳妇主要种西瓜，次子出外找工作。两个女儿都已出嫁，两个孙子在上学。年轻人对柿饼这一行不沾手。

按日本的传统，长子继承父业，几乎是不可改变的习俗。而坂井家却破旧了。我就故意向老夫妇表示同情，并问他这个产业准备传给谁呢？他说他大儿子原在外地工作，去年才回来种西瓜，一则是不大会种，年成也不好，去年亏了本，今年才赚回来。所以他说农业太不稳定，不如到城里去挣工资好。他不赞成孙子这一代再继承父业了。这个地区在日本来说是传统势力较强的地方，但是那种向城市集中的人口流动也已开始。在坂井老农的思想里能坚守农业岗位已只有他这一代人了，现实可能比他所说的变得还要快一点。

坂井这一家人，除了次子出门，两女出嫁，其他的成员都还住在一起，可说是个"三代家庭"。这家在日本农村里可能算得上殷实之家。15年前盖了现在的住房，花了4000万日元，现在除柿园外有1.7公顷田（约25亩）主要种西瓜，但是值得注意的是他们还留着6亩地种水稻，为的是他们的粮食还是要自给自足。在生产技术上是够现代化的，小型拖拉机一台，手扶拖拉机一台，水稻插秧机一台，还有大小卡车各一辆，轿车一辆。这一带的农户平均收入是600万日元，约合人民币20万元。我仿佛看到了我国将来普及了万元户之后的农村景象。12月3日晚宿于能都町姬村。

我在《访日杂咏》里已提到过，我和中根千枝教授有过约言：这次旅行全部或尽可能是要日本式的。我所说的日本式其实是指日本传统式的。但这一点却已不容易做到，因为日本人的生活本身变得很大。譬如说，这几年我去过日本两次，每次住的旅馆都和美国、香港的一个样子。房里有床、有桌子、有沙发，有浴室和厕所。听说日本传统式的旅馆是有的，但是日本的主人不会招待像我们这样的客人去住。这次我们到金泽过夜，住的还是西式的旅馆。但主人既然知道我要有几天日本式的生活，所以在姬村就改变了常规，在衣、食、住上特地安排好让我尝一尝普通日本人的生活方式。说实话这只是略略品尝品尝而已。尽管这地区曾作为日本传统的文化区免于美军的轰炸，实际上传统生活的改变看来也并不比其他地区为缓慢。

姬村在能登半岛的尖嘴下唇。背靠岩石小山，面对大海，全村只有一条狭长的沙滩，一排房屋和一条街。逐年填海，现在有些部分已经在街对面筑起房屋。过去这村出进都得爬过那个岩石小山，山有几十米高，因此是个比较隔绝的世外桃源。现在凿通了一个隧道，汽车可以穿山出入，和外地交通已畅通无阻。因为这个缘故，这个村的经济近年来大为发达。它靠海只有吃海，全村几乎全是捕鱼为业。但是这个半岛的渔业远不如北海道，因为近海鱼源很少。自从开展了远航捕鱼之后，这个村子就腾飞了。能登半岛别处人口在下降，而姬村却在增加，50年代初只有180多户，现在已有289户。

经济发展也改变了它的传统面貌。我们住在该村渔业组合前几年才盖起来的老人俱乐部里，备有洗澡池和健身房，还有餐厅和休憩室，楼上还有卧室。建筑是西式的。为了满足约言，就利用西式楼房安排了一些日本传统的生活给我们尝尝。我们到村已经靠晚。坐在招待室里闲话一会儿天就黑了。招待室是西式的，有转动的皮沙发，又大又软，我体胖坐下了站不起来。准备用餐前，我们开始按日本生活方式进行。大家先去洗澡，但还是掺了一个中国礼教的沙子，让我们男女分前后入浴。浴后大家都穿和服。说起和服我想到在日本街头看到不少招牌上写成"吴服"。这一字之差可能反映了一点历史渊源。但对此我没有想出答案。

穿上了和服，我们就入座用餐。女的跪地，男的盘膝。这就难为了我这身形，只能乞求照顾，允许伸腿坐地，不作失礼论。吃的全部是日本土产。日本土产中原多生鱼和海鲜。在这个渔村里，这特点也自然格外突出了。我竟吃到了新鲜的生海参，算是生平初尝。在餐桌上我学会了唯一到现在还记得住的一句日语：Oishe，好吃。以后这个词很有用处，因为这次友好访问，主人们多用日本式的菜招待我们，我这句日语也就大有用武之地了。

我不善饮酒。但是既说要遵守日本方式行事，那就也得举杯对饮。日本酒有一点绍兴酒的味道，这和上面所说吴服是否有关，我又不得而知了。

饭后，主人引导我进卧室，出于我的要求，请本团的翻译同志同住一室。室中除正墙下有各类摆设及壁上有画幅外，只有两个席地打开的铺盖，安放在光洁的"榻榻米"上。另外有几个准备跪坐的垫子。我想到日本人中不会没有胖子，不知他们怎样适应这样的睡具，因为我一躺下，没有人拉我一把，也就起不来了。幸亏我们两人同宿一室，我不至于连连打滚。

第二天清晨，我贪看海边日出，所以很早就爬了起来。没有上泰山之巅，在这里同样欣赏到太阳出海的奇景是出我始料的。大概是由于人眼对突然射来的强烈光线的反应，看来这个天体像是跳出地平线来的。太阳刚一露面，水面上迅速展开它的反光，在浪头上变成了满海琉璃，闪烁流动，回顾屋后，翠松高岩正如一幅庄严的锦屏，迎着朝阳如欲飞翔。我这支笔还够不到写此美景。

这样一个海滨胜地，确是不会缺乏耐人寻味的传说的。我在早餐桌上就顺兴向主人提问，为什么这个村子命名姬村？姬字在日本是否作美丽的少女解？答复是关于姬村这个名称有好几个传说。一种是就地形说的。当隧道未开时，一般用小船与外村往来。从水面远望村后岩石有如少女，所以称姬村。姬确是少女之意。我没有去水面核实这个形象是否属实。另一种是就历史说的。在古时有一个官人，被朝廷贬谪，驾了一条船，漂流到这个海滩上住下。这位官人有个美丽的女儿，名扬四方。她的后代还继承她的风姿，成为美人村。我听去这位官人很像是个中华人士，东吴出美人，又在思想上联上了"吴服"。这段历史固然难于考证，至于姬村女子是不是美这一点我因在村时间太短，所接触的多为男子，所以也只能存疑不论了。

值得一提的是，这个村的自然条件促使村里的人的亲密团结。在过去这是个天高皇帝远，封建势力鞭长莫及的地方，所以他们的社区一直保持着高度自治的传统。他们的专业也要求他们全村各家合作互助。能登半岛近海渔产不丰，要捕大量的鱼必须出海远航。渔场在北海道附近。所以出航一次就得以月计。出航的多是青年男子，留在村里的多是些老弱妇孺。为了保卫和生存，不加强团结互助是不行的。他们就有一个名义上叫渔业组合，而实际上是个地方自治机构。有记录的年代一直可推到明治四十二年（1909年）。第一任组合长任职达28年之久。我们在他的故居前听向导讲他的故事。听来确是个能人。接待我们的现任组合长也已任职15年。在这些为群众信托，真正为全村服务的人辛勤工作下，这个村的渔民从帆船改用了机帆船，再进而购置汽轮、油轮，现在已经基本上都用机器捕鱼，鱼在船上冷冻了。当然，日本政府在渔业的改造和发展中也起了支持和引导作用。1958年农民中央金库直接向这个村的组合发放贷款，发展远洋渔业。第二年就得到全国渔联的表彰。1961年建造了渔港，先后三次填海扩建，我们去时正看到他们在兴修鱼市场。跟着生产的发展许多公共设备，像招待我们居住的老人俱乐部，都是这几年里兴建的。

姬村的渔业组合是个体户和国家之间的中间环节。渔轮是属于个体户所有的。全村50吨以上远航渔轮一共有37只，其中99吨的有23只。许多渔船所有者就是出海捕鱼的船主。他们一般雇用一些渔工，一条渔轮大约 6 个或 7 个人。打鱼的收入，60％归船主。雇工保证得到每人基本工资最低 15 万日元。如果渔船收入的 40％超过雇工基本工资总额，多余的分给雇工。因此雇工积极性较高。船主是个经营者，一般向银行贷款购置渔轮，逐年还本付息，同时负担风险，年成好时，很能赚钱。

我们在姬村散步时，经过一家十分辉煌的住宅，完全是我国的宫殿式，琉璃瓦，大青砖。主人邀我们入户参观，里面摆设极为华丽，当然不免有一点暴发户的俗气。这一家拥有 3 条远航渔轮。早年这家主人是亲自出海的，现在年老了，已不再在海上颠簸了。这家主人的儿子，按日本传统是应当继承父业的，但是这家收入多了，儿子就去大城市经营其他事业了。现在这 3 条渔轮是出租给别家经营的。

远航捕鱼主要鱼种是鲑、鳟、墨鱼，多做生鱼片之用，是日本的畅销食品。捕后不用加工，就冷冻包装，返航后交渔业组合贮藏、出售。渔业组合提供渔业服务，如建有储油库、仓库等，近年更设计扩建渔港和鱼市场。这些公共建设所需费用大体上是国家出 50％、县出 25％、町出 15％、受益者（即渔民）出 10％，可见主要是各级政府出资建设，这是为了日本要发展渔业，适应人民对这种基本食品的需要。个体渔户尽管是渔轮的所有者，实际上一面倚靠国家的贷款和渔业建设，一面倚靠集体的渔业组合的服务，离开渔业组合就寸步难行，所以全村渔户都是组合成员，组合也实际上是地方的村一级的政府机关，只是组合长是民选的不是任命的。我们在姬村住了一晚，次日上午在村里走了一圈，访问了大小渔户，就上车南行，返金泽。在中途安排我们参观两个乡镇企业。这里我用"乡镇企业"这个名词只是指设立在乡镇或农村里的企业。我们所参观的两个纺织厂都是设立在村子里的，厂房四周全是农田。这两个工厂一个较大，是个公司性质，日本人称株式会社；另一个是夫妻工厂，是家庭机器工业。这和当前我们生产队集体所有的乡村企业是不同的，后者相当于我们的专业户。

第一个工厂现在称得上村株式会社。创办人名叫丹后德藏,在厂内花园里还有他的铜像。他在 1900 年办厂,1918 年才组成公司,称株式会社。开始是手工织机,到大正年间才改用动力机械。在战争期间征为军用。战后一蹶不振,只生产一些生铁的锅盆用具。1947 年重新生产纺织品。到 1955 年才采用大型纺织机,1970 年废旧更新才飞跃起来。最近又全面更新了一次。我提出这些年份是想说明日本经济起伏和发展的大体过程。在 50 年代日本刚刚从战争的破坏中喘过气来。这个较偏僻地区要到 70 年代才开始现代化,最近这 15 年是个飞跃发展时期。以日本全国来讲,经济发展最早也早不过 60 年代中期。我这样说自然是有和我们中国相比较的意思。现在我们不能不承认经济上我们比不上日本了,但是关键是在 60 年代和 70 年代。差距就是在这段时期里拉大的。

这个纺织厂名义上是个独立的经济实体,但是自从 1975 年以化纤为原料后,实际上这个工厂的性质已有了变化。日本的化纤工业是个大企业,它通过大的公司组织,把产品分配到各地大大小小的纺织厂,要它们按市场需要的规格生产,产品由大的公司包销,这大大小小的工厂都成了化纤企业大公司的加工厂,在原料供应和产品销售上完全落入大公司的控制网内。

我当时就想到,如果我们中国在大大小小的乡镇工业的基础上能联合组成一个原料供应和承包销售的经济机构,在经营方式上不是可以仿效于日本现有的形式吗?为了这个问题,我回到东京曾请教两位有实际经验的日本经济学家。他们说,现在日本的工业有分散到小单位去制造的倾向。零部件都在小厂里制造,大厂只做装配工作。信息则集中在大公司手上,它按市场的变化,决定大大小小的制造单位生产什么商品,商品要什么规格等。从实质上,我看,日本的大小企业正在形成若干大系统,每个系统都有相当复杂的组成部分。这是现代企业发展的趋势。我联系到国内情况,苏南乡镇企业正在纵向、横向、同业和兄弟企业之间建立联系和挂钩，实质上也反映着这个趋势。我们确是应当使国家、集体、个体不同性质的大小企业密切协调和组合起来，形成一个社会主义性质的企业网络。解剖日本企业的发展过程应当对我们是有启发的。

我们访问的第二个夫妻纺织厂实质上也是同一企业网中的一个成员。名称是丹后家庭纺织工场，有14台宽幅织机，由夫妇两人经营。这种形式的家庭机器工场的效率是极高的。14台机器只有一个人看管。夫妇两人日夜轮流值班，机器不停。当然，这种高度劳动只在一定的家庭形式中出现，而且应当看到并不是常态。因为年轻夫妇的家庭生活完全被工场的劳动所代替了，而且我想这对夫妻如果生了个娃娃，这种形式的工厂也维持不住了。但无论如何，当我们去看时，确是如此。女管家在值班，男管家匆匆忙忙地招呼了我们一下。我们也识相，不愿意占去他宝贵的时间，我曾向日本陪同人员询问过他们对这种夫妻工厂的意见。他们说这些年轻夫妇有个猛劲，就是想趁年富力强的时候，把家底打结实，他们并不是想这样干一辈子的。一般是先贷一笔款，盖个厂房，购置一套机器，然后接受大公司的订货，可说是来料加工。所取得利润往往比一般在工厂里当工人的高出一倍，发一笔财，然后改业。挣钱快这是完全可以理解的，他们劳动的时间就比一般工人长，而且不肯浪费一点一滴。从大公司的立场来说，只要保证产品质量，按规定价格收货，它才不管这些产品是怎样做出来的。

我也问过陪同人员，为什么这些小厂办在乡村里。他不假思索地说，成本低。他举第一个工厂作例子，过去从外地招工，要为工人准备宿舍，还要管理他们的生活，增加工厂支出。70年代开始，城市里的第三产业大发展吸收去了大批劳动力，工厂招工不容易。这个厂就想出了把厂房分散，一个工厂分在三处建厂房，而且招收年龄较大的本地女工。分厂最大的也只有100人。这样，工厂不必管理工人的住宿和生活了！工资提高些也不碍事，因为成本低了。这厂的工人女的每月可以拿 11 万～ 12 万日元，男的 16 万～ 17 万日元。

值得注意的是，日本的工业似乎是从先集中然后走上分散的路上去的。如果这代表日本企业现代化的一种趋向，我们的新兴企业中至少有一部分可以不必走他们的路子，一上来就分散，然后在经营上集合起来，形成一个企业网。结果也一样能实现现代化的经营。

金泽是苏州的姊妹市，都是以传统手工艺品著名的古城。石川县的知事赠送我的一本介绍手册中，关于当地传统文化有下面这段话：

"江户时代（1603 ～ 1867 年），在我国最大的领主前田家族的财力及其治理之下，加贺领地内以金泽城为中心，建起了独自的文化圈……收藏在石川县美术馆里的古九谷，是加贺领地管下的大圣寺领地第一代领主前田利治等人在 1655 年前后建窑制作的彩色瓷器。这一名器在国际上享有盛名，而其传统的技巧为现代的九谷烧所继承。此外，具有高度的传统工艺技术的加贺友禅、轮岛漆器、金箔等制作，从产业方面滋养着本县的文化土壤。"

我们限于时间没有去参观石川县美术馆，但是由于主人深知我的脾气，不喜欢只看产品而特别对生产过程有兴趣，所以在我离金泽去京都之前利用一个上午安排了一个节目，去访问加贺友禅印染工场。

加贺是这个地区的传统地名，一个封建领主前田家族的领地。在东京和京都的街道上常可以看到以加贺料理作招牌的菜馆，有点像我国四川菜、扬州菜一般意思。友禅是一种花绸，在坯绸上印染花鸟山水以及人物图像。历来的用途只限于女子和服及其腰带，但最近还被用来制作连衣裙、领带、手提包、桌布之类。

在日本大城市街道上，现在已很少看得见妇女穿着和服上市，有之也只限于中老妇女。年轻的中学生全穿制服，一律短裙白袜。稍长即穿西式服装。我认识的老朋友中常常喜穿和服进入社交场合的只有上智大学的女教授鹤见和子。她到中国来访问时也穿和服，尽管她出自以最早接受西方文化著名的世家，她的打扮却成了国际性学术会议上富有民族特色的典型，一般说来是不多见的。

如果说日本的现代化在生活上变动得最快的也许是衣着服饰这一项。我问过中根教授，为什么日本妇女的衣着变得这样快。她先是说：那是由于穿西装比较方便，后来又加了一句：便宜得多。方便是容易理解的，日本女装的那条腰带不是从小练习，就围不像样。我在日本访问时，还在电视里看到教观众怎样围结腰带，看完了我惊叹这完全是一项手艺工程，更不用提梳头拢发了。对于一个从事现代职业的妇女，这一套服饰实在太不方便了。但是怎么说西服较便宜呢？这次我去参观了友禅印染工场才有了体会。

日本妇女穿的和服和围的腰带大有考究，一般说来实在都是手工艺术品。高级的全部由艺术家一件件分别绘制，叫作手描友禅。殷实人家嫁个女儿，结婚时用的礼服，一般属于这一类，一件和服价值几十万日元，合人民币万元以上。我有一天晚上回旅馆，正逢有家在旅馆里办喜事，刚刚结束，主人列队送客，我就在旁观察。来客中中年以上的妇女都穿黑色和服，那些穿着鲜艳夺目淡色和服的，据说都是未婚少女。在这么多客人中我没有看到一个穿西服的妇女。而且她们穿的几乎都是用手描友禅制成的。在这里我才明白，在石川参观时曾担心这种手工艺术品能有多大市场是不现实的。日本妇女日常已经很少穿和服的了，但几乎人人家里有几套和服，每逢赴宴之类的场合，不穿考究的和服出场是会觉得丢脸的。新娘按西式披纱短袖地行了婚礼，还得换了和服出来迎送客人。

话还得说回来，我们住的是高级旅馆，在这种地方举行婚礼的家族和他们所往来的亲戚朋友不应当认为可以代表日本人民的多数。高级的手描友禅不太可能是人人皆可有的奢侈品。我们在参观加贺友禅印染工场时，也看到一种绘好了花样，制成套板用手工一层层套印的友禅，称作坂场友禅。这种友禅成本较低，价钱便宜些，一般妇女都可以买得起。但是这种友禅还是手工艺品，谈不上是机器工业品。所以和西服相比，还是较贵。

从我们所参观的印染工场来说，是由25家小工场组成的。工场就设在市镇的民房里，一间房里可以有七八个男女工人在描花绘图。另外有小工厂共同建立的印染作坊，房间较开阔，一条条长板，铺着待染的坯绸，有蒸箱，水洗和调整的设备。这25家小工场组合成一个集体，要使用公共的设备时，分别交费。这样小场大的有二十多人，小的只有两个人。每年他们搞一个展销会，在会上商店前来定货。一般是来料加工。小工场主人自负盈亏，他可以付工资雇工。

我们去访问了一家著名的友禅大师，是个日本人所说的"人间国宝"，就是高级艺术家。这次参加我们友好访日的张君秋同志，日本人就称他为人间国宝。我们所访问的那位友禅大师，在1927年从师学艺，经过10年的学徒生活才出师，独立门户。在这学习过程中很多人半途被淘汰了。据他说同学有50多人，成才的只有7人。各个艺人都各有专长，自成一格。我们所访问的那一位是擅长古典人物描绘。当他观看了中国京剧，就设计了多幅描画，其中有一幅是手持孙悟空面具的演员，惟妙惟肖，确是珍品。这些传统艺术家还是有长子继承的家法。这位艺人的儿子虽则继承了友禅家业，但是却擅长花卉设计。我好奇地问他为什么不传父亲的专长。他说他们有"易子而教"的习惯，那就是他不直接从父亲学艺，而是向父亲的师兄弟学艺。据说原因是学艺必须严格，和亲子关系是有矛盾的。我真想不到在日本还在实行我国古代的传统。

能登三日，真像一瞬。顺着记忆，纵笔杂记，不讲章法，仅作茶余谈屑。

1985年2月10日追记

港行漫笔

人造石林

飞机下降，接近地面。初访香港的一位朋友眼望窗外，惊叹地说：这简直是人造石林。石林，我到过，在昆明市路南县的乡下，彝族阿细人地区。平地耸立千百个大小石柱，排列得相当紧密，参差不齐，高低不等，犬牙相错，确是天下奇观。我这位朋友的香港初瞥，作此比拟，新鲜贴切，十分形象。我也凑上去观望，半年暂别，一眼就看出闹市东头又耸出一片新建高楼，人造石林还在增长、扩大。

香港对我不是个陌生地方。30 年代去广西调查，负伤回粤治疗，能行动时就到香港去观光。那时香港人口还不到 100 万，给我的印象酷似广州而不如广州繁荣；满街都是广东人，赤脚穿木板拖鞋。沿海拥挤不堪的街道和码头似乎老是又湿又滑，一片脚踏板噼啪之声，扰人听觉。

40 年代，日本投降后我重访英伦，归途路经香港。由于我是英方的文化贵宾，受到香港大学校长和香港主教的殷勤招待，往来于居住在半山别墅里的上层人士之间。这里见到的是香港另一世界，英国绅士派头比不列颠更不列颠。这个世界在社会生活上和早年看到的那个木拖鞋阶层是隔绝的。论市面，我看还赶不上上海。当时由于大批大陆移民进入，人口增至 160 万人，其中几乎有 50 万人流离失所，露宿街头。

一隔几十年，我再来香港已是 80 年代了。最近这几年，我几乎每年都到过这地方，不是承邀专访，就是过路中转去美、去澳、去印度。每次停留时间不长，但多少也亲眼看到一点香港的新面貌。就说人造石林吧，它就是 70 年代兴起的。这 10 多年来，它不断增长扩大，连成一片。现在城市中心还遗留着一些 30 年代的建筑，当年的大厦被夹在摩天楼中，显得特别寒碜，但却提供了反映香港发展的标志。

香港在 150 年前是个无名的小岛，只有 20 多个渔民村落，不到 4000 人。1842 年英国仗其炮舰的威力，胁迫清廷订城下之盟，大概出于当时紫禁城里谋士们的逆料，要求割让的却是这区区一小块四面环海的弹丸之地。他们疑惑洋人怎会看中这个荒岛？！给就给吧。要求那些没见过世面的庸臣们预料这个荒岛一百多年后竟会是个世界金融中心和东亚工商中心之一，当然这也太不近情理了。其实就是今天，在现实已摆在人们眼前时，又有多少人能真正如实地理解香港的地位的来由呢？正是这样，我们对这个人造石林，除了惊叹它所表现人力的雄伟外，自然不免要想一想：人间怎么会出现这个奇景？将来又会怎样？50 年、100 年以后的事不说，12 年以后的事总得多想一想吧。

要思考这些问题，首先要认识香港的现实。这是这次专程访问的目的。时间虽短，20 天里所见所闻，所思所议，却有不少。说是参观，也许还是言过其实，观看有之，参与则未。有点想法，随笔写下，不讲起承转合，不求全貌完形，只是片断鳞爪而已，故称之为"漫笔"。

万里星海

白天看石林只见外形，一片兀然耸立的巨厦，几十层的高楼，看不到甚至不觉得这正是蜂房蚁穴般万头攒动的巨大立体人群。到了晚上或午夜，如果登上山顶，俯视全港，灯火灿烂真是万里星海。这时，就会冒出世外来客之感，似乎看到了每一盏灯下都聚着一堆人。那岂是星海，实是人海。天下怎么会有这些多人密密麻麻、紧紧地挤在那么小的一个空间里呢？

从空间来说香港真是个弹丸之地，一共只有约1000平方公里。就在这只有四位数字的面积上却住着七位数字的人口——540多万。如果把这么多人均匀地摊放在这片土地上，每一平方公里就有5500人。这样的人口密度，还不到摩肩接踵的地步。而事实上这里是个山冈起伏的岛屿，可供人们建屋居住的主要是一条纵深不能以里计的狭窄海岸。这540多万人如果挤在这海岸上，那就会出现有如海滨游泳场的场面了。人们要居住、要生产、要工作，只得向立体空间要面积，寸土之上重叠它几十层。这样，每个人不就可以有几尺方圆之地可以容身了吗？于是乎人工石林拔地而起。这几年来，人们已觉得沿海平地太少，凿山填海，扩大面积。新近扩建的石林和飞机跑道都是这样搞起来的。

当初英国殖民者攫取香港这个被称作"杳无人烟的荒芜小岛"时，对人口集聚之速是估计不足的。他们看中的是这个不冻的深水港口。以海上霸权为基础的英帝国是想在这里扼住印度洋进入太平洋的商道咽喉。这点可说他们是看准了，因为至今这个港口仍是东西方之间物资吞吐的枢纽。去年香港外贸总值在3500亿港元以上。这可是个天文数字。从物资运输来说，它在东亚也是数一数二的商港，仅集装箱运输量，已在世界上名列第三。据说到80年代末，现正在扩建的工程完成后，将首屈一指。

攫取香港之初，这个殖民帝国预料不到贸易发展、人口汇集之后，这个小岛承受能力不足。光是淡水的供应，岛上的雨水能养活多少人呢？于是魔掌又伸向香港对岸的九龙半岛南端，1860年用不平等条约把这块土地割去。但还是不满足，1898年再次拓展香港的范围，把深圳河以南的地区作为租期九十九年的租界，称为新界。1997年收回香港的协议是以这个年限推算的。香港岛、九龙、新界合称香港。

如果香港仅仅满足于成为东方海运贸易中心，大概只能形成上述 30 年代和 40 年代的面貌。香港经济的起飞是近 30 年来的事，工业发展是这个时期的特点，主要依靠的是移民的智慧和劳动。在第二次世界大战后，成了一只和南朝鲜[1]、日本、台湾、新加坡并称的东亚经济"老虎"。它的兴起是有时代、地理和人力的多种因素，今后它在世界经济中还将起着重要作用。如果天时、地利、人和都搞得好的话，它的前途是不能不令人侧目的。

头重脚轻

到达香港适逢周末。主人建议我们不妨利用这休息期间，绕香港一周，心里好有个全貌。我们从香港的跑马地出发，穿过海底隧道，到九龙；再穿过狮子山隧道入新界，过沙田（即中文大学所在地），经大埔、粉岭，如果直往东北即是深圳，往西北即沙头角，隔山可遥望珠海。我们折向东南，到元朗用了午餐，席上海鲜极为可口，然后沿海岸向西南，返香港岛。

香港地处南海，草木四季常青。一出九龙便进入丘陵地带，高速公路蜿蜒曲折，两旁有山有海，一路风景宜人。汽车每行走一二十分钟就有一堆高耸的建筑群，自成一体。主人指点着说，这是香港近几年来推行新市镇发展计划的结果。1972 年开始按计划公私投资兴建这类为疏散聚居市中心人口的居住区。在 80 年代中期，建成 3 个新市镇，为 180 万人提供了居所。现在正在伸展，准备到 90 年代，增至 7 个新市镇，届时可容纳居民 300 万人，所以我们一路看到许多地方都

---

[1]　今韩国。

在大兴土木。尽管工程浩大，但就近一望，施工现场干干净净，不像内地一些建筑工地那样嘈杂凌乱。

我印象特深的是，一路上除了少数菜圃外，竟看不到一块长粮食的农田。后来一查香港的统计资料才知道全区可耕地只占7%，主要用来种植蔬菜和果树。50年代这里还有9000公顷稻田，80年代已减到10公顷以下。偏僻村落附近的水稻田，多已荒置退耕了。可见殖民者扩张新界，目的不是在香港搞小而全的自给经济。香港是永远不能成为一个经济上自给的社区的。

香港各项产业的比例，和我们大陆相对比刚刚倒了个头。开发自然资源的渔农矿等第一产业，可以说根本没有成长起来。农业上面已说过，渔业稍好一些，有5000艘渔船供应本市的咸水鱼，所以沿海小镇上有极可口的鲜鱼可吃。但是淡水鱼88%是从大陆运去的，广州附近很多渔村就靠此致富。矿业如果包括开山凿石在内，这几年来填海运动搞得很起劲，也许可以和渔业比一下。把渔农矿统算上，在生产总值中所占的比例不超过10%，只有一位数字，有人甚至估计只有1%，可说微乎其微了。

香港的第二产业，即原料加工的制造业和建筑业，虽然开始较早，但是成为香港的经济支柱却是近20年的事。去年统计已有近4.7万家工厂，职工达85.5万人。工业产值占总产值近30%，形势还在看涨。香港有这样多工厂，但自己一无原料，二无能源，三少空地。它能发展的就是些轻工业，包括纺织、服装、电器、电子、钟表、玩具等劳动密集和智力密集型的小工业。原料和能源全靠岛外提供，在本港加工后，再把成品卖到外地去。香港产品中接近90%是外销的。所以这种工业是和外贸分不开的。在这一点上，是近20年来东亚勃兴的几只经济小"老虎"共同的特色。

香港在经济结构上和大陆的最大区别就在它第三产业的比重特别大，高达69%。商业发达本是商埠的特点。问题在于它主要不是为本地居民服务，而是为世界各地的生产者和消费者服务。这里真是世界各地物资流动的中转站。去年香港入口总值约 2000 亿港元，其中 800亿只在香港过一过手。如前所述，香港的工业其实主要也是加工性的中转活动，就是从外地进了原料，经过加工制造，又卖到外地去。这一转手，一加工，香港人就得到了油水，除了本身的消费和享受外，还能积累资本再生产。油水大，利润高，尽管外地的人看得眼红，香港仍把大门打开，拱手相迎，殷勤服务，把外资源源不断地引了进来。去年一年共接获 830 宗来自世界各地有关工业投资的询问，其中有 490宗已表示积极考虑成交。外商投资的工厂生产总值占香港产品出口总值的 18%，其中以美资为最多，占一半以上。

香港是个对外汇不加限制的自由港。各国资本家都可以随意在香港进行各国货币的倒卖，因而成了一个资本大量流通的金融中心。一个电报就可以把上亿的钱输入或输出香港。我这次访问还是没有去参观香港的交易所，只听说其规模在国际上是可以名列前三名的。

从总的来看，香港的经济结构：金融、贸易占六，工业占三，其他占一，是个头重脚轻的模式，和大陆刚刚倒了个头。

取个吉利

70 年代东亚冒出来的几只"经济老虎"都具有香港那种头重脚轻的特点。但不能因为它们一时的繁荣就看不到它们的脆弱本质。我们以"农业为基础、工业为主导"的方针本来是重视根基，比较稳妥的。问题出在把农业看得太狭了，只搞"以粮为纲"，排斥了第一产业的其他部分，成了"独脚"。第二产业又重重轻轻，把主力放到了收效期长的大型重工业方面，加上缺乏经营大企业的经验，不算经济账，搞得不但无利可图，还要年年补贴，成了国家的包袱。更严重的是贬低了第三产业的地位，不仅不去发展，还要打击。幸存者奄奄一息，恢复都很困难。结果头脚两弊，一时赶不上头重脚轻的几只小"老虎"了。

其实，如果我们能够按照"无农不稳、无工不富、无商不活、无才不兴"的公式办事，就能纠正贯彻"农业为基础、工业为主导"方针中出的偏差，再把发展第三产业加上去，也就可以头脚并重，稳步前进了。香港这只小"老虎"之所以能头重脚轻地发展起来，是靠了有人供给它粮食、原料，还有人买它的工业产品，整个经济过程中它只抓中段，也可以说最肥的一段。原料供应和产品市场，全仗经济规律来保证，使得卖者肯卖，买者肯买。说得更透彻些就是用低价买进原料，高价卖出产品，取得了市场优势。要做到这一点，非靠掌握中间这一段不行，就是要有低价的劳力，能抓住消费市场，还要善于经营，发挥各个成员的积极性和创造性。

不能不承认香港的企业家和劳动人民是努力和灵活的，而且事实上也是做出了成绩的。问题仍在于这种头重脚轻的模式是否能耐久。我曾看过一本名叫《油断》的小说。描写日本如果一旦断了石油的供应，会出现怎样可怕的情况。这虽然是一篇科学幻想故事，但却说明了在原料和能源不能自给的国度和地区发展起来的工业是脆弱的。我们当然不希望会发生像小说里所说的那种景象，但是即使不发生那种非常事件，市场这一头还是潜伏着危机。这几年资本主义世界虽然没有出现严重的不景气和经济危机，尽管有些乐观的经济学家认为资本主义经济已找到克服经济危机的灵丹妙药，但是我还是不大相信，至少得承认资本主义市场波动很大，而且这种波动又是经常的。一旦有事，香港就会首当其冲。70年代初石油危机发生时，如果不是祖国及时支持，香港就有点吃不消了。

实际上香港的企业家有如在严厉的婆婆手下当媳妇，心里明白，尽管巧也度不过无米的日子。他们战战兢兢一分一厘地计较，哪能像内地有些爷儿们那样大手大脚地花国家的钱。香港绝不是地面上撒着钞票尽人去捡的"天堂"。到了香港才能真正尝得到优胜劣败的滋味。在这个竞争场上的失败者，只有怪自己没用，怪不得别人，而这种失败者有的是，只是不见报纸，不传人口罢了。我就有个早年的同学，多次到港都打听不出他的消息。这次才偶然从别人嘴里知道他的下落。他正是市场失意人，到台湾传教去了。风尘中被淘汰的人物岂止是这位老同学一人！

香港人心里最明白旦夕祸福的意义。你到处得小心，时刻得留神，不要在无意中露出那些不吉利的字眼来讨没趣。比如宴会上连"干杯"都犯忌，袋里干瘪了不是坏了吗？内蒙古草原出一种发菜，广东口音念起来是"发财"，因此香港人很喜欢这种菜。在香港市场价钱可高了。总之，香港人什么都要讨个吉利。据说如果有歹徒持刀向你要钱，你赶紧给他 100 元一张的红钞票，就能免于见血。这类事例说不完，只要问任何一个香港人，他都能说出一大堆。

讨个吉利，严格说来不是属迷信一类，更和宗教有别，它是一种提心吊胆的心理反应。人们怎么会搞得神经这样敏锐，把命运看得这样不能主动，一切都得碰运气的呢？我想根源就是这头重脚轻的经济模式在作怪。

蜂窝厂家

我最关心的自然是香港新兴的小型工业。于是，主人便带我去观塘参观。观塘是九龙靠东头的一个市镇，也可说是老的卫星镇，离九龙老街闹市还有一段路。由于建镇的时间较久，不像新建的市镇那样有计划、有规模。观塘是香港的主要工业区。

看惯内地工厂的人到此会感到新奇。内地的大工厂往往占着一大片土地，四面围墙，有些墙上面还圈有铁丝网，表示"工厂重地"，而且烟囱耸立，很有气魄。在香港，也许由于我见识有限，似乎很少有这样气派轩昂的工厂。这里大多数工厂和居民住宅一样，挤在一座座被称作多层工业大厦里。在这些几十层高的大建筑里，有的一层一厂，也有一层多厂，很少一厂多层。我无以名之，名之为"蜂窝厂家"。

这些多层工业大厦许多是公家建筑好了，分层分间地卖给或租给商家去经营各式各样的制造业。它可以适应各种规模大小不同的企业。当然私人同样可以建造这种大厦，留着自己用，或卖或租给别人用。我上面已说过香港现在已有 4.7 万多工厂，如果每个厂都要自己建成一个小王国，香港这么小的地方怎样挤得下呢？蜂窝厂家应当说是香港的新创造，因地制宜形成的特点。现代建筑广泛装置电梯，高层运输已十分方便。

香港的工厂小型居多，平均每个厂不到 20 个职工。我起初看到这几个统计数，还不大相信。后来到观塘去一看，才觉得这些数字是合乎事实的。我们内地讲工厂的发展，大多是指规模越搞越大，人数越来越多。香港并不如此，而有点类似于细胞分裂，一个厂可以发展成为两个厂，甚至许多厂。所谓一个厂是指一个核算单位。一个老板可以拥有许多各自核算的厂，形成一个有总管的工厂群。一窝蜂可以有许多蜂房嘛。

我在观塘参观了一个针织厂。这个厂设在一座多层工业大厦里，运货汽车可以·直开进大厦，停在电梯前卸货。这座大厦有十多层楼，都从一个大门出入，每层是一个厂。每个厂有一套管理机构。管理室连着车间，车间里很多工人在操作，每一立方空间都得到充分利用，有的成品就在车间里打包；出厂前就存放在车间。楼下有一层是仓库，但是这些厂却不愿意利用这仓库，因为仓库是要收租钱的。能省一分钱，就得省一分钱，只有这样才能使成本压低下来。

这座楼里的各层厂家都属于一个老板。老板在总经理室里只管各厂每天报来的生产情况和出现的问题。他只按规定的数目提取各厂的利润，并替各厂解决不是一个厂能解决的问题。他陪同我到厂房里去参观，有一家厂进门就见财神龛，龛前轻烟缭绕。他看我注意这种景象，立刻说："这些我全让他们自己去决定，要奉什么神就奉什么神，只要按计划、按合同办事就行。"总老板对这些是放手的，他说："这样他们才肯出力干。"用我们的话说，放权才能调动下层的积极性。看来这位老板并没有学习过"文件"，也没有学过"管理学"，实践指导他，使得他懂得怎样使他的企业发展起来，从70年代几十万元的本钱，到现在已拥有几亿的财产了。这就是生意经。我看我们也要读这个经，才能把我们的企业从亏转盈，从僵转活。

从观塘的蜂窝厂家出来之后，我突然产生一个奇特的念头：如果我有孙悟空的本领，真想一口气把这密密麻麻挤在多层大厦里的许多工厂，吹散到内地广大的农村去。那么，这些蜂窝厂家不就成了无数的乡镇企业了吗？我们除了无须建筑多层工业大厦之外，香港的小型工业在经营上确实是我们乡镇企业的一个范本。这范本里写着乡镇企业下一个发展阶段的文章。

居民小镇

从观塘参观回来，我又想到了一个问题：这些工厂里的职工们的生活是怎么解决的呢？内地大企业的厂长们，有关职工的吃、喝、拉、撒，结婚、生育、老病、火化，样样都得管，而且这些费用都得出在工厂账上。他手上的政治账、社会账、经济账都得算，就是企业效益账算不清。真是厂厂都有一本难念的经。这样的厂长我看香港的企业家是干不来的。可是我们也要问问：香港的厂长不管职工生活，由谁去管呢？

香港的企业情况当然不尽相同，这些蜂窝厂家在安排职工生活上却和我们的乡镇企业有点接近。当然城市里的工人究竟和乡村里的工人不同。单讲住所，乡村人家一般都有祖传的房屋，修修补补，添添造造，有屋可住。香港居民大多数是从外地来的，自己有房子的是少数，在工厂当职工的有房子的更少。如果工厂不管，那就会出现如解决前上海杨树浦那样的"贫民窟"，就是用木板挡墙、洋铁皮盖顶那种的窝棚了。

香港原来也有不少类似杨树浦那样的区域，但是现在几乎看不到木板窝棚了。市民的居住问题近10年来受到社会重视，已作为市政建设的重点项目。解决办法是公私并举，建筑高层楼群的居民小村。许多大厦是由公家投资建造，以成本价格售给符合某些规定条件的中下收入的家庭。同时，鼓励私人投资建筑新村，以稍高价格出售。从1978年以来，已出售4.4万个住宅单位，其中有37％是公家出售的廉价房屋。这些公建房屋的购买或租赁者只限于月收入在6500港元（去年提高了1000港元）以下的家庭。租金约占家庭收入的7％～8％。售价从10万～30万港元不等，但可分期付款。私人投资建造的房屋任何人都可购买或租赁，价格较高，租金约占家庭收入的20％。收入较低的家庭可享受优惠，由政府免费提供土地。香港这些措施值得内地各大城市参考。

我有位亲戚住在美孚新邨。这是最早的一个由私人投资建立的这类居民小镇。这个新邨的兴建者是美孚油行的老板。他原来在九龙西部沿海有个油库。九龙市面扩张，油库势必迁移。他就把这块土地用来建筑新邨，那是在70年代初期。每年增建，分8期完成，现已有99幢，每幢20层，共容纳10万人。这种新邨规划合理，布局得当，每幢大楼的基层都是为生活服务的设施，诸如菜场、商店、菜馆、银行、邮局等，还有专用的公共会场、电影院、娱乐场、小学、中学和业余学校，以及停车场——凡是生活上需要的一切服务行业在这里应有尽有。为了使居民有良好的居住环境，高楼之间的空地布置得如公园一般，老年人可以在此散步、练功，孩子们可以在此游戏，年轻人有公共长椅可以休息看书，或谈情说爱。公家又通地下车道，便利新邨居民的交通。这种新邨的指导思想，旨在使居民感到这是他们自己的家园，生活方便、舒适。他们有了这种归属感，在别人问起他们住址，以某某新邨作答时，脸上便会有光彩。这样居民也会爱护自己的居住环境，公共场所都搞得十分清洁。这给我很深的印象。

像美孚新邨这样的居民小镇已在香港推广，有些已经建成，而且比美孚新邨更新、更舒适。到90年代这样的居民小镇计划增加到7个，容纳居民300万人。我想这是香港人民的创造，在全世界上做得也是出色的。

工作之余

香港人的工作效率是很高的，人均产值达5.2万港元。我接触的产业工人不多，但在工厂参观时，分秒必争的气氛很感动人。机关、学校的办事人员，眼明手快，做事利落。我带了几篇杂志上最近刊出的文章要给朋友们看，上午借去，下午已复制多份，人手一篇了。对工作认真负责也是不能不承认的。当然不是说香港人生来就特别勤奋，我想他们这种办事精神是在不好好干就得卷铺盖的压力下锻炼出来的。日子久了，不抓紧工作就不舒服了。这种压力的滋味，吃惯大锅饭的人是体会不到的。

工作认真，工作之余怎样呢？是不是一下班就懒倦了呢？看来并不如此。他们的生活节奏很紧张，早晨一般没有我起得早，但没有午休，晚上却大多善于熬夜。他们的生活琐事又没有我们那样繁重。八小时之外的时间是怎样打发开的呢？

我们刚到香港的周末，坐车去郊外观光，半途在鹿颈地方停车休息。公路旁扯着一条红布横幅，上面有字：某某地区华人长跑比赛。正在此时有些赛跑的人到达终点了。一问，他们都是中年的普通市民，这是参加民间团体组织的周末活动。

车过海滨，傍水倚山的树林下，看到不少男女老少，一家子一起席地野餐。在这些风景幽美的地方，公家砌着小土灶，供应游人使用，只在树林旁挂着谨防火灾的牌子。沿途还看到一簇簇青年男女骑着自行车使劲儿往山坡上冲。香港市区的路上看不到自行车。这些自行车是在郊外专门租给人们游玩的。

这些周末景象令人羡慕。哪一天北京郊外也能如此，那就好了。但是这些人可能还是少数。多数人工余时间还是在室内活动。这是他们进行社交的机会。香港的大小菜馆不计其数，哪条街上都有。居民小镇的基层菜馆鳞次栉比，中西俱全、各色皆备。看来这些菜馆天天客满，生意兴隆。除了挂牌营业的菜馆之外，还有种种俱乐部和民间团体的内部馆子，专供会员请客吃饭，过去是"吃在广州"，现在是"吃在香港"了。这并非虚言，而是世界公认的定论。你想吃什么，在香港就有什么，而且风味地道。

这不是说香港人特别馋，或是胃口特别好。请客吃饭可能已成为社交的必要手段，在商业社会里信息是财神，香港菜馆之特别发达颇类似早年重庆的茶馆，到处都是。这样讲来，至少香港人中做生意挣钱的，八小时之外，正是他们业务活动的好时光。

其实，利用八小时之外进行社交不论什么社会都是极重要的。人和人不能只在工作上接触，要推动各行各业的创新和发展，就有赖于思想和信息的交流。英国各大学里学术空气最浓的不是在课堂上，而是在下午的茶室里。我想，把社会交际视为畏途的人，对此听来也许不太容易入耳。

赛马场上

香港有一家报纸，在我去港之前，发表了一篇响应我《港胞三愿》的文章，题目是《马场四愿》，最后说如果我再去香港，务必去参观一次赛马。主人听我说起这件事，欣然约我去马场实践一次。我说实践，并不是说去骑马参加赛马，那不是我今生能做的事了。我所说的实践是像普通香港人一样去参与"赛马"，就是到马场去投注赌博。

这是我生平第一次看到的新鲜事，要我说出它究竟是怎么一回事，还觉得困难。能说的首先是这是香港人中绝大多数群众都参与的活动。一星期一般有两次赛马。到赛马之日，可以说吸引了全社会的注意力。真如《马场四愿》所说的，不懂得马会就不懂得香港人。

我翻开香港政府出版的《香港一九八五年》这本类似年鉴的书，在看完经济、就业两章之后就见到六幅《马会百年》的彩色插图。所附的说明很有意思，标题是《造福社会，惠及市民》，下面说："1984年，适逢英皇御准香港赛马会 100 周年纪念。该会服务社会，成绩斐然，历年秉承不牟利宗旨，拨出所得盈余资助各项饶有意义的发展计划——教育、卫生、康乐、社会福利以至艺术方面的均有。拨款由香港赛马会（慈善）有限公司分配支付，1983～1984 年度内，共捐款 2.66 亿元，赞助各项慈善及社区建设计划。自赛马于 1971～1972 年转为专业化至今，该会先后拨出慈善款达 15.6 亿元。1983～1984 年度内，马会资助逾 94 项慈善及社区建设计划，惠及社会每一阶层。"

这里讲的确是事实，无须怀疑。赛马原是一种竞技运动，在这个意义上，香港的赛马并不有别于内蒙古那达慕大会上的赛马。作为一种文体活动，赛马是可借以锻炼，有益身心。同时观众们在场观看，看哪些马匹和骑手奋勇争先，拍手助威，也是一项有益的娱乐。香港马会来自英国，英国原是牧业民族，赛马可能也就是这样开始的。

英国经济发展，进入了工业社会，牧马已失去其经济价值，但是赛马作为一种体育运动依然为人民所喜爱。于是他们组成赛马会，成为一种俱乐部，称马会。平时有人饲养和训练马匹，马主人要骑马运动时就可以从马厩里牵出来。爱好马术的人，定期比赛，也成为观众娱乐的机会。

观众在赛前不免对赛马结果有种种猜测，有人说这匹马跑得快，有人说那匹马才好，他们就下开赌注了。猜中了就赢，猜不中就输。赛马者的胜负，变成了观众的输赢。这种个人之间赌输赢原是不足为奇的。在商业社会里有人看中了这是谋利的机会，就出来组织观众下注赌博。赛前各人下注买定哪匹马会跑第一，比赛结果把猜错的人下的注统统合起平分给猜中的人，组织者自己扣下一笔服务费用。于是赛马会成了一种企业，它的重心不在骑马者锻炼身体，而转化为观众的赌博。有人专门养马来做比赛，马主人根本不必自己上马背，而是雇用骑术好的骑师来驾驭马匹。赌博下注的方法也越来越多，不仅猜测哪匹马会跑第一，还可以猜哪匹马是头三名，或是哪两匹马会跑第一第二两名，等等，猜中的机会越少，猜中后分的钱也越多。可见，赛马会吸引人的已不在看马术表演而是在赌博了。组织这种赌博的人是稳拿钱的，而且公开规定佣金的比例。

现在香港的赛马是由一个"赛马会有限公司"承包的，它规定群众下注总数中作三股分：一是分给猜中的马票持有者，二是马场自己的经营费用，三是给政府的税。具体比例我不清楚，只听说每一场赛马政府要得到几亿元的收入，一年要有几百亿元。政府拿到这笔收入后，有一部分就用来做所谓"慈善事业"和"社区建设"。"造福社会，惠及市民"是指这一点施舍。

到了赛马那一天，香港真是万人空巷，其中有一部分挤到马场上，更多的人在电视前用电话下注。赛一次马卖一次票，只要几十分钟，一次马赛下来，输赢就定，赢家就可以分到钱了。下注多少是观众自定的，十元、百元、几千、几万元都可以。赢家一下子就可以收回成倍的钱，有时真是一本万利。人们都争着传说某某人一场赛马成了百万富翁。这自然不是虚构的。但总的说来，因为要扣去经营和税款，最后分发给赢家的总数大大少于全部下注的总数，所以算总账，买马票的人总是要输的。但是从一个个人来说却有运气好坏的问题，有赢有输的机遇。靠这一点侥幸心理，人们像发了狂似的去买马票。

从资金集中上看，这倒是一个方便的办法，但是这种赌博在社会上引起的后果是十分严重的。"惠及社会"是从有形的、局部出发来说的。对每个市民来说不仅物质上每星期要抽一次血，而且抽得又不平均，集中在一些"运气不佳"、死心眼儿想侥幸发财的人。人们并不是不明白这个道理，所以流行的看法是：马票富不了人，却可以把人搜干。尽管这样，人们还是掏钱去买马票。

买赛马票当然还不同于在澳门时我们看到的赌场。赌场周围是银行和当铺，据说还有放"驴打滚"的高利贷者在场里等人上钩。在那里倾家荡产的，比比皆是。

为什么香港马会这么兴旺，为什么澳门的赌场闻名天下。这里让我留下这些问题给读者自己去回答吧。

1985 年 6 月 24 日

英伦曲

　　1986 年 6 月访问西欧四国，首先在英国伦敦着陆。英伦是我旧游之邦，屈指算来，这是第四次，和初次相隔恰好 50 年。1936 年 9 月开始我在英国的留学生活，为期两年。1962 年 4 月应家兄之约为政协《文史资料》写《留英记》，在《选集》发表。

　　1938 年离英时正值第二次世界大战爆发前夕。经过了 8 年在后方的抗战生活，于 1946 年 11 月，我应邀去英讲学，为期一个季度，翌年 3 月返国。访英期间，为《大公报》写访英通讯，后以"重访英伦"为题出版。重访之时，英国战争的疮痍未复，人心思变，工党应运执政。其奋发图强之志，令人侧目。而我国抗日胜利后，在朝者却转矛反共，发生内战。对比之下，感慨无穷。

　　又隔了多事的 35 年，1981 年 12 月，全国进入振兴之际，我应英国皇家人类学会之约，赴英接受赫胥黎奖章，逗留旬日，归来在民盟1982 年 1 月召开的一次会议上，谈论了我这次访英的感想，整理成文以《英伦杂感》发表。离这次访问又是 5 年了。

　　英国在这 50 年里发生的变化是极为深刻的，但在外表上却还是极力保存传统风格。方场圆市，大街小巷，大多还是本来面目，纪念民族英雄纳尔逊的华表，丝毫无损地依然耸立在有四个铁狮围护的屈拉法尔加广场中央。国会大厦的墙面虽已清洗去污，塔顶的"大本"依然按时发出沉着悠扬的钟声。甚至我走进母校 LSE 的校门时，门右那个当我在学时常去用餐的小店，门面如旧，令人惊喜。这次访问住海德公园旅馆，室内摆饰保存了维多利亚的风采，那张高及我半身的卧床，难为了我这加重级的躯体。这一切很易使人得到错觉，今日的英伦还是昔日的英伦；说这是错觉，乃是英国实已大变。

我没有忘记《重访英伦》这本书的第一句话："这是痛苦的，麻痹了的躯体里活着个骄傲的灵魂。"那是我看到战后帝国瓦解后的英伦时所捕捉的印象。

已是时近 300 年前的事了，英国从西班牙的手上接过了海上霸权。伊丽莎白和维多利亚两个女王奠定了太阳不落的帝国，在 20 世纪里经历的两次大战中，终于在庆祝胜利声中解体。谁也逃避不了历史决定的命运。英国人心里明白，正如丘吉尔自己宣告是个清算帝国的首相。如果这个帝国并不真是像英国人所喜欢说的"是无意中诞生的"，那么它的告终不能说不是有意识的排布。我这次访问印象最深的倒是那"骄傲的灵魂"，在接受帝国解体上表现得那样镇定、自若、从容。帝国的创建事实上固然不会真的如他所说那样顺当、自如；这个帝国却结束得那么洒脱、漂亮。

我在《重访英伦》里记下的印象显得太仓促和肤浅了。骄傲的灵魂顶得住躯体的收缩。依靠向殖民地抽血来维持的生命，原是卑鄙和虚弱的。抛弃这寄生的生活，自力更生，这才够得上骄傲、自豪。

《重访英伦》里对工党新政的期望，没有成为历史事实，可是他们在战后所开创的种种社会福利，在这几十年却已融入了英国的传统。铁娘子的收缩政策，还是挖不掉已长入了泥土的草根。一旦经济康复，繁荣来临，及时的春雨，还是会使繁花把茵茵草坪点缀得美锦一片。

这次访英，极为仓促，只过了四夜。离英后在旅途上，回忆三岛，写了下面一首《英伦曲》：

纵笔天下不知艰，负笈西游一少年。

名师一代风骚著，后学五洲衣钵传。

蓦地战火遍欧陆，无情铁雨浇桑田。

从戎乏术徒自恼，弦歌未绝赖诸贤。

劫后重访英伦日，瓦砾未收窟未填。

今朝随槎使旧邦，三岛新貌惊归燕。

帝国体解生机敝，康复更生意志坚。

举杯同祝和平久，友好常青谊不迁。

芳草茵茵年年绿，往事重重阵阵烟。

皓首低徊有所思，纸尽才疏诗半篇。

1986 年 7 月 28 日

访日记吃

一

　　一连有半年多没得几天休闲，人困马乏，很有点难以为继之势。朋友们劝我出国改改环境，为我安排了旬日去日本访问。名为讲学，憩息其实。时在深秋，天高气爽，不冷不热。住东京国际文化会馆，人丁不杂，宁静不喧。庭院杂树，松枫相映。别有情趣，闲情可贵。写六韵以记此境。

> 伏枕闻鸟鸣，轻装异国行。
>
> 朦胧纸窗白，犹疑夜月明。
>
> 嚣廛近咫尺，深巷隔市声。
>
> 翻身重入梦，难得此闲情。
>
> 红叶秋风舞，天外雨过晴。
>
> 高卧无庸起，叩门人不惊。

1987 年 11 月 24 日

于东京国际文化会馆

这次访日，既无任务，又不问政，归来有何可记？有之，其唯吃乎？

吃亦有道，乡有乡品，族有族味，作为人类学者不容忽略。但我这些年来出国访问，都受人招待，住大旅馆，参加宴会，世界各地几乎千篇一律，难分欧亚。没有熟人引导，普常人家一日三餐吃些什么，怎么吃法就难知道。前年访日，约游金泽姬村，主人虽则同意按本地习俗招待，但还是特备盛馔，饱尝了日本海滨的鱼鲜，还享受了一顿传统席地而坐，下女专侍的宴会，对日常用餐仍是漠然。这次经我再三央求，固然吃到了一般教职工的伙食，并到乡村民宿和传统小店去品尝了一番，但对日本吃道的知识还是增加得不多。

前年偕同我去姬村的中根千枝教授原定在她家里吃家常便餐。但临时因为她的妈妈刚从医院返家，不宜劳累，所以改变了计划，到她公寓大楼前街一家小饭馆去吃一般职工午休时的饭盒。这类小饭馆在大街小巷里是常见的。铺面的玻璃窗里陈列着各色各样的饭盒吸引过客。饭盒是指装饭菜形色不同的盒子。有一层的，有多层的。最简单的是一层米饭上盖一层菜，鱼、肉、菜蔬之类，有如我国的盖饭。比较复杂些的饭盒，盒内分成好多格，每格里安放一小点荤的或素的不同的菜，玲珑精致。这些饭盒盖紧了都可以携带或递送，十分方便。我们在这小店前观看时，就见到一个小伙计，端着一叠饭盒，往公寓大楼送去。

我们进入一家名叫天麸罗[1]的小店。店里前部是一般的便座，靠里有一玻璃屏隔，背后是厨房，炉灶前有一个长桌，靠桌有一排凳子，那是传统形式的座位。炉灶一端陈列着鱼虾菜蔬等原料，任凭客人挑选。厨司身旁就是一锅沸滚的油。客人点什么，他就把什么下锅，经过这样一炸，不论鱼虾，其味也就相差无几了。厨司把炸就的菜，安

---

[1] 今作天妇罗，日式料理中用面糊包裹后油炸的食品总称。

放在饭盒里，端给客人。这是个有多格的饭盒，格子里除主菜外，还有各种泡菜，另一较大的格子里放着一圆筒米饭。饭盒外另外给一碗日本人日常用餐时都有的也最喜欢的酱汤，和一小碟作料。作料比我们国内的一般酱油要鲜美些，但酱汤则我不敢领教了。这些就够你一餐了。

我们吃的那一餐，每份值 1300 日元，我又看了一下价目表，有高至 1600 日元的。心里一算相当人民币 40 ~ 50 元，未免觉得太贵了。可是陪伴我同行的女儿却提醒我，要我问问东京普通职工的工资。我得到的答案是公司里的低级职员一月的工资大约在 15 万上下。我们这样的一餐约占他们每天收入的 15%。如果午夜两餐都在馆子里吃，就要占他们收入的 1/3 上下，单身汉还不算多，要养家的就比较紧了。所以一般职工都是自己带饭盒的多。家里买菜煮饭，成本就低了，即便出门要上馆子，也吃便宜的饭盒，大约 500 日元，在日本只要有工做，养一家人在吃上面不是一个负担。在旁的朋友听到了我同女儿在议论此事，插口说现在东京的居民最费的不是吃而是住。在他的口气里，一般职工一家的吃已不用愁，只在居住上还感到相当大的压力。这和我国职工的情况刚刚相反，一个月得来的工资一大半都花在吃的上面。

这种饭盒是日本职工普通便餐的方式。除了在家吃饭或是社交宴会外就是吃这类饭盒，可以在小店里买，可以在车站上买，也可以自己家里做好了携带了去上工。这次访问期间，我曾在各大学参加了多次讨论会。会后如逢正午，他们就端出饭盒分发各人，既不需特设的饭堂，在讨论会的圆桌上就解决了这一餐的吃的问题，真是又方便又省时间。这使我不能不想到日本传统的勤俭之风。他们能充分发挥花费最少，收益最多的生活原则。我早就注意到他们在解决住的问题上，空间利用得这样经济真是惊人。空空的一间屋，用能移动的木壁，不论何时按需要可隔成大小不同的房间。晚上做卧室，白天把卧具收起即可做起坐之用。就地而眠，席地而坐，无须床椅桌凳。家具陈饰都简化了，既易清洁，尤见朴实。这次又见到他们在吃的问题上也存在着同一作风。据说，普通农民平时就是一团米饭、一些泡菜、一碗酱汤。如果有一条小鱼就算是丰餐了。使我迷惑的是他们吃得这样少，劳动强、效率高，在营养上不知是怎样平衡过来的？这小小饭盒，令人深思。

二

朋友们知道我早年访问过广西大瑶山，发表过一些文章，建议我花上一天去东京附近的山区看看。这个山区在东京西的山梨县，有个上芦川村是东京大学人类学系的调查点，我的朋友和当地的居民都熟悉。说是在东京附近，在高速公路上走了近两小时才进入山区。山区里公路四通八达，交通还是方便。说是山区其实是个丘陵区，并无大瑶山里那样的陡峰峻岭。真正比得上大瑶山的地区还在往南二三百公里的富士山区。我这次没有去成。

山虽不高又不险，路却也曲折盘旋。我们在车上穿行过不少山村。村子不大，十多户，或几十户人家。靠坡建屋，山谷里一层层稻田一眼看去相当秀丽。日本近年来米谷产量已超过自给的需要，已加限制。所以山区里很多土地已改种经济作物，一路上看到不少标着某某农场的果园，秋末正是橘子丰收时节，我们吃到了时鲜。他们的橘子确实可口，胜过我家乡洞庭山的名产。他们告诉我，这几年他们在改良品种上费了不少功夫。他们橘子的原种很可能来自大陆，经过科学培植，个大味酸甜，而且核很少，已近于无核，因而占领了国际市场。我国的水果改良更新的不多，变质衰退的却不少，言下不免心酸。

我们的车停在有一块招牌上写着"君影草民宿"的附近。我不懂日文，但日本店铺名号多用汉字，所以可望文生义。"民宿"是旅店的意思。偏僻的农村里有旅店是出于我意外的。原来日本这20年来经济发展得迅速，人口大量集中到东京等大城市里。在这期间，许许多多像日本电视剧里看到的阿信那样的乡下人大批进入了拥挤的大都会。这种变化对这些人来说生活和文化上固然是现代化了，但看来变得太突然了一点，在日常吃住的习惯上不会那么容易适应。在那么紧张的城市生活里搞得厌倦的时候，总是会回想起幽静的村居，可人的乡味。也许就是这种心情，把成千上万的市民，在周末假日送往像上芦川村那样还多少保存着一些旧时风貌的乡间。他们找家"民宿"，吃一顿火锅，会觉得像满身臭汗冲一次凉那样爽人心神。

这家"民宿"原是一户普通的农家。他们有菜园子，以种地为主，只把旧屋的上层楼房改造一下，搞得整齐些，加上一小间现代化的洗手间，办了个旅店。有大小四五间房子可以招待来客。没有客人时也可自宿。这个村子比较古老，据说这所房子也已有一百多年的历史，接待我们的这位女主人的祖父就出生在这里。这个村子现有70户，据说她祖父时已有50多户，三代人的时间里，人口增加不算多。这是因为近年来不断有人离村外出。她家的三个孩子长大后都走了。现在老夫妇两人都已经60来岁了，办个民宿，收入可以多一些。

我们按日本规矩，脱了鞋进屋。秋末山地比较寒冷，所以主人就招呼我们在一个可以暖脚的小炕桌周围坐下。原来日本山村里农民的房屋和我在大瑶山里见到的颇有相似之处。在正房靠右边有个火炕，火炕里烧木柴，是煮水、煮饭的地方。现在这地方的农家已经不用木柴做燃料了，有煤气罐从镇上运来。取暖也不用生火，而用电炉装在炕下。炕上面加上矮桌，盖上绒单。客人就可以沿炕坐下，把脚伸到桌底下，暖乎乎的，很舒服。我太肥胖，弯腰平坐，坚持不住。他们特为我设一个有靠背的座位，真感谢他们的照顾。

坐下来就和男主人闲谈这地方的风俗习惯，家常杂事。女主人在炕的那一头的一间小屋里替我们准备午餐。她有专用的煤气炉，还有冰箱等家用电器。不久先端来一大碟的一块块黑乌乌棕色的东西，这是这地方的土特产，汉文名叫"鬼芋"，有点像我们家乡的玫瑰芋头，酥松香糯。接着上了一盘酸菜，是我们家乡叫雪里红那种蔬菜泡制成的。大家吃得爽口称好。陪我来的中根教授想起了她的妈妈喜欢吃这种酸菜，在城里买不到这样好的，赞口不绝。我们临走时，这位女主人给中根教授送了一大包酸菜，还加上一大包他们自己制的酱。可见这些日本人最基本的下饭的佐食在乡间还保持它们的特味，不是城市里食品公司的商品所能相比的。

主菜是四种不同的菌类，另外加上白菜、胡萝卜和白萝卜等煮在一起的火锅子。火锅子下面的火是用煤气做燃料的。这些香菌都是主人自己当天一早在山上采集来的，新鲜肥嫩。其中一种名叫"老鼠脚"，大概可以和云南有名的鸡枞菌比一比，可是我没有吃着过新鲜的鸡枞菌，所以当不了评判员。

火锅子看来是日本烹饪里极为普遍的料理方式。我没有打听过它的来历。推想起来不大可能从温暖的地区传入的。有人告诉我，日本人的祖先有许多是从大陆上过去的，有两路，一路是从朝鲜半岛南下，只要渡过对马海峡就进入了日本。据说这部分移民为数较多。另一路是跨海漂洋而来，其人多中国大陆的滨海居民，为数也不算太多。这样说来通行中国北方的火锅是从前一路传入日本的可能性较大。我对这方面的历史知识不足，无法多说了。

我们从这家民宿出来，又去访问了这村子里的一家大户。这家大户以它房子的柱子在村子里最为粗大而出名，算是旅游的一景。我们对这根被村民引以自豪的方柱鉴赏了一番，大约有半米见方，穿过一层楼板，直通屋顶，木质结实，有点近于我们的红木。据说这根木材是几百年前从这个山坡上砍伐来的。主人用了传奇式的口吻叙述当年动员了多少村子里的人把它运到这个地方。在我们听来，正是日本封建时代农村社会结构的描写。一个大户和普通农民的封建关系至今还有残余。民宿的主人告诉我们这个大户是他们的"认亲"。这个村子"自古以来"普通农民必须和一家大户建立"认亲"的关系，借以得到它的保护，同时要接受一定的义务，比如那家大户搬运那根大木材所动员的劳动，就是出于那些认这大户为亲的农民。现在年轻人到城市里去找工作了，也就不再履行认亲的义务了。

当我们在这家大户里和女主人攀谈时，她一面同我们讲话，一面指使几个帮工，整理她们刚从菜地上摘回来的菠菜。碧绿的菜叶，粉红的菜根，娇嫩挺实。这些菠菜都已洗得干干净净，她们把五六棵用纸带绑成一束，纸带上印着"山区菜蔬"字样。然后安放在纸匣里，门前有一辆中型运输汽车等着，当天要送到东京。她很骄傲地说，现在城里人就是喜欢我们山区的菜蔬，又提高了嗓门说，这些是不用化肥，没有污染的自然食品呀。我没有问她，这些帮工是不是她家的认亲户，但是反正现在帮工都要付工资，不是造这座房子时运木材的时候了。社会关系的实质已经变了，形式上留些旧时的烙印也无妨，甚至还有点古色古香，增加些引人的味道。

在暮色苍茫中，我们离开了这山村，重返百里洋场的大都市，山菌的余味不仅还留在口里，城乡对照触动了我的心情，久久不得安静。写此"记吃"，作《中国烹饪》的简报。

1987 年 12 月 26 日追记

清水人形

　　从东京乘高速火车到京都已经过午。连日晴朗，这天却变了，多云转阴，阴又转雨。旅馆里出来走向故宫[1]，已须撑伞。我来游京都，因为它不像东京那样西化，多少还保留着一些东方气息，这次雨中观赏，多了一层淡描韵色，更见得古雅宜人。但路滑扶行，步武艰缓，耽搁了不少时间，从故宫出来已近黄昏。

　　按原定计划还要去清水寺，以便居高临下，览赏京都暮色晚景。日本大城市里的寺庙，有些像上海的城隍庙，周围多市集，沿街小商店密如梳栉，行人相挤，热闹非凡。车子只能停在街巷外的场上。雨却越下越大。主人看看天色，改变了主意，不主张我仰行上坡，建议就近去拜访一家名叫清水人形的艺术品商店。清水是寺名，也是地名，又成了店名。人形是各色人像、物像的小型陶器，原是玩具，后来成了艺术品，以供室内摆饰，有点像江苏无锡的泥娃娃，是具有地方特点的传统手工艺。这家商店兼作坊，门面虽已西化，格局还存古色。店面人玻璃窗里很讲艺术地摆着出售的样品，招徕顾客。进门一侧靠壁排着一列精致的玻璃柜，俨然是个陈列馆。柜里安放着该店历代的代表作，非卖品，仅供鉴赏，以表本坊水平。店后通小作坊，艺人们正在现场操作，来客可进入参观，评论手艺。这是塑型作坊，烧陶则

---

[1]　此处指京都御所，建造于公元前794年，是日本的旧皇宫，在日本本土别称"故宫"。

在另处。

这家商店兼作坊的主人名叫高桥千鹤子，四十上下的妇女，丰腴热情，开朗好客。见我们入店，立刻招呼我们到店后坊前那方待客场所。这里匀称地排着一行矮座。我们方坐定，她即按日本礼节跪着向我们献茶。陪同我们往访的鹤见和子教授向我们介绍这位店主人，说是她多年来的好友。回头向她介绍我时说我是从中国来访的社会学教授。我注意她的神态，听到我是社会学家，立刻热情洋溢地向我频频点头微笑。

我写到这里，还得补一笔说一说那位邀请我访日的鹤见教授。她出生于东京的书香门第。有人告诉我，她的父亲是"日本的胡适"，意思是最早把西方文化输入日本的桥梁。和子是长女，现已年逾花甲，未嫁，大学时代就在美国学习，后任普林斯顿大学教授，讲国际关系，回国后在上智大学任教。上智大学类似我国过去的燕京大学，亦称英语大学。这样说来，她必须是个西化的学者了，其实不尽然。自从我和她相识以来，没有见她穿过西装，一身称身的和服，出入于各种学术会议，引人注目。她能写一手秀丽的汉字，著有好几本有关日本民俗的书。更出于我意外的，去年她来江村访问，宴会上表演了日本艺伎的舞蹈，原来她曾师从过著名的艺人，在日本尊称"国宝"。和她对照，我自己就显得干瘪单调了。我们一向知道，日本的现代知识覆盖面较广，但对他们知识界文化的深度还缺乏认识。一个在讲堂上讲国际关系，在学术会议上讲文化内力论，写日本民俗的著作的女教授，还能深入民间艺人，结交清水人形的女店主，这样广阔的接触面，值得我们用来做反省的镜子。

经过介绍、用茶道，鹤见对店主人用日语讲了一段音调很激动的话。她又突然想到把我丢在一边似乎失礼，所以回头用英语向我解释：有个好消息要告诉店主人，美国普林斯顿大学的社会学教授李维来信说，不久就要来京都，要我告诉店主人。我又注意到那位店主人听了这消息，正在抑制她兴奋的反应。其中究竟是怎么一回事呢？下面是鹤见向我叙述的一段二十多年来的故事。

1960 年鹤见接待她的美国同事李维教授来访清水寺，偶然的机会，闯进了这家清水人形的小店。他一下被陈列柜里的一件小小的作品迷住了，这个作品是一个用象征手法塑出的日本少女的人形，即陶像，作者为它命名为"阳炎"（kagero），意思是初升的太阳。这位教授站着久久不忍离去。他把身旁站着的一位姑娘当作了店员，问道："这个作品要多少钱？"这位姑娘就是高桥千鹤子，当时还只是十七八岁，是这家作坊主人的长女。她摇了摇头，很有礼貌地说："这是非卖品。"原来这是她的处女作。她从这位教授的表情和行动中领会到他真的赏识了她的作品了。她心里多么欣慰，但是怎能出卖呢？

这位教授实在舍不得和这个不知怎样会打动了他的心的艺术品分手，留恋不走。依依之情反过头来打动了初出茅庐的少女之心。天涯有知己，这对艺术工作者是多么值得宝贵的机遇。她转身向站在旁边的鹤见说："请他带着走吧，这是我送给他的礼物。"鹤见感动得用手帕擦着眼睛，把这句话翻译给了李维教授。"阳炎"去了美国。

日子若无其事地过了 22 年。1982 年，李维又到东京来找鹤见，约她同去京都。他们一下车就直奔清水寺，找到清水人形小店。当年的小姑娘已入中年，成了商店和作坊的主人。李维见到她，把手提包里带着的一件礼物，递到店主人的手上。打开一看，一点不错，是"阳炎"，"阳炎"又回来了。她怔住了，不知怎样才好。李维紧紧地握住女主人的手，郑重地说："归根到底，这个娃娃是属于你的。"他这次是专程送阳炎回家的。不知道在他做出这个决定之前，翻腾了多少夜晚。鹤见在旁边，一言不发，看着店主人把阳炎放入陈列柜里。再后，着重地告诉店主人，李维真是位社会学家，意思是他是懂得人的学者。

我听完了这段故事，心里才恍然，为什么店主人听说我是社会学教授时，表现出那种喜悦亲切的表情。我们临别时，她又紧紧偎着我，同我一起照了一个像，留作纪念，并送了我一个阳炎的复制品。在她心里，社会学是门懂得人的学问。我沾了光，但愿她的信念是真的事实。不，至少我应当说，我们应当做到像她心目中的社会学者。

在大雨中，我们离开了清水人形这个值得我永远纪念的小店。

1988 年 1 月 14 日于香山饭店

《外访杂写》前言

这本《外访杂写》包括 30 篇短文。它们都是从过去出版的书和刊物上发表的国外访问记里挑选出来的，很难说有什么挑选的标准，带有很大的随意性。在限定的篇幅内，理出了一些自己看来还顺眼的作品，按年代安排了个次序，前后跨越 44 个年头。

编完了这本小册子，心头突然浮起了早年看西洋景和读《镜花缘》的联想。后之视今其将如今之视昔？所以在书前写几句话。

当我在小学里读书时，我的学校和城隍庙只隔开一条小河。每逢节日，城隍庙里常有戏班子来唱京剧。锣鼓一响，我们这些小学生就像热石头上的蚂蚁，坐不住了。下课铃一响，一哄过桥。其实我至今还欣赏不了京剧，对台上的戏兴趣不大，吸引力是来自台下的小吃担子和场外的西洋景。

现在年轻的读者，可能有许多不知道西洋景是什么了。当时有走江湖的"文艺服务员"挑了一担"流动画片展览"，在热闹的集市、庙会等场合，就地搭个"简易棚"，把配有放大镜的匣子安在架上，孩子们只要花一个铜币，就可在一个镜口看放大了的画片，一连可看十几张。从这些画片，我看到了学校教室里只听先生讲而看不到的许多新鲜事物，好像车头冒着烟，像蜈蚣般一节连一节的火车，还有几匹高头大马拉着有大轮盘的车子，车上坐着戴高帽子的车夫，后面还有穿大裙子、束紧了细腰、黄头发的洋婆子和长着一双眼珠圆溜溜的洋娃娃。这些是我们在乡下从来没有见到过的洋玩意儿，给我的印象过了六七十年还忘不了。

《镜花缘》是清代李汝珍写的一部充满海外奇谈的长篇小说。当时流传在民间的"君子国""女儿国""穿胸国"等"国际知识"大多是从这本书里扩散出来的。小学生念这样的小说，一知半解，不认得的字就跳过去，让自己的想象去填补空白。这里读到的异国风光，至今犹在目前。可惜我的藏书全部做"四旧"破掉了，不然今天还想拿出来和我这本《外访杂写》对照着看一下，这面镜子里的花朵和我究竟有什么因缘。

讲起西洋景和《镜花缘》真是老头儿说古话了。其实算一算年岁，在我对它们大感兴趣时离今还不到一个花甲之差，离我写《初访美国》时相差还不到 20 年。时差算不得长久，世差却太大了。冒烟的火车头在外国大多已进入了博物馆，就是在我们国土上拉客车的车头这几年也不再冒烟，火车不生火了。大裙子的洋婆子只有在戏台或电影里还时有出现，海滩上则已小到无可再小了。看来只有洋娃娃眼睛还是那么圆溜溜逗人喜爱。想起这些，不能不有点惊心，世界变得这样快。

世界在变，人们对世界的看法也在变。这本小册子里写出了这个在变动中的世界的一些镜头，更重要的也许为我们提供了像我这样一个活了近 80 年的人，世界观怎样变化的标本。我想起西洋景和《镜花缘》，因为这是我接触国外世界的起点。如果有人想解剖这个标本，最好是从这个起点开始。

我不敢说，在这个世纪的 20 年代，我还在小学里时，西洋景和《镜花缘》是有代表性的信息来源。这时在首都已发生了五四运动，时代的先锋早就越过了乡间小学生的水平。但是也应当承认，这种现在大家都觉得荒唐可笑的世界观，确曾在前一个世纪里普遍地存在过。它的根子扎得很深，不仅到这个世纪初期小学生们还得靠它来认识外边的世界，现在是否已经云消雾散，可能还不易肯定。

如果以这个出发点来对照这本小册子里所看到的我的世界观，变化是显而易见的。从什么变到什么呢？允许我自己用笼统的话来说，是从感情的反应进入了理智的探索。这应当可以说是一个相当根本的变化。评价与自己不同的文化，如果只以它合不合自己的胃口来做反应，合则说好，不合则说不好，那就是感情的反应。一个人最初接触到和自己不同的文化时，凭个人好恶而感情用事，那是免不了的。只有感情用事碰了壁，吃到了苦头，理智才能出头。理智出头就是要动动脑筋，看看跟我碰壁的对手究竟是个什么东西。感情反应是容易的，好恶之心人皆有之，呼之即来。用理智来认识客观事物却不简单了，要端详、要观察、要琢磨、要思考、要验证。这个理智活动的过程即普通所说的探索。

我手边已没有《镜花缘》这本书，无法去查考，作者有没有交代，为什么提这个书名。望文生义，镜中之花应当说是实物的反映，并非主观的虚构。这和早年我读过的英国"大人国、小人国"的故事不同，前者是"写实"，后者是寓言。用写实来要求《镜花缘》，以现有的知识来评判，应当说是荒诞无稽。但凡是以反映实际为目的的探索，总是有事实上的限制。反映事物的镜子是人的头脑，而人的头脑不是仅有理智，它还包含着感情。真伪之外，还有好恶。何况理智要有观察为根据，而观察不可能不在有局限的时和空中进行。所以凭理智来认识世界，只能说是探索，探索的结果是否真实，大可留有余地，不妨包容着不同程度的荒诞无稽在内。《镜花缘》的失实，现在可以看得清楚了，我这本《外访杂写》中有多少虚构就得等以后的人来说了。

我说这小册子不过记下了我探索的过程，但探索什么呢？要用一句话答复这个问题，难为了我。现在看来，我这四五十年心里确是有一个疑问在烦恼我：这个世界上这么多人怎样能和平相处，各得其所，团结起来，充分发挥人类的潜力，来体现宇宙的不断发展？这是个大题目，人类发展到这个时候，看来不解决这个问题，说不定会出现巨大的灾难。

人类是这个宇宙发展到一定阶段在地球上各处出现的一种动物。人比其他动物强，强在他们不但能群居，而且创造出了一个分工合作的系统，建立起一个社会秩序。靠了这个特点，他们世世代代积累知识，改造自己和改造自然。在近100年的时间里，他们从无数自给自足，封闭独立的小群，融合成了一个个大群，到目前这个地球上的人类几乎都包含在一个生活上休戚相关的社会体系之中。这个过程还没有完成，这个体系更没有完善。没有完善的意思是这个"多元一体"的格局中多和一之间还没有协调好，矛盾重重。矛盾的性质错综复杂，一时还理不清。但有一条是基本的，大大小小的群体之间，尽管生活上已你离不开我，我离不开你，但是心理上还是各有各的想法，各是其是，各美其美，甚至还要以我之是强人为是，以我之美强人为美，一句话，相互不理解，相互不容忍。这个"多元一体"还少一个共同的意识基础。怎样使人群间能相互理解是我要探索的课题。

　　要使各自具有不同生活方式，不同是非、好恶的各种人群之间互相容忍，互相尊重，我认为首先得通过理智的探索，去认识不同的由来。明白了各有各的理，才能求同存异，多元一体才能成为一个和平的格局，也只有建立了这个格局才能保证人类继续是宇宙发展的先锋。

　　我从《人生的另一道路》开始到《清水人形》探索了44年。"冯唐易老"，转眼快到八十。课题刚刚展开，生物的极限已经临近。我不过是我这个时代的西洋景的挑担郎，李汝珍一流人物。物换星移，让后来者踏着我们一代代的足迹去探索人类怎样持续生存和发展的课题罢。

1988 年 2 月 4 日

席间谈絮所引起的

我一向不善于应酬语言，每逢赴宴难免感到局促、拘谨。这次纽约受奖宴会上，却侥幸地就坐在一位谈吐如流水的哈代夫人座右。我一言，她十句；只要我随口出题，就能领教到一篇耐人寻思的议论。

比如说：我在上生菜时，只说了一句"美国的生菜真不错"，她接口的谈絮却引起了我一系列的思索。她说："这些生菜确实比早年的好得多，又厚实，又新鲜。这是近年来朝鲜人的贡献。"她紧接着又加了几句："这一行给他们包了。哪一家不吃他们种的蔬菜？那些朝鲜人来时是难民，现在可全都富了。你们不是叫'万元户'吗？他们很多是万元户了。"

我故作惊奇的神态以引她继续谈下去。"他们怎么能不富呢？半夜3点钟就起身了，一清早蔬菜已到了市面上，其他的美国人睡得正香，有些还刚上床哩。"

记得我在70年代末写的《访美掠影》里曾称美国是个"民族拼盘"。这个拼盘最近的10年又起了些变化。70年代引我注意的还只是纽约市里那一百多万的波多黎各人。我在40年代寄寓的科罗纳区当时是意大利移民的聚居区，70年代已让位给波多黎各人了。这区街道上的商店、电影院的牌子和广告全是西班牙文字，问路时用英语得不到答话。所以我说"一二十年后如果我还活着，又来纽约，也许必须带着西班牙语的翻译才能进行访问了"。这句话我是否言中，不敢说，因为这次到纽约时间太短，没有去追踪旧迹。从哈代夫人的口气里，当时在这个"民族拼盘"里还不那么惹眼的"东方人",一别8年后,似乎正在突出起来了。

50年代朝鲜战争和60年代越南战争中引入美国的这两个地区的难民,现在已在新大陆生了根,当时的孩子都已成人。他们勤劳耐苦的东方本色,在新的土壤里开花结果,脱贫致富了。

哈代夫人的话已岔到别的题目上去了,但是我在一刹那,浮想起了上一天留下的还没有褪色的印象。上一天,我的一位老同学特地从远地赶到纽约机场来迎接我。他不是别人,我在《初访美国》一开卷就引用的那封长信,就是他在30年代写给我的。他在这封信里把美国人的生活方式看作"人生的另一道路"。他在这条道路上走了半生。现在我们都老了。过了一晚,我约他在我旅馆里,两人开了瓶红酒,相对闲话了半天,直到大家昏昏地都睡着在软绵绵的沙发里。

他告诉我,如果我迟到两天,我们就不能在纽约见面了,因为他和夫人已报名参加一个夏威夷避寒的旅游团,下一天就要出发了。他的游兴似乎不小,去年不仅到北京来了一次,还去过阿拉斯加。他又说,他夫人也退休了,所以可以到处走动。现在匹兹堡的那个前有草坪、后有花园的住宅已经卖去,住入了一个老年的康复中心,生活上一切都有现代化服务,出外旅游没有后顾之忧。听来他已经在"人生的另一条道路"上走到最后的一段,这一段的日子里生活也已经安排妥帖了。

我从朝鲜菜农半夜起身联想到我的老同学的晚年旅游,似乎看到了这条道路的首尾两端。其间一段也正是"东方人"怎样进入这"民族拼盘"的过程,它正在改变着美国社会的人的结构。

写到这里我想起了去威斯康星机场,准备启程返国的路上,送行的一位华人教授和我在车上讲到我那位老同学时的一段话:"他总算最后赶上这一班车。不然他还是出不了头的。"他最后赶上的这一班车指的是60年代末期美国黑人的反抗风暴带来的对有色人种在就业上平等权利的立法。我那位老同学在美国待了有 40 年才算当上了教授。

那位送行的朋友带着一点感叹地加上了一句："在这个竞争的世界里，哪个人心里不是绷得紧紧的？到能宽松时，已经老了。"我接口说："心头紧，生活多少是宽裕的吧。"他笑了一笑，汽车刚要转弯，没有接话。

生活宽裕对上面提到的两位教授来说还不能说过分。但是我的那位老同学真是感到宽裕时还只有最近这几年。我 8 年前去见他时，他的夫人虽则已超龄，但还是不能退休，原因是他们有一个孩子学法律的刚大学毕业，一个孩子还开始学医。学法律和学医的学费都很高，不是一个当教授的爸爸能负担得起的，所以还得妈妈出把力。前年小儿子也毕业了，妈妈才退休，老夫妇才能到处旅游。说来也很巧，那位送行的教授也遇到了这个问题，有个孩子开始要学医，孩子的妈妈就得工作。爸爸要来中国讲学，妈妈不能跟着一起来了。

我在《初访美国》和《访美掠影》中都讲过美国华人的特点。他们要经过几代人的接力，才能改变在"民族拼盘"底层里的苦力地位。以我那位老同学来说，他的夫人从父系说是第二代，从母系说已是第三代。他的父亲是躲在船舱底下混进美国的，一生关在洗衣房里劳动。他把自己的血汗转化成第二代的智力。当他年老时，已有一个当教授的儿子和一个当教授的女婿。这个儿子、这个女婿他们血液里还是流着中国人的传统，眼睛望着下一代，接力棒还得传下去。无论怎样劳累，也得把孩子送到社会上最有面子、生活上最有保障的职业里去。在当时向华人开放的就是律师和医生这些智力密集型的工作岗位。这是第三代和第四代美国华人的一般出路，所以有人说美国的华人已包揽了科技工作岗位。看来这不仅限于华人，美国的所谓"东方人"可能都在走这一条"人生的道路"。本世纪初期关在闷热的洗衣房里的华人不就是 80 年代半夜 3 点钟起床的朝鲜菜农？

怎样去理解这一系列的事实？美国的"民族拼盘"不仅是成分更

多了，而且底层正在向上渗透。在席间我突然涌起一个念头：美国原来的那些 WASP（信新教的西欧白种人，即 17 世纪初年从欧洲去的第一批移民）的社会地位看来正在被架空了。再看现在美国家庭里，从厨房、卧室到客厅里，所有的家具、电气用具和装饰品，在美国公司的商标底下，几乎十之八九有一行 ×× 制造的小字标记，×× 又几乎全是东方小龙的名号。美国在经济上是不是可以说正在被小龙们掏空了？架空也好，掏空也好，美国社会经济和结构正在起着内在的变化，这个变化的意义，我还捉摸不住。

当我用架空和掏空这些带着警告性的名词来描述上述情况时，有些朋友却要我注意：美国原是个移民们的新大陆，现在不过向东方口子开得大一些，用不着大惊小怪。美国能在半个世纪里青云直上，历史上的机遇固然是重要的，但是对人才的开放才是关键。原子能的发明者哪些是美国老移民的后裔？还不是从欧洲和东方这一期引进的人才？远亲繁殖是培植优良品种的不二法门。美国在智力发展上引用了这一条法则。开放才能引起竞争，有了竞争，就会有人半夜 3 点钟起身下菜圃，社会上才能有又厚实又新鲜的蔬菜享受。你看到了四小龙劳动产品在美国的泛滥，却忘记了骑在小龙背上的那个无形的金融势力，这个势力又掌握在谁的手上呢？

我听了这番话，不得不转向自己提出一个问题：8 年没有飞渡太平洋了，我的头脑是不是还停在《访美掠影》上没有进入 80 年代？

1988 年 3 月 11 日于北京

红场小记

年来一连串突发的变动，对年迈的人来说，真有点应接不暇，如入雾中。有的来得惊人，有的来得喜人，大多是始料所不及的。今年8月初应苏联科学院之约，轻装简从来到莫斯科小住一周，亦是得之偶然。

20年前，这对我还属于该批斗的非分之想。记得那时在干校劳动，休息时躺在棉田埂上，仰望飘着白云的蓝天，神游意放，不知怎的漏嘴，说出了要走遍天下，漫步红场的夙愿。

"这样的人现在还做这样的梦，想放毒天下，该批！该批！"于是便引起了"茶杯"里的一场小小的风暴。事犹如昨，没想到而今竟然坐在了红场边的石墩上，我不得不产生了"庄生梦蝶"孰真孰幻的心境。

这是我抵达莫斯科第二天的事。

其实头天晚上从机场入市经过林荫道时，我已从树隙中窥见了远处一个个金顶圆塔。座旁的主人指点说：这就是克里姆林宫。久仰的"圣地"果真出现在眼前。摆弄了我一生的风暴，不就是从这里起源的吗？把它称之为"圣地"，谁口不宜？

相隔一晚，时差还没有完全调过来，我却已踏进了克里姆林宫的宫门。这里曾经一度是统治俄罗斯帝国的中心，和北京的故宫一样，如今已成为人民的博物馆。游人接踵，从甬道仰望过去，确似潮涌。所谓甬道其实是夹在用红砖砌成堞形的短墙内、缓缓向上的、用石块铺就的道路，有几百米之长，通向宫门。但是，到达门口，我的两腿却向我发出了"暂停"的信号。所以我便建议入门后取道偏左的斜径前行，那条道显然平坦些。可惜快走到一尊称为"炮王"的巨型铁炮前，我实在难以支持，央求留下，目送同伴们前去登堂入室，参观遗址故物。

同伴们走后，我独自挑了一方深浓的树荫坐定，等待他们兴尽归来。我则乘此畅览游人。广场楼高，游人渐行渐远渐小，有如蚁聚，往来蠕动。其中有男有女，有老有少，肤色不同，服装各异，不失为展览对象。当然，经过"炮王"驻步者亦不少。他们把"王"团团围住，听导游高声解说。我在旁听其声闻其音而不明其意，但就其抑扬顿挫的音调，亦能体会其激昂自豪的情绪。由此推想，这尊特大的铁炮大概是当年在冰天雪地里击败拿破仑时大显神威的功臣。我本拟等同伴回来予以征询，但是见到他们之后，又因更急切地想知道怎样去红场，此事就被挤掉了。所以伴我半小时之久的炮王到底有什么辉煌经历，对我来说至今仍是个谜。

我一到莫斯科就不辨方向了。在我的感觉里，这尊炮王的炮口似乎应当是指向西方的。由此推想，几个世纪前是否已是东风西风谁压倒谁的时代了呢？（有位朋友看了我这篇短文后，笑着向我说，这门炮太大了，根本没有使用过，只是个"好大喜功"的象征罢了。这话不知是否可靠，不妨附注于此。）

我停下稍息，是因为当时已感体力不济，但心里还是惦记着红场，自思应当节点余力，免于力竭而使此行的主题失之交臂。我原来想象的红场，有如天安门，游完故宫，出门便可登场。我不敢说我想象的格局错了，但是对游客们来说，宫、场之间并无公开的通道，必须返回宫门，绕宫而行，转向侧道上坡才能入场。同伴说此道不算远，但对我来说确实不算近。幸亏沿路有长椅可以靠背而坐，且行且歇，且游且赏，就像逛公园似的。

事实上克里姆林宫的外围就是不需要买门票的公园。游人多在此处憩息。路旁长椅，虽然不至于坐满，但也并不是虚设的。坐着的虽有青年男女，但大多是带着孩子全家出游的小家庭。有些还把婴儿车搁在座边，这使我感到这里大有周末气氛。但是屈指一算，这天还是星期五，而这些游客看来亦非全是"外宾"，怎么不是假日而这里会有这么多闲散的人群？我有点纳闷。同伴带点幽默的音调对我说：我们的周末是从星期五下午就开始了。如果再提早一点也可以。

各国作息制度不尽相同，各有特色。接待我们的一位主人是苏联科学院的研究员，他说他就不需要坐班，每年按计划写成一本书就行了。平时去院里走走，主要是为了和同事们见见面、聊聊天罢了。后来，我去参观了好几个研究机关，除了负责人的办公室有些很有气派之外，研究员的办公室即使是专用的房间，屋内的陈设都相当简陋，甚至零乱、邋遢，特别引人注意的是书籍不多。可见他们的工作场所不在院内办公室，而是在其他地方，不是图书馆，就是家里。研究员的作息当然可以不同一般。那么，一般工作人员的作息又如何呢？在招待所，我们在与服务员的交谈中了解到，我们住的一层楼是由三名服务员承包的，日夜有人值班，平均分摊，一人做一天工，休息两天，周而复始。谈起工作效率，我们的主人总是笑着摇摇头，用流利的汉语说："不行，不行，简直不行。"沿着宫门侧道走了近五六百米，我们来到有警察站岗的铁门前，也许这是环宫公园的出入口。离铁门不远处，我看见许多人围聚在一个红色的石台四周。石台内燃着一盆火，火焰远远就可以看到。这就是莫斯科阵亡战士纪念台。没有华表、没有石碑，只有燃着火焰的平台和台上军帽和步枪的雕塑。

使我感到惊讶的是，平台周围的人群里有若干披着白纱的新娘（披纱还长长地拖在地上），由穿着黑色礼服的新郎牵挽，旁边还有一对对戴着红色披肩的傧相[1]。我们走近一看，有些新夫妇正在台前献花。看来，这里正在举行婚礼。陪同我们的主人解释道：莫斯科的婚

---

[1] 即婚礼中的伴郎、伴娘。

礼也是多元的。这几年去礼拜堂举行婚礼的又多了起来，但仍有不少人到阵亡战士台前来行礼。当然，还有一些人是什么仪式都不举行，登记一下就够了。看来，复旧的、革新的，什么都有。这就是当前的苏联。我想不必去斤斤计较在上帝面前起誓与在阵亡战士台前献花哪种先进，更不必去讨论举行仪式和不举行仪式哪样算革新。然而，有一点是清楚的：苏联正在变化之中。

出了铁门，右转即是走上红场的坡道，对我来说是相当陡的，因此也相当费力，两只脚越来越沉重，呼吸越来越急促，竟至气喘如牛，勉力前进，最后总算踏进了红场，望见了列宁的陵墓。然而，我至此已不能不停下了脚步……若是早来几年，一定还能更走近几步，去向一代英豪致敬的。而今老矣，见到陵墓，心愿已偿，聊可自慰了。

喘定下坡，驱车返回，一路思绪如潮。花开花落，逝者如斯，但恨年迈我来迟。

1990 年 8 月 16 日于莫斯科十月广场科学院招待所